面白くてよくわかる　学校で教えない教科書

新版

落語の名作あらすじ100

珠玉の古典落語を楽しむ

十一代目
金原亭馬生　監修

らくごカフェ 主宰
青木伸広　著

カバーイラスト
西 炯子

日本文芸社

はじめに

近年、各種メディアで取り上げられ、寄席《よせ》も大入りが続くなど、落語を取り巻く環境は、良い意味で大きく変化しました。入門者も年々増え続け、東都に寄席小屋が四百軒あった黄金期を凌駕《りょうが》しております。氷河期にも例えられた冬の時代を経て、輝きを取り戻した一因は、この混沌《こんとん》とした世情にあるのかもしれません。

落語は、ほとんどが人間の失敗を描いています。大酒飲み、博打《ばくち》好き、乱暴者、お調子者など、登場人物もいわゆるダメ人間ばかりです。

しかし、落語の国の住人たちは、このどうにもならない日々を、笑い飛ばして明るく生きています。胸躍るヒーロー物語はありませんが、「頑張らなくていいんだよ」「楽しみはふとした日常にあるんだよ」と教えてくれます。

本書は先に出版した演目本を再編集、西炯子《にしけいこ》先生が素敵な表紙絵を描いてくださいました。落語会でよく高座にかかる演目より、特に人気のある百編を厳選しております。どうぞ、リラックスしてお楽しみください。

２０１７年11月

らくごカフェ主宰　青木伸広

ごあいさつ

落語ブームという言葉がございます。

戦後、綺羅《きら》星のごとく輝いていた名人上手が巻き起こした全国的な落語人気の沸騰《ふっとう》から、近年のテレビやマルチメディアを巻き込んだブームまで、多様に形を変えながら常に時代とともに歩んでいる落語。数ある古典芸能のなかでも、これほど皆様の身近にあって親しまれているものは、そう多くはないでしょう。

では、なぜ落語がそれほどまでに愛されるのか。それは、古典という枠のなかにあっても、落語の持つテーマがいまだに色あせず、決して古びていないからにほかなりません。

活気あふれる市井《しせい》の人々の生活、ときには争いながらもしっかりと寄り添う夫婦愛、世代を超えてつながりあう人情、武士や職人の凛《りん》とした真っ直ぐな生き様、そして時の権力者への反骨精神……。

それを「笑い」や「涙」という極上のエッセンスで包み込んだ落語。そうです、落語が描く情景は、日本人の生活そのものであり、八《はっ》つぁんや熊《くま》さん、与太郎《よたろう》、ご隠居さんといった登場人物は我々の分身なのです。

今、ここに百編のストーリーがあります。そのどれもが、古き良き時代から現代まで変わらずに愛され続けている珠玉の物語です。

古典といっても決して敷居が高いことはございません。どうぞ皆様、安心して落語の持つ暖かさに触れ、ユーモアに酔いしれ、懐かしい時代に思いを馳《は》せ、ご自身の「今」に重ね合わせてください。

本書がきっかけで少しでも落語に興味を持っていただけたなら、そして従来からの落語ファンの皆様が鑑賞の一助として楽しんでくだすったなら、監修者として無上の喜びでございます。

十一代目　金原亭馬生

新版 落語の名作 あらすじ100　目次

第一章 これだけは押さえておきたい超基本ネタ

第二章 とにかく大爆笑～抱腹絶倒もの

第三章 動物と子どもにはかなわない

第四章 ほろりと泣ける人情噺

第五章 ヒーロー&ヒロイン登場

第六章 近くて遠きは男女の仲

第七章 一度は聴きたい大ネタ

第八章 愛すべきダメ人間たち

第九章 落語の風情にどっぷりひたる

第一章

これだけは押さえておきたい超基本ネタ

牛《うし》ほめ

子どもの顔を立てようとする父親の親心だったが…

いつもボーッとしている息子の与太郎《よたろう》に、新築祝いの口上《こうじょう》を覚えさせようとする父親。ロクに挨《あい》拶《さつ》もできないと、いつも小言ばかり言っている叔父《おじ》の佐兵衛《さへえ》を見返す絶好の機会である。

首尾よく家を褒《ほ》めて相手をいい気持ちにさせれば小遣《こづか》いをもらえるからと、必死に与太郎をその気にさせる父だが……。

「結構なご普請《ふしん》でございます。天井は薩摩《さつま》の鶉木理《うずらもく》、畳は備後《びんご》の五分縁《ごぶべり》で、左右の壁は砂摺《すなず》りでございますな。庭は御影《みかげ》づくりでございます」という、簡単な褒め口上をなかなか覚えられない。

「天井は薩摩芋《いも》とうずら豆でございます、畳は貧乏でボロボロで、佐兵衛のカカァは引きずり（注・なまけもの）でございますな、庭は見かけ倒しでございます」などと、とんでもない間違いを繰り返す始末。結局、口上を紙に書いてもらって叔父の家へ向かう。

さて、しどろもどろになりながらも、なんとか口上を言い終えた与太郎は、何かを読みながら喋《しゃべ》っているんじゃないかと疑う叔父を尻目に、そそくさと台所へ。すると、柱に大きな節穴があり、悩みどころになっているという。

じつは、ここに父が授けた秘策があった。

以前、家を見ていた時に思い付いたとっておきの考えを与太郎に言わせ、叔父に見直させようという魂胆《こんたん》だ。

「叔父さん、ここに大きな穴があいてるね。気になるだろう」

「ボーッとしてるお前でも気が付いたか。いや、気になってはいたんだが、なかなかいい考えが浮かばずに、どうしたものかと悩んでいるんだよ」

「心配ありません。秋葉様（注・秋葉神社の俗称。防火の神様）のお札をお貼《は》んなさい。穴が隠れて火の用心になる」

この言葉に感心した叔父は、小遣《こづか》いをやることを約束。めでたしめでたしとなるはずだったが……。

調子に乗った与太郎は、大切に飼っている牛まで褒めると言い出す

「あれ、叔父さん、この牛の後ろのほうに大きな穴があいてるな。気になるだろう」

「それは尻の穴だよ、そんなもの気にしてないよ」

「いやいや、心配ありません。秋葉様のお札をお貼んなさい」

「おいおい、バチがあたるぞ。そんなもの貼ってどうするんだ」

「穴が隠れて屁《へ》の用心になります」

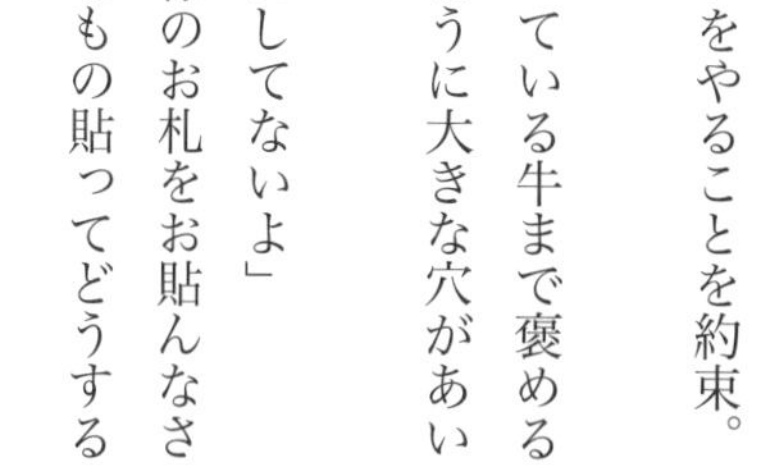

《登場人物相関図》

金《きん》明《めい》竹《ちく》

道具七品を買ったか買わずか?

叔父《おじ》の道具屋を手伝う与太郎《よたろう》。掃除をする前に必ず水を撒《ま》けと言いつけると、二階の座敷を掃《は》くときにも水を撒く始末。主人は今日も甥《おい》の尻拭《ぬぐ》いのため、外に出かけた。

さて、入れかわりにやって来たのが、どうも関西からの客人のようで……。

「ごめんやす。わては中橋《なかばし》の加賀屋《かがや》佐吉方《さきちかた》から参じました者でございまして……」

店に入って来るなり口上をまくしたてた。

「先度《せんど》、仲買の弥一《やいち》の取り次ぎました道具七品《ななしな》でございますが、あれは祐乗《ゆうじょ》・光乗《こうじょ》・宗乗《そうじょ》三作の三所物《みところもの》、横谷宗珉《よこやそうみん》小柄付《こづかつき》きの脇差《わきざし》、中身は備前長船《びぜんおさふね》の則光《のりみつ》で、柄前《つかまえ》は旦那《だんな》はんが鉄刀木《たがやさん》との仰せでございましたが、埋《う》もれ木じゃそうでございますんで、木ィが違うておりますさかい、念のためちょっとお断り申しあげます。次はのんこの茶碗、並びに黄檗山金明竹寸胴切《おうばくさんきんめいちくずんどぎり》の花活け、『古池や蛙とびこむ水の音』と申します、あれは風羅坊芭蕉《ふうらぼうばしょう》正筆《しょうひつ》の掛け物で、沢庵《たくあん》、木庵、隠元禅師《いんげんぜんじ》張り混ぜの小屏風《こびょうぶ》、あの屏風はわての旦那の檀那寺《だんなでら》が兵庫におましてなぁ、この兵庫の坊主の好みまする屏風じゃによって、表具《ひょうぐ》ィやり、兵庫の坊主の屏風にいたしましたとなぁ、かようにチャッとお取り次ぎを願いたいので……」

与太郎は初めて聞く上方訛《かみがたなまり》りに大喜び。内容はチンプンカンプンながら、もう一度言え、もう一度言えと大騒ぎをしている。そこへ主人の女房がやってきた。

「ああ、おばさん。この人がね、ヒョーゴロヒョーゴロ言って面白《おもし》れえんだよ」

「まあ……、これはとんだ失礼を。あいすみませんが、もう一度お聞かせを」

何度も口上《こうじょう》を言わされてすっかり疲れてしまった使者だが、しぶしぶ口を開く。

「ホンマかなわんなぁ。わては中橋の……」

しかしオカミさんが聞いてもさっぱりわからない。使者は逃げるように帰ってしまう。そこへ主人が戻り、口上を尋《たず》ねる。

「なんでも、中橋の加賀屋、弥一さん？　それが七色唐辛子《とうがらし》を食べて……」とぎれとぎれに言葉の記憶をたどるオカミさん。

だが、要領を得ないばかりか、「遊女を身請けして、おばさんをズンド斬《ぎ》りにして、屏風を立て回して坊主と寝てみたい、沢庵と隠元豆でお茶漬け食べた」などと、あらぬ方へ話がそれる。しまいには古池に飛び込んだと聞いた主人は驚いて、「七品の買いものを頼んでいたんだが……。はたして買ってから飛び込んだのかな」

「あぁ、それならカワズ（蛙）です」

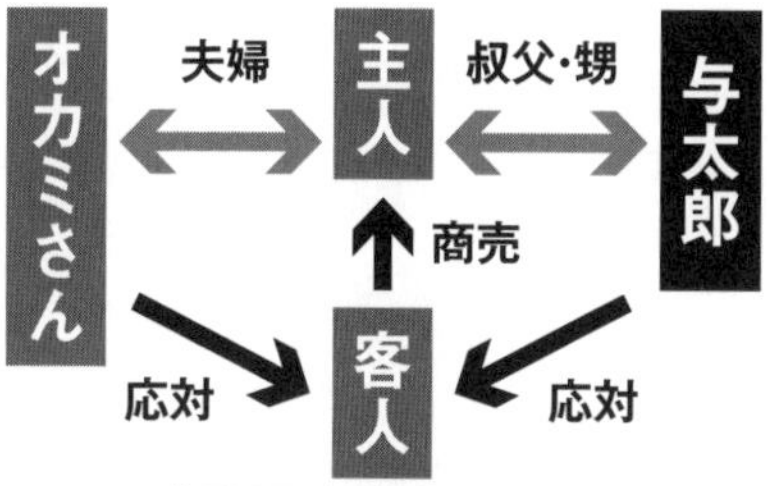

《登場人物相関図》

たらちね

待ちに待った嫁が来た！

人は好《よ》いが貧乏でなかなか嫁の来てがなかった八五郎《はちごろう》に、長屋の大家さんが願ってもない縁談を持ち込んできた。しかも炊事・洗濯・縫《ぬ》い仕事と、ひと通りのことはこなし、嫁入り道具まで持参するという。器量も十人並み以上と、なかなか悪くなさそうだ。あまりの好条件にかえって驚く八っつぁん。何か事情でもあるのかと尋ねてみると、相手の女性には傷があるという。

「なんです、傷ってのは。あっ、おでこに三日月の形をした刀傷《かたなきず》があるとか……」

「そうじゃないよ。じつはね、屋敷奉公のせいで、ちょっと言葉が丁寧《ていねい》すぎるんだ」

「へっ、丁寧すぎる？　いいじゃありませんか、おいらなんか乱暴すぎるって怒られているんだから。丁寧ならいいでしょう。よーし、貰《もら》ったぞ。嫁に貰いました！」

さあ、それからは嬉しくてしかたがない。

「ついに俺にもカカァができるんだ。そうなると飯を食うのひとつをとっても今までとは大違いだぞ。お茶漬けなんぞ食べても、カカァは小さい茶碗でチンチロリン、上品に箸《はし》を使ってサークサク、沢庵《たくあん》食べてポーリポリ……。俺はガサツだから、大きい丼《どんぶり》でガンガラガン、ザックザク、ボーリボリとくらぁ。チンチロリンのサークサクのポーリポリ、ガンガラガンのザックザクのボーリボリ……」

わけのわからない妄想ですっかり盛り上がっているうちに、いよいよ新妻がやって来る。ひと通りの家財道具が運び込まれ、仲人として付き添ってきた大家が帰ると、ついに二人きりに。

「いけねえ、まだ名前も聞いてなかったな。あの、お前さんはなんてえ名前だい」「自らの姓名を問いたもうや？　父はもと京都の産にして姓は安藤名は慶三、字《あざな》を五光《ごこう》と申せしが、わが母三十三歳の折、一夜丹頂鶴《たんちょうづる》を夢見わらわを孕《はら》めるがゆえに、たらちねの胎内を出でしときには鶴女《つるじょ》鶴女と申せしが、それは幼名、成長の後これを改め、清女《きよじょ》と申しはべるなり」

「えーっ、今のが全部名前かい？　こりゃ大変だ……。まあいい、明日にでも相談して短くつめよう。じゃ、もう寝るか」

さて、あくる朝。働き者の嫁は、すっかり膳を整えて八五郎を起こしにかかる。

「あーら我が君、日も東天に出現ましませば早々ご起床召され。うがい手水《ちょうず》に身を浄め、神前仏前に御灯明《ごとうみょう》を供え、御飯召し上がって然《しか》るびょう存じはべる。恐惶謹言《きょうこうきんげん》」「朝飯で恐惶謹言だ？　なら酒を飲んだら酔（よ）ってくだんのごとし（注・手紙を結ぶときの定形文）だろう」

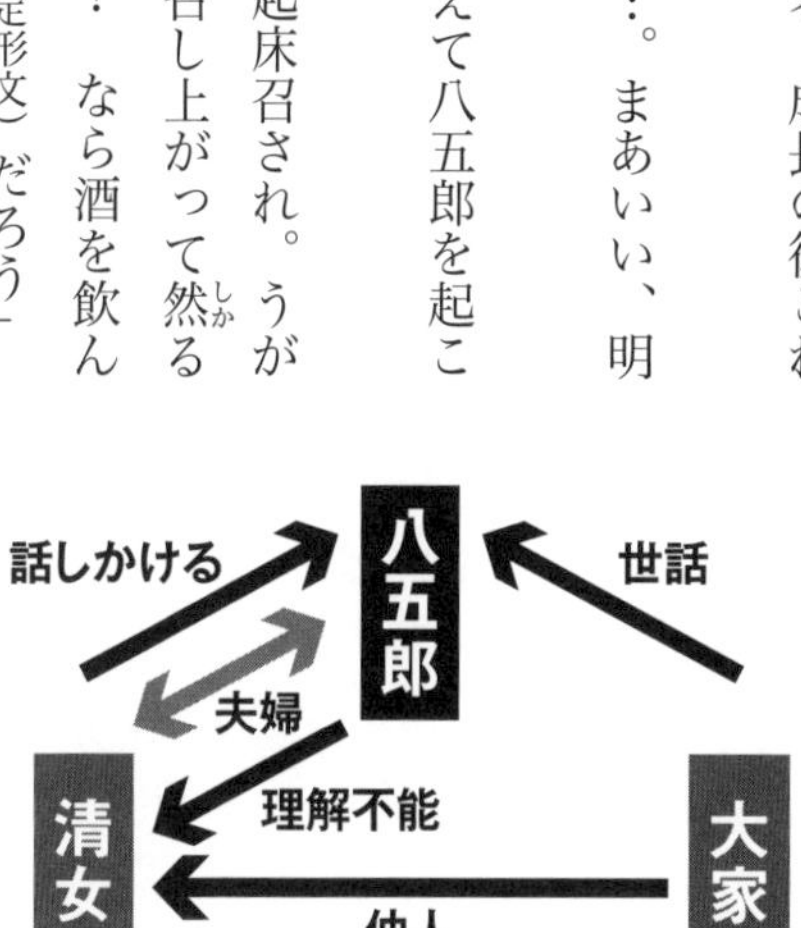

《登場人物相関図》

やかん

物知りご隠居。「やかん」の語源は？


昔はどの町内にも、学者然《ぜん》とした物知り顔のご隠居さんが住んでいたもので……。

「どうも、ご隠居さん。いるかい」「おぉ、誰かと思えば愚者か」

「ん？　グシャ？　なんかつぶれたかい」「そうではない。愚かな者と書いて愚者。つまり八五郎、お前さんのことだ」

「愚者か。こりゃどうも恐れ入ったね」「今日は天気がいい。どこかへ行ったか」「へえ、観音様に行ったよ。もう人が出たの出ないのって、すごいよ」

「なんだその言葉づかいは。だからお前は愚者といわれるのだ。あれは観音様ではなく、正しくは金龍山浅草寺《きんりゅうざんせんそうじ》に安置し奉る聖観世音菩薩《しょうかんぜおんぼさつ》だ。それに、人が出たの出ないのってどっちなんだ」「いや、だから、すごく出たんです」「なら、出たの出たのだ」

話すなり次々に小言と説教が飛び出す。やや面食らった八五郎も、それではなんとかへコませてやろうと質問攻めに。

「ご隠居はなんでも知ってるんだねえ……。あっ、そうだ。こないだホウボウって魚を食べたんだけど、あれはなんでホウボウっていうんです」「あんな魚は珍しくはない。どこでも捕れる。ほうぼうで捕れる。だからホウボウ」

「じゃあ、ヒラメは」「平たいとこに目があるからヒラメだ」「じゃあ、カレイは」「あれはヒラメの家来で家令《かれい》だな」

ご隠居だって負けていない。次第に目の前にある物に話が移って、「じゃ、土瓶《どびん》は」「土でできているビンだからドビン」「じゃ、鉄瓶は」「鉄でできているからに決まっておる」

「じゃ、やかんは」「あれは矢でできているわけではない」「当たり前だよ。どうしてやかんなの」

「昔は水沸かしと呼ばれていたんだが……。時は戦国時代、合戦の最中だ。敵の夜襲に不意をつかれた陣中にて、ある若武者は武具を身につけようにも、大混乱で手元に兜《かぶと》が見つからない。ならばと、転がっていた水沸かしを頭にかぶって飛び出したかと思うと、敵をバッサバッサとなぎ倒し……」

「おい、ご隠居、なんの話をしてるの？　やかんのことを聞いてるんだけどねえ」

「うるさい、黙って聞け……。その鬼神の如き働きを見た敵将は、あの水沸かしの化け物を射《い》殺せと、一斉に矢を放った」

「おや、なんだか盛り上がってきたな。いよぅ、どうするどうする！」

「しかし水沸かしが矢をカーンとはね返す。矢が来てもカーン、矢が来てもカーン、矢カーン矢カーンで、やかんになった……」

無学者は論に負けずという一席。

道《どう》灌《かん》

歌人が雨具を断るときは…

ご隠居のところに遊びに来た八《は》っつぁん。いつものように他愛のない無駄《むだ》話をしているうちに、話題は絵画の方面へ。

屏風《びょうぶ》などを見せてもらいつつウンチクを聞いていると、一枚の絵に目がとまった。聞けば、太《おお》田道灌公《たどうかんこう》が突然の雨に困って一軒の貧しい家に立ち寄り、雨具を借りようとしたところ、その家の女性が「お恥ずかしゅう」と言いながら、山吹《やまぶき》の枝を差し出した図ということである。

「ご隠居、まぬけな女だねそいつは。こんな小さな山吹の枝なんかじゃ雨をしのげるわけないってんだよ。もっと枝っぷりのいい笹《ささ》かなんか出せばいいのに」

「さて、そこが歌道《かどう》に暗い者の考えだな。じつは、これは古歌に由来して……」

『七重八重《ななえやえ》　花は咲けども　山吹の　実のひとつだに　なきぞ悲しき』という有名な歌があり、この女性は『実のひとつだに』という部分と雨具の『蓑《みの》』をかけて、「恥ずかしながら蓑のひとつもございません」と、暗に断ったのだという。

「もっともお前さんが知らないのも無理はないよ。かの道灌公も博識な家来に教わるまで、この言い訳がわからなかった。そして、ああ、私は歌道に暗いとお嘆きになって、以後たいへんな努力を重ね、末は名歌人と呼ばれるまでになったんじゃな」

これにすっかり感心した八五郎。いつも雨具を借りに来る友達を、この歌の文句で追い返してやろうと家に帰って待ちかまえていると、まんまと雨が降ってきて……。

「おう、八っつぁん、すまねえが、ちょいと貸してもらいてえんだがね」

「フフフ、もう来やがったな。雨具だろ」

しかし、雨具はすでに持っており、暗くなってきたので提灯《ちょうちん》を借りたいという。じれったくて仕方がない八五郎は、「雨具を貸してくれと頼めば、裏からそっと提灯を貸すから」などと言いふくめ、むりやり雨具と言うようにけしかける。

「しょうがねえな。よくわからねえが、じゃ雨具を貸してくれ」

待ってましたとばかりの八五郎、ご隠居さんに書いてもらった和歌を差し出した。しかし、二人とも読み書きが怪しく、「ナナヘヤへ、ハナハサケドモ　ヤマブシノ　ミソシトダルト　ナベトカマシキ」などと、でたらめな読み方をする始末。

「なんだい、八っつぁん。これは台所道具の都々逸《どどいつ》かなんかかい」

「都々逸だぁ？　お前は歌道に暗いな」「だから提灯を借りにきた」

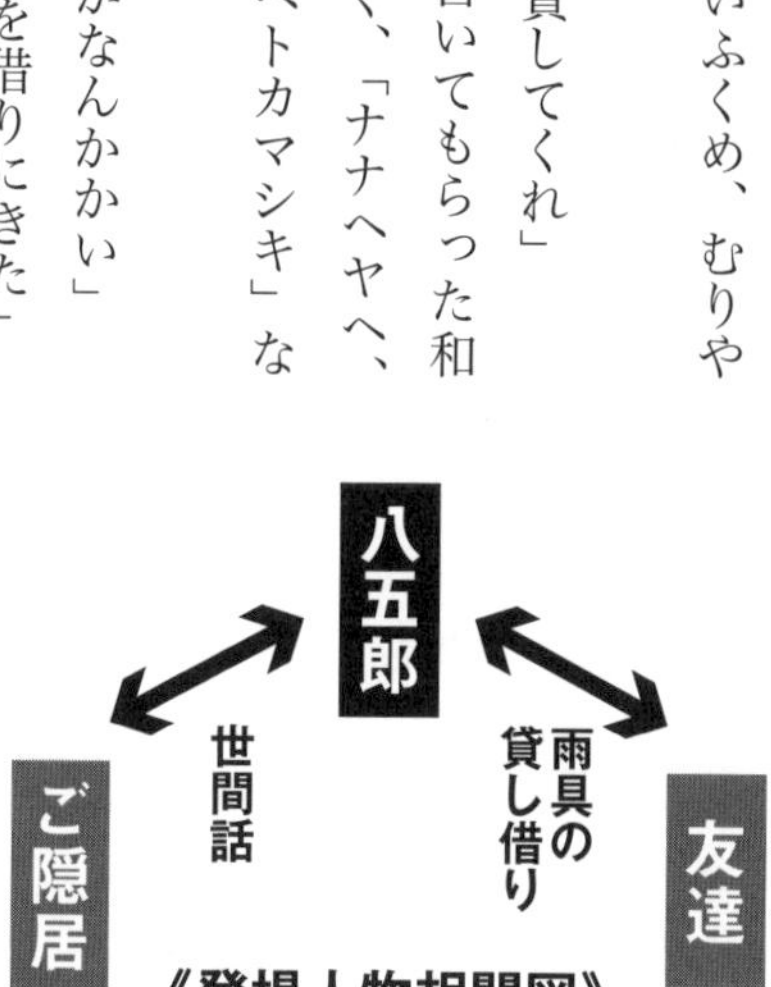

《登場人物相関図》

寿《じゅ》限《げ》無《む》

世界一縁起の良い名前？

待ちに待った男の子の誕生で、浮かれまくる父親。とびきり幸せな人生を歩いてほしいと、縁起のいい名前をつけるために和尚《おしょう》さんに相談した。

「寿限無《じゅげむ》寿限無、五劫《ごこう》の擦《す》り切れ（ず）、海砂利《かいじゃり》水魚《すいぎょ》の水行末《すいぎょうまつ》雲行《うんぎょう》末風来《ふうらい》末、食う寝るところに住むところ、やぶら小路のぶら小路、パイポパイポ、パイポのシューリンガン、シューリンガンのグーリンダイ、グーリンダイのポンポコナァ、ポンポコナァのポンポコピィの長久命《ちょうきゅうめい》の長助」

なんでもこれは無量寿経《むりょうじゅきょう》というとてもありがたい経典からの抜粋で、ここから好きな部分をいただいて名前にすればよいとのこと。

しかし選びかねた父親は、どうせならと、全部を名前にしてしまった。とてつもなく長い名前の男の子の誕生である。

縁起のいい名前のおかげもあってか、病気ひとつせずにすくすく育ったこの子。やがて学校に行くようになると、少々やんちゃの気が出てきて……。

「あらまあ、お隣りの子じゃないかね、大きなコブをこしらえて、どうしたの」

「クスンクスン……、あのね、寿限無寿限無、五劫の擦り切れ、海砂利水魚の水行末雲行末風来末、食う寝るところに住むところ、やぶら小路のぶら小路、パイポパイポ、パイポのシューリンガン、シューリンガンのグーリンダイ、グーリンダイのポンポコナァ、ポンポコナァのポンポコピィの長久命の長助ちゃんが、頭をぶったんだ」

「え？　うちの寿限無寿限無、五劫の擦り切れ、海砂利水魚の水行末雲行末風来末、食う寝るところに住むところ、やぶら小路のぶら小路、パイポパイポ、パイポのシューリンガン、シューリンガンのグーリンダイ、グーリンダイのポンポコナァ、ポンポコナァのポンポコピィの長久命の長助が、そんな乱暴なまねをしたってのかい？　ちょっとアンタ聞いておくれ、大変だよ」

「なに〜ぃ、うちの寿限無寿限無、五劫の擦り切れ、海砂利水魚の水行末雲行末風来末、食う寝るところに住むところ、やぶら小路のぶら小路、パイポパイポ、パイポのシューリンガン、シューリンガンのグーリンダイ、グーリンダイのポンポコナァ、ポンポコナァのポンポコピィの長久命の長助のバカが、よそ様の子に怪我をさせたってのか、そりゃ大変だ。……。おう、ごめんな、痛かったろう。コブはどこだい……あれ？　どこにもないよ……」

「名前があんまり長いんで、もうコブがひっこんじゃったい！」

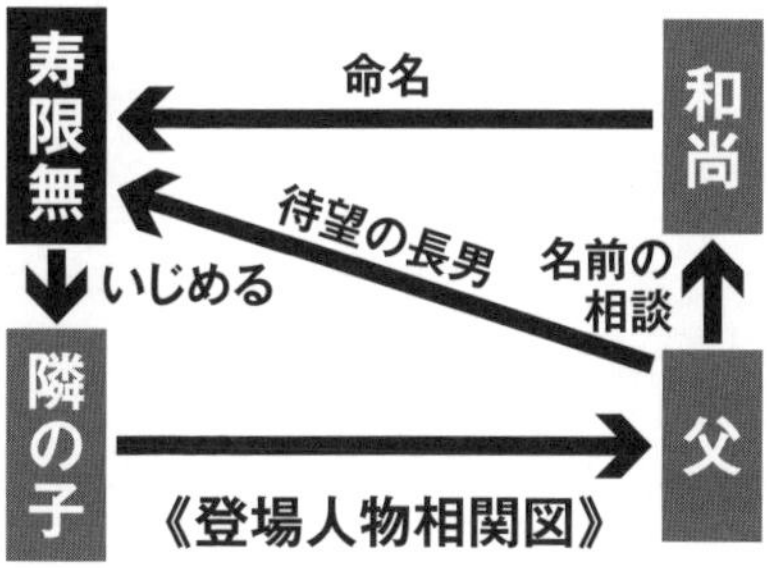

《登場人物相関図》

饅《まん》頭《じゅう》怖《こわ》い

怖くて怖くて仕方がないものは…

若い衆が集まって世間話をしていると、留《とめ》さんが大慌てで飛び込んできた。大蛇《だいじゃ》に出くわして命からがら逃げて来たという。

「命からがらなんて、お前も大げさだねえ。そんな大蛇が町内にいるわけないよ。縄でも捨ててあったのを見間違えたんだろう」

「いや、本物だったんだがなぁ……。でもな、とにかく俺はああいう長いものが大嫌いなの。だから蛇だろうが縄だろうが鰻《うなぎ》だろうが、とにかくダメなんだ。だから下帯《したおび》も満足に締められない」

だらしがない話だが、人間なら必ず苦手なものはあるということで皆に聞いていくと、クモ、アリ、トカゲ、なめくじなど、出てくる出てくる。なかには馬が大嫌いで、馬面《うまづら》の人を見ただけで張り倒したくなるなどという男まで。しかし、その中でひとりニヤニヤして何も言わないのが松公《まつこう》だ。

「おい、松の字。ニヤニヤしてるけどお前も何か怖いものがあるんだろ」「ふん、俺にはそんなもんねえな」「オイ、みんな言ってるんだからお前だけ恰好つけるなよ。なんか言いなよ」

「なんだお前らは。だらしがねえ。だいたい人間様ってのは万物の霊長ってくらいのもんで、一番偉いんだ。アリが怖い？　あんなものはおまんまにかけて食っちまうぞ。クモが怖い？　納豆のねばりが足りないときは、よくクモなんぞブチ込んだもんだ」

威勢のいい松っつぁん。しかし、ふとしたことで怖いものが頭に浮かんだのか、急に様子がおかしくなり、帰ると言い出した。すかさず皆で問い詰めると、なんと饅頭《まんじゅう》が怖いという。

そして、饅頭と聞いただけで震えだし、隣りの部屋で布団をかぶって寝てしまった。さあ、鬼の首を取った気の若い衆たち。さっそく饅頭を買い込んで……。

「松っつぁん、大丈夫かい。気付け薬を買ってきたよ。枕もとに置いておくからな」

もちろん、そこには大量の饅頭が……。

「あぁ、すまねえ。薬ィ飲んで落ち着くかな……。うわっ、なんだこりゃ、饅頭じゃねえか。ひでぇことするな……。あぁ、こりゃこしあんだ。口どけがいいんだよな。あわわ、こっちはつぶあんだ。これは食いでがあるぞ。うーん、この栗饅頭はとくに怖い……、ムニャムニャ」

「おい、見ろよ、怖がってるだろ……。なにィ、食ってる？　やられた！　饅頭をタダで食わせちゃった。オイ、食うのやめろ！　この野郎、本当はいったい何が怖いんだ」

「ここらで渋《しぶ》いお茶が一杯怖い」

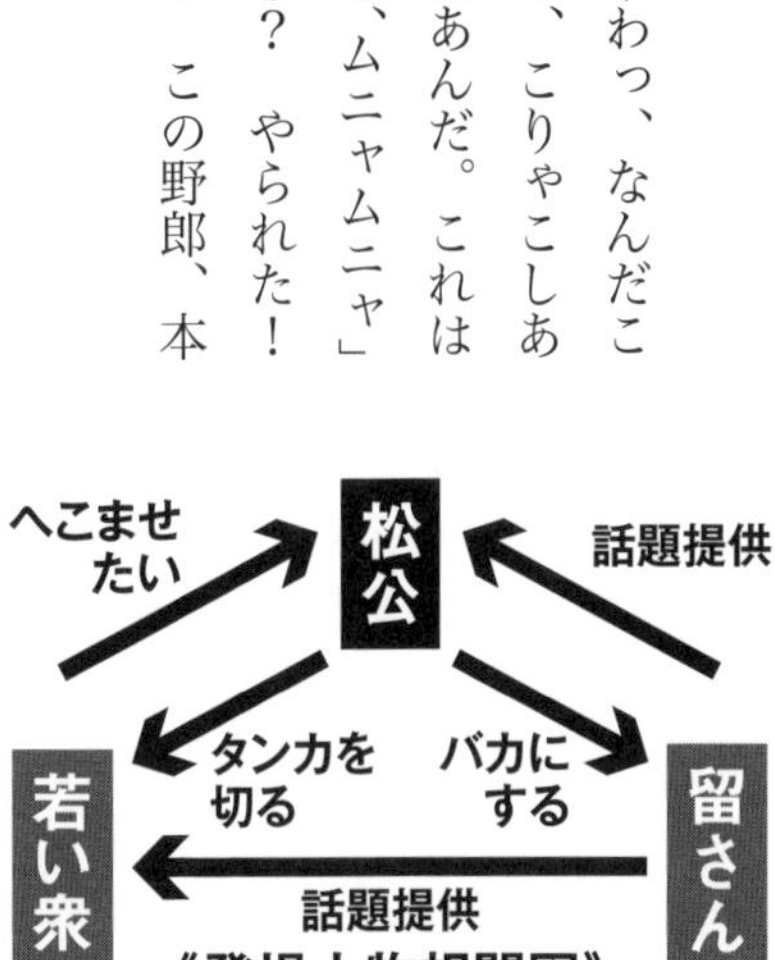

《登場人物相関図》

時《とき》そば

蕎麦屋の勘定をごまかすには？

夜鷹《よたか》の二八《にはち》そばにやってきた客。ずいぶん機嫌がいい様子で、ポンポンよく喋《しゃべ》る。

「おう、一杯熱くしてくんねえ。いやぁ、俺らはこれから手なぐさみ（注・博打《ばくち》のこと）に行こうってとこなんだが、ここの屋号は的に矢が当たってて『あたりや』ってのかい。いやいや縁起がいいねえ。嬉しいじゃねえか」

まずは屋号へのヨイショから始まって、もう店の親父を褒《ほ》めまくること。

「おっ、このダシ、いい味が出てるねえ。鰹節《かつおぶし》をたっぷり使ってるな……。麺《めん》は細くて腰が強いね。最近はうどんみたいな柔らかい蕎麦《そば》を出す店もあるが、あれはいけねえや。こうやって本物を出さねえとね。おや、本物のちくわを入れてるな。ちくわぶを使っているところも多いんだけどねえ。あっ、しかもこんなに厚く切って、豪勢なもんだ……」という具合に、次から次へとお世辞《せじ》が止まらない。

「ああ、うまかった。ごちそうさん。ええと、いくらだい」「十六文《もん》（注・現在の四、五百円ほど）でございます」

「おう、銭が細かいんだ。一文ずつ渡すから手を出してくんねえ。ほら、いくよ。一《ひい》、二《ふう》、三《みい》、四《よ》、五《いつ》、六《む》、七《なな》、八《や》、今何時《なんどき》だい」「ええ、九《ここの》つでございます」「そうか、九つな。十《とお》、

十一、十二、十三、十四、十五、十六文と。あばよ」

　さて、これを見ていた隣りの客。うるさい男だとうんざりしていたが、一文ごまかしたのに気付くと妙に感心してしまい、同じ手口を別の店で試してみるのだが……。

「さあ、まずこの汁だ。ダシがきいて……。おい、なんかあんまり味がしないね、妙に薄くて。ま、いいか。こちとら糖尿の気があるんだ。薄味けっこう。さあ、麺だよ。最近じゃうどんみたいに太くて柔らかいのもあるんだよな……。あの、これうどん？　あ、蕎麦なの。ふーん、この太さで……。まあいいや。うどん大好きなんだよ、俺なんか病人だもん……。おやおや、こりゃちくわぶかと思ったら……、思ったとおりのちくわぶだねえ……。柔らかくて歯に優しいね」などと、全くヨイショが決まらない。

　それでもなんとか一杯食べ終わって、「ごちそうさん。いくらだい」

「十六文でございます」

「おう、銭が細かいんだ。一文ずつ渡すから手を出してくんねえ。ほら、いくよ。一、二、三、四、五、六、七、八、今何時だい」「ええ、四《よ》つでございます」

「そうか。五、六、七、八……」

《登場人物相関図》

子《こ》ほめ

若いと言われれば誰でも喜ぶ？


タダの酒があると聞いて、ご隠居の家にご馳走《ちそう》になりにきた八五郎《はちごろう》。

「そんな都合のいいものはないよ。うちにあるのはタダじゃやなくて、灘《なだ》の酒だ」

「あぁ、灘ですか。まあ、でも、灘もタダもたいして違わねえや。飲ませなよ」

あきれたご隠居は、奢《おご》られたいなら言葉づかいを改めて、お世辞《せじ》のひとつも言わなくてはいけないと諭《さと》し、ヨイショを伝授する。その気になった八つぁん、タダ酒を飲むべく喜びいさんで外へ飛び出した。

さっそく知り合いが歩いて来た。さっきご隠居から教わった、歳を若く言うお世辞を試してみるか。相手が四十五・六なら厄《やく》そこそこに見えます、五十五・六なら五十二・三ですと。こういう要領だ。

「どうも、ごぶさたしております。アナタはおいくつになられましたかな？」「いきなり歳を聞くなよ。もう四十だよ」「えっ？　しまった、四十五・六から上しか教わらなかった……。あのさ、嘘でもいいから四十五って言ってよ、拝むから」「何だか言っていることが分からねえな。まぁ、いいや。じゃ四十五だよ」

「あら、お若い。厄そこそこに見えます」「バカ、当たり前だろ、四十なんだから」

奢ってもらうどころか怒られたので、今度は友達の赤ん坊を褒《ほ》めに行くことにした。

「これかい、ずいぶん小さいな」「おい、それは犬だよ。こっちだこっち」

「うわぁ、ずいぶんシワシワだな。おっ、生意気にメガネなんかかけてる」「バカ、それはうちのジイさんだよ！」

「あぁ、これか。なんか人形みたいだな」「そう？　そんなに可愛《かわい》いかい」「いや、腹を押したらキューっていった」「よせよ、なにやってんだよ！」

「うるせえな。今から褒めるからビックリすんなよ……。ええ、ときにこの子はあなたのお子様ですか」「そうだよ。なんだ改まって」「いや、先頃お亡くなりになったご隠居さんに似て長命の相がございます」

「ジイさん死んでないよ。そこにいただろ」

「いやはや、私もこんな子にあやかりたい、蚊帳《かや》つりたい、首吊りたい」「なんだ、縁起でもない。もう帰れ！」

「あれ、なんか怒ってるな……。じゃ奥の手だ。ええと、この子はおいくつです？」「お前はバカか。生まれたばかりだよ。ひとつに決まってるじゃねえか」

「いや、ひとつとはお若い。どう見てもタダでございます」

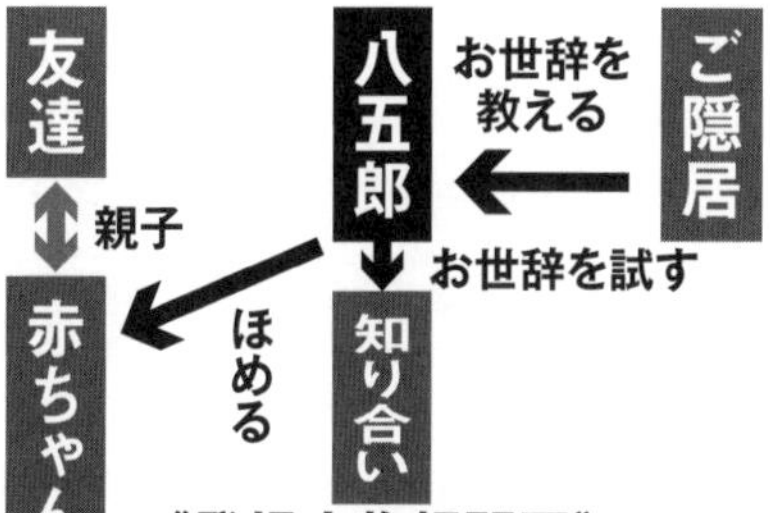

《登場人物相関図》

道《どう》具《ぐ》屋《や》

ガラクタだらけの道具屋で…

いい大人になっても定職に就かない与太郎《よたろう》。心配する叔父《おじ》さんが、露天の道具屋（注・古物商のこと）をやらせようと荷物を持たせる。

しかし、首がすぐ抜けるお雛《ひな》様とか、ヒョロッとよろけるとビリッと破れる「ヒョロビリのももひき」とか、叔父さんが火事場で拾ってきたのこぎりとか、本物の短刀そっくりの木刀《ぼくとう》とか、俗に「クズ」と呼ばれている陳腐な代物ばかり。

まあ、それでも最初はこんなものだと、路上に店を出した。

「さあさあ、寄ってらっしゃい見てらっしゃい。道具屋ができたよ。できたての道具屋、あったかい道具屋だ。ホカホカの道具屋だよ！」

まるで饅頭《まんじゅう》でも売っている様な口調で呼び込みをしていると、徐々に客が集まる。

「おい、そこにある『のこ』を見せな」「へ？　のこ？　のこにあります？」

「くだらねえシャレを言うな。のこぎりだよ。むむ……。こりゃ少し甘いな」「えーっ？　甘い？ちょっと貸してください。うわっ、こりゃ渋いよ！」

「バカ、味じゃないよ。刃の焼きが甘いんだよ」「あ、焼きのことですか。それなら甘くありませんよ。

叔父さんが火事場で拾ったんだから」「ひどいもん売るな、バカ！」

怒って帰る客。このような買わない客を業界用語で「小便」というと教えられた与太郎は、もう二度と小便をさせないと心に誓うが……。

「おい、そのももひき見せてくれ。ほう、なかなかあったかそうだな……。気に入ったよ。いくらだい」「値段を聞いてるけど買うのかしら……。あのね、これは小便できないよ」

「え？　だって前はちゃんと開いてるよ。小便なんか簡単にできそうだけどねぇ」「ほら、やっぱり小便しようとしてやがる。この野郎、絶対にさせないぞ！」

「そうなの？　小便もできないんじゃ仕方ないや。じゃ買わねえや。あばよ」

「オイ待て！　小便できないって言ってるのに……。あっ、その小便ならできるよー！　こりゃ小便違いだ、悔しいね」

次の客は短刀を見せろといって抜きにかかるが、なかなか抜けない。与太郎にも手伝わせて思い切り引っ張っているが……。

「うーん、よいしょ、なかなか抜けんな」「うーん、こらしょ、そりゃ抜けませんよ」「うーん、よいしょ、何でじゃ」「うーん、こらしょ、木刀ですから」

「早く言わんか、この大バカもの！　手間どらせおって……。ちゃんと抜けるやつはないのか」

「へぇ、お雛様の首が抜けます」

名人列伝

五代目古《こ》今《こん》亭《てい》志《し》ん生《しょう》

《明治23年生～昭和48年没》

貧乏を笑い飛ばした爆笑落語

本名・美濃部孝蔵《みのべこうぞう》。明治23（1890）年、東京・神田生まれ。天狗連《てんぐれん》と呼ばれる素人落語家時代を経て、20歳の頃に三遊亭圓盛《さんゆうていえんせい》に入門したといわれているが、二代目三遊亭小圓朝《こえんちょう》門下だったという説もある。改名歴が多く、その数はなんと16回。借金取りから逃れるために名前を変えたと噂されるほど私生活は破天荒で、酒や博打に関するエピソードは枚挙にいとまがない。

関東大震災の折も、「東京中の酒が地べたに呑まれちゃう」と酒屋に飛び込み、余震が続くなかで、ベロンベロンになるまで酒を飲み続けていたとの逸話がある。

不器用でうまく世辞《せじ》も言えない性格が災《わざわ》いし、有力な贔屓《ひいき》筋もなく、お座敷がかかることもほぼ皆無。不惑を過ぎてもまったく芽が出る気配がなかった志《し》ん生《しょう》も、昭和9年に七代目金原亭馬生《きんげんていばしょう》を襲名した頃から徐々に売れはじめ、昭和14年には大名跡《だいみょうせき》の五代目古《こ》今亭《こんてい》志ん生を襲名する。

その後、満州に慰問に行っているときに終戦を迎え、一時的なブランクを経て高座に復帰。ほどなくして人気が爆発し、日本全国にその名を轟かせた。

芸風は、飲む・打つ・買うの三拍子そろったそれまでの人生経験を見事に噺《はなし》に生かした、天衣無縫の自在派。「落語の魅力は志ん生の魅力」とまでいわれた天性の芸人だったが、同時に日々の稽古《けいこ》を欠かさぬ努力の人でもあったと、不遇時代を良く知る者は語る。

得意ネタは『火焔太鼓《かえんだいこ》』『お直し』『黄金餅』『品川心中』など多数。爆笑ものから人情噺まで幅広いジャンルをこなした。十代目金原亭馬生、古今亭志ん朝《しちょう》は実子である。

第二章

とにかく大爆笑

～抱腹絶倒もの

粗《そ》忽《こつ》の使《し》者《しゃ》

思い出せなかったら切腹！
さてその用件とは？

赤井御門守《あかいごもんのかみ》のお屋敷に、杉平柾目正《すぎだいらまさめのしょう》というお大名の使者がやってきた。応対に出たのは赤井家の重役・田中三太夫《たなかさんだゆう》。

しかし、この使者・治武田治武右衛門《じぶたじぶえもん》なる人物、誠実な人柄ながら、粗忽《そこつ》なうえに物忘れがひどい。困った顔をしているので尋《たず》ねると、なんと口上《こうじょう》を度忘れしてしまったという。これでは主家に対して申し訳が立たぬから、この場で切腹すると言い出した。

逆に困ってしまった田中三太夫は……。

「治武田氏、切腹とは穏やかではございませんぞ。なんとか思い出してくだされ」

口上を思い出させようといろいろ聞いてみると、幼少の折から筋金入りの粗忽者だった治武右衛門は、忘れる度に父から尻をつねられていたという。だから、その痛みを感じれば、思い出すかもしれないが……。

「なるほど。それでは誠に無礼ながら、拙者《せっしゃ》がおつねり申そうか」「おお、おつねりくださるか。田中氏、誠にかたじけない」

くるりと後ろを向き、裃《かみしも》を脱いで下帯だけになった治武右衛門。おそれながらと尻をつねりはじめた田中三太夫だったが、家中一の強力《ごうりき》をもってしてもビクともしない。以前からつねられ慣れているせいか、尻の肉がカチカチでタコのようになっている。相当に力を入れても、「もはやおつねりでござるか?」などと聞き返される始末。さすがの力自慢も歯が立たないうちに疲れ果ててしまった。こうなったら、もっと指先に力量のある者を探すより方法はない。

それを見ていたのが出入りの大工。屈強な侍が大真面目に尻をつねりつねられしている間抜けな光景に、涙が出るほど笑い転げていたが、切腹と聞くとひどく気の毒に思え、ひと肌脱ぐ決意を固めた。

「おい、留公《とめっこ》。どこへ行くんだよ。そっちは入っちゃいけないんだぞ」

「ああ、兄ぃ。じつは、かくかくしかじかでね……。田中の旦那《だんな》がさいかがでござる治武田氏っ、なんて具合に必死でやってるから気の毒でね。切腹するなんて言い出してるし。だからここは一丁、俺が行ってかわりにつねってやるかと思ってさ」

「おい、バカ言うなよ。田中様はここの柔《やわら》の先生だよ。十人力の持ち主だ。それがダメなんだから、お前にできるわけがねえ」「そりゃ素手なら無理だよ。でも俺はエンマ使うもん。ね、やっとこをさ」「おい、そんな乱暴な……。それじゃ怪我《けが》をしちまうぜ。やめときなよ」

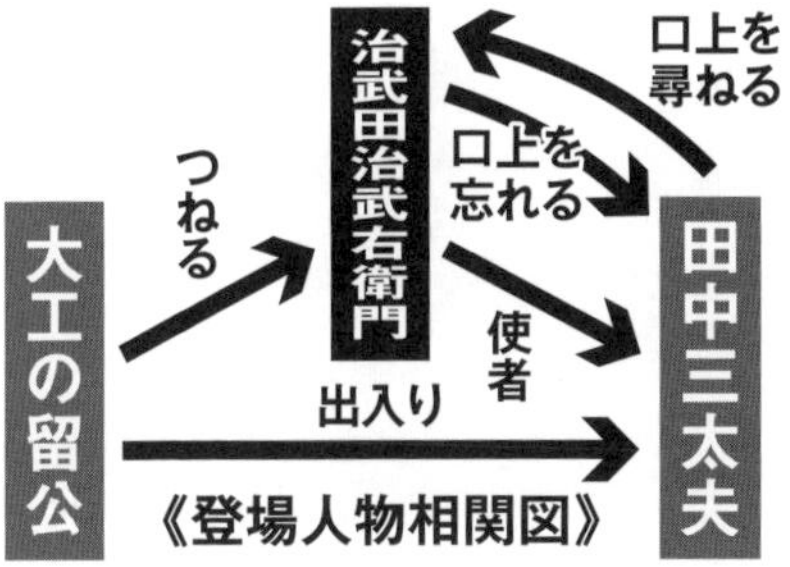

《登場人物相関図》

「いいんだよ。切腹よりはマシだよ。じゃ、ちょっと行ってくらぁ……。ええと、ここだここだ。あのぅ、田中様は……」「ん？　なんじゃ、作事場《さくじば》のものか。呼んではおらんぞ」「フフフ……、さっきのあれ、どうなりました？　いかがでござる治武田氏ってやつ。治武右衛門。じぶちゃん」「これっ！　なんという物の言い様じゃ。そのほう、あれを見ておったか。決して口外してはならんぞ」「わかってますよ。で、指先に力のある人ってのはいましたか」「うーむ。さようなバカバカしい者はいないので困っておるところじゃ」「なら、あっしが行ってつねりましょうか」「なに？　お主は指に力があるか」

「あるなんてもんじゃないよ、旦那。間違えて打った釘なんか、指でキューッと引っこ抜いちゃうんだから」「さようか？　そのようには見えんが」「疑うんならいいですよ。あっしは切腹って聞いたから、気の毒に思って来たのに」「うん、そうじゃ。これには人の命がかかっておる。疑ってすまなんだな。それではお願いいたすか。しかし、その恰好はさすがにまずいな……。誰か、着物を持てぃ」

さて、正装に着替えた留公。馬子《まご》にも衣装とはよく言ったもので、たちまちに若侍のようないでたちに変身した。

「よいか、お主は当家の若侍ということにするからな。おお、まだ名前を聞いておらんかった。お主、名をなんと申す」「へへへ、留公です。とめっこ」「とめっこ？　そのような名があるか。留吉《とめきち》とか留三郎《とめさぶろう》とかであろう」「いえ、子供の頃からとめっこ。皆そう呼ぶんです。とめっこ、ほら飯だぞ、なんて」

「まるで犬じゃな。しかし、とめっこではいかん……。ではこうしよう、拙者の姓である田中をひっくり返して中田、中田留太夫《とめたゆう》というのはどうじゃ。どこか拙者の親戚のような名前だがのう」「そうだねえ、おじさん」「おじさん？　まあよい。では呼ぶまで次の間で控えておれ。よいな」

これから田中三太夫が留公を治武右衛門に紹介し、いよいよ尻をつねることに……。

「田中の旦那、見てちゃいやだよ。次の間で控えててね。絶対にのぞいちゃダメでござるよ……。フフフ、よう、じぶちゃん」「これは、妙な話し方の御仁でござる」「なに言ってんだよ。ござるもお猿もねえんだよ、じぶちゃん。切腹はいやだろ。早くケツを出しなよ」「しからば、ごめん」

「おっ、出たな。凄いケツだねえ。こりゃ固そうだ。よしいくよ。そーれ、どうだ」「むむっ、えらく冷たい手でござるな」「おお、そんなことを言う余裕があるのか。じゃあ、もっと強くだ。えーい、どうだ」「おおっ、これはお強い。うーん、せっかくなので、もそっと強く願いたい」

「おい、いいのかい？　ケツの肉がちぎれちまうぜ。そうかい……。ならこうだ、よーいしょ、よーいしょ、さあ、どうだ」「うーん、これは痛い。うーん、くーっ、痛い痛い、うーん、お、思い出した！」

次の間から飛び出した田中三太夫が、「して、お使者の口上は？」

「うーん、聞かずに参った」

百《もも》川《かわ》

江戸っ子と田舎者、言葉がうまく通じない

日本橋にあった百川《ももかわ》という料理屋。明治維新の頃まではたいへんにはやっていたといわれる、実在の店である。ここ河岸《かし》の若い連中が集まって、深刻な話し合いをしている。

昨年、祭りのときに必要な四神剣《しじんけん》（注・四神を祀った祭具）を質に入れ、若い衆《わかしゅ》総出で遊んでしまったのである。今年も祭りの時期が近くなってきた。四神剣は持ち回りで隣町に返すことになっているが……。

「とにかく銭をこしらえる算段をつけないとな。まあ、なんとかしよう……。おい、ちょっと店の者を呼んでくれ。おーい」

しかし、たまたま店のお女中衆《じょちゅうしゅう》は、髪結いが来たというので髪を解いてしまったという。唯一、人前に出られそうなのは今日から奉公にあがった田舎者丸出しの百兵衛《ひゃくべえ》という男だった……。

「はーい、ただいま……。なんだって皆一緒に髪を解くかねえ。百兵衛さん、魚河岸《うおがし》の方たちで多少は荒っぽいが、大丈夫かい」「へい。大丈夫だんべ。心配いらねす。ではちょっくら行ってくるべ……。へえ、どうも、わしは百兵衛ちぃまして、この主人家《しゅじんけ》の抱《かか》え人《にん》（注・従業員）でごぜえます。ちょっくら御挨拶がてら御用をうかがげえにまいりやして」

言葉は丁寧なのだが、どうにも訛《なま》りがきつくて何を言っているのかよくわからない。

「えっ、何とおっしゃいました」「わしは、この主人家の抱え人で……」「四神剣の掛け合い人……。おい、たいへんだ。とうとう隣町がしびれを切らして、掛け合い人を差し向けてきたぞ……。いやいや、どうもお役目ご苦労さんです」「いや、なーに、ちょっくら来てみただけだんべ。まだなんの苦労もしてねえです」「いや、そうでございますか……。おい、まだ苦労はしてねえとよ。なかなか言うじゃねえか。困ったな、どうしよう……」

　頭を下げながらなんとか穏便にすませようとする若い衆。勤めの初日で百兵衛が羽織を着ていることも勘違いに拍車をかけ、どうやら本当に四神剣の件で掛け合いにきた人だと思い込んでしまった様子だ。

「あなたの顔は決してつぶさないようにいたしますから、今日のところはどうか穏便に……」「あんれま、顔をつぶすってか。いや、こんな汚ねえ顔だけんども、なんとかつぶさねえでもらいたいなや」

「ですから、必ず何とかいたしますから、そのところの具合《ぐあい》を、なんとか飲み込んでいただきたいんです」「なにぃ、クワイを飲み込んでほしい？」「へい、さようで。グッと飲み込んで」

　お膳にあった大きなクワイのキントンを手にとって考え込んでいる百兵衛。やがて、お客のためならと飲み込みはじめた。

《登場人物相関図》

「うっ、ぐうっ、ふーっ、こげなでけえクワイ、飲み込んだことねえから大変だ。ヒック、じゃ、どうも失礼しやした」

目を白黒させながら座敷を出て行く百兵衛。いっぽう、河岸の若い衆は……。

「おい、クワイの実を飲んじまったぞ。なんだいあいつは。とんでもねえ田舎者だ」「いや、そうじゃねえ。あれは何の某《なにがし》という、名の知れた親分かなんかだ。俺たちがあんまり謝るもんだから、気を使ってクワイまで飲み込んで道化《どうけ》を演じたんだろう」「そうかねえ。そうは見えなかったけど」「いいや、あの人が、こんな汚ねえ顔だけど、つぶされたくねえって言ったとき、あまりの迫力に俺は肝《きも》をつぶされたね」「へえ、そうかねえ」

もう完全に勘違いしているようで……。

「どうしたい、百兵衛さん。なぜ階段のところで涙ぐんでるの。ん？　クワイを飲み込まされた？　ハハハ、お前さんがなんでも鵜呑《うの》みにしそうだってんで、からかっていなさるんだよ。……はーい、おや、また二階で呼んでるね。悪いけどまた行っておくれ。なに、大丈夫だよ。可哀そうだから御祝儀でもやろうってことかもしれないよ。さあ、早く行った行った」

「へえ。いんや、お店勤めもえらく辛《つら》いもんだなや……。へーい、今度は何でごぜえますか。もうクワイは無理だぁよ。まだ喉の奥につっけえてるから」「ん？　あの、あなたは……。なに、ここの使用人だぁ？　ほら見ろ、掛け合い人でもなんでもねえよ。誰だ、間違えたのは。まったくバカバカしい……」「まあ、いいじゃねえか。お前もホッとしたろ。おい、ちょっと使いを頼むぜ。長谷川町の三光新道《さんこうじんみち》に歌女文字《かめもじ》という常磐津《ときわず》の師匠がいるから、河岸の者が呼んでるって言ってくれ。名前を忘れたら『か』のつく有名な人だと尋ねればいい。頼むよ」

さあ、百兵衛さんのはじめてのおつかい。案の定名前は忘れたが、「か」のつく名高い人だと近所の人に尋ねると……。

「それなら医者の鴨池《かもじ》先生だろう。この家だよ」「ありがとうごぜえやす。あの、ごめんくだせえ。あ、鴨池先生ですか、わしは日本橋室町《むろまち》の百川の抱え人で百兵衛ちいます」「ほうほう、で、どうしたのじゃ」「へえ、河岸の若い方が五人ばかり、今朝方に来《き》られやして……」「なに！　河岸の若い衆が五人ばかり袈裟懸《けさが》けに斬《き》られたと申すか」

やはりこの先生も訛りのせいで勘違い。百兵衛に薬箱を持たせ大急ぎで駆けつけた。

「おお、早かったな。もう来たのかい……。あっ、鴨池先生じゃないですか。いつも喧嘩《けんか》の度にお世話をかけまして……」「そんなことはよい。怪我《けが》人はどこじゃ」

さて、これが間違いだとわかって河岸の者は恐縮することしきりだったが、そこは人物ができている名医。鴨池先生は、まずはよかったと笑いながら帰っていった。

「この間抜け！　なんで鴨池先生を呼ぶんだよ。歌女文字と鴨池先生じゃ大違いだ

「ん？　かめもじ、かもじ……。いや大きくは違わねえ。たった一字だけだ」

反《はん》対《たい》俥《ぐるま》

乗った人力車が大暴走、着いた先は…

まだ人力車が立派な交通手段だった、明治の世のお話で……。夜更け過ぎ、ある旦那《だんな》が上野の停車場まで行くべく俥《くるま》を拾った。値段は一円ポッキリと、まあ適正価格。

ところが、これがとんでもなく遅い俥で、牛車《ぎっしゃ》に乗っているかのようなトロトロ歩き。少し年季の入った車夫《しゃふ》なので、若々しい同業者に抜かれるのは仕方ないにしても、ずっと年寄りの車夫にまで引き離される始末だ。

文句を言うと、「心臓が良くない」だの、「もし発作でも起きて死んでしまったら、葬《とむら》いはよろしくお願いします」だの、ロクなことを言わない。とうとう業《ごう》を煮やし、万世橋《まんせいばし》の手前で他の車に乗り換えることに。

「ひどい目にあった」とボヤキながら拾ったのは、やたら威勢のいい男が曳《ひ》く速そうな俥だ。

「いやいや、さっきは遅い俥に乗って、すっかりまいっちまったんだけど、お前さんは大丈夫だろうね」「大丈夫だろうねぇ？　旦那、人を見てから言って欲しいね。あっしは韋駄天《いだてん》の熊って呼ばれてんだ。そんじょそこらの俥屋と一緒にしてもらいたくないねぇ」

「そうかい、たいそう威勢がいいな。これは嬉しいや。汽車の時間が迫ってるんだよ。早くお願いしますよ。まずは万世橋を渡って北へ行っておくれ。それで上野へ……」

「北ね。あいよ！　そらそらそらそら、俥が通るぞ！　危ないよっ！」

まだ行き先も言い終らないうちに北へ向かってビュンビュン飛ばす。

俥も揺れに揺れ、乗っている方も必死でしがみついていると、土手のようなところにぶつかってようやく止まった。

「ふーう、やっと止まったかい。いやびっくりした。速いのはいいが、これじゃ生きた心地がしないよ……。一直線にずいぶん遠くまで来たけど、ここはどこだい？」「へへへ、それがあっしにもさっぱり」

「おいおい、自分がわからない所に来るやつがあるかい。あ、そこへ看板が出てる。ナニナニ、埼玉県浦和市……。おいっ！　たいへんだよ、とんでもない所まで来ちまった。すぐに引き返しておくれ！」

「へーい」ってんで、今度は上野へ向かい一直線。しかし途中で勢い余って、すれ違った芸者を川の中へ突き落としてしまった。

「たいへんだ、早く芸者を上げてやりな」

「冗談言っちゃいけねえ。芸者を揚《あ》げられるくらいなら、俥屋なんかやってねえ」

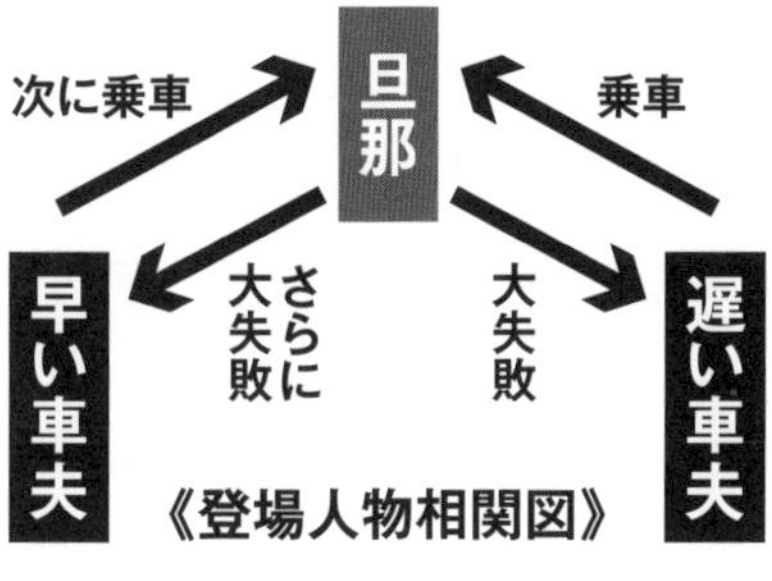

《登場人物相関図》

転《てん》失《し》気《き》

今さら知らないとは言えないし…

体調を崩し、医者に往診してもらった和尚《おしょう》さん。「てんしきはございますか」と尋ねられたが、言葉の意味がわからない。

しかし物識《ものし》りで通っている手前、改めて聞くのも気恥ずかしく、「このところありません」と言ってお茶を濁《にご》した。でも、その後どうしても気になって、小僧《こぞう》さんを呼びつけ、《てんしき》を誰かから借りてくるように言いつける。

まずは門前の花屋さんのところへやってきたが……。しかし、この店の主人も言葉の意味がわからない。でも小僧に侮《あなど》られるのも口惜《くや》しいので、「おつけの実にして食べてしまった」と言い訳をする。

さあ、それからいろいろなところへ行くが、「棚から落として割れてしまった」、「昨日まであったが人に貸してしまった」などと、それぞれ言うことがバラバラでさっぱり要領を得ない。しかたなく、薬をもらうついでに医者に直接尋ねると、なんと放屁《ほうひ》のことだという。

「えっ？　放屁って……、おならですか」「そうじゃ。俗に言うおならじゃな」「あの……、臭いやつですか」「うむ。まあ、あまり良い匂いはせんな」「あの……、黄色いやつですか」「いや、色まではわからんがな」

さあ、小僧さんは大笑い。

「みんな知らないんだよ。借りてこいとか、落として割ったとか。花屋さんなんか食べちゃったって言ってたぞ……」「どうした小僧、行ってきたか」「はい、和尚さま、ただいま帰りました」「して、てんしきは借りられたか」

さて、ここで生意気ざかりの小僧さん、和尚の知ったかぶりをからかおうと、素直には意味を教えず、「てんしきとは、お盃《さかずき》のことだそうですね。残念ながら借りられませんでした」「そうか……。盃か。呑酒器とでも書くのかな。いや、よいよい」

数日後、再び医者がやってきて……。

「先生、そういえば先日『てんしき』はないと申しましたが、実はありまして……。なかなかのものので、お見せしようかと」「見せる？　いや、それには及びません」

「いや、もうそこに持ってきております」「持ってきた？　おや、これは見事な盃でございますな」

「そう、なかなか良いてんしきでしょう」

「和尚、我々のほうでは『傷寒論《しょうかんろん》』という書物に由来し、気を転び失うと書いて、放屁のことを『転失気』と申しますが、お寺のほうでは何故《なぜ》、盃をてんしきと？」

「へっ、放屁？　うーん、小僧の奴め、騙《だま》しおって……。えー、あの、これ（酒）も度を越しますと、ブウブウ（注・酔ってくだを巻くこと）がでます」

強《ごう》情《じょう》灸《きゅう》

熱くてもヘッチャラ？ 江戸っ子たちの我慢比べ

とにかく強情《ごうじょう》なのが江戸っ子気質。銭湯などでも我慢《がまん》しながらわざと熱い湯に入り、我慢できずに水を入れようものならたいへん怒られたそうで。

「おい、なんだってこんなにぬるい湯をうめるんだ。だらしがねえ野郎だ」「だって、これじゃ熱くて入れねえや」「何を言ってやがる、こんなぬるい湯で。うーん、うーん……。おい、ぬるいんだからあまりかき混ぜるな。うーん、おい！　ぬるいんだから湯の中でやたらと動くんじゃねえ！」

なんて具合で、じつにバカバカしい……。

さて、皆の前で、据《す》えられたお灸《きゅう》の熱さを、文字通り「熱く」語っている若い衆。

「もう熱いの熱くねえのって、腕が焼けてちぎれるかと思ったね。あんな山のようなお灸はそうそう耐えられるもんじゃない」

驚いたり感心したりしながら聞いている仲間うちだったが、負けず嫌いの男が大見得《おおみえ》を切って言い放った。

「冗談じゃねえや。山のようだって、たかだかそんなのだろ。それじゃ上野の山ぐらいのもんだ。俺なんか富士山ほどの大きな灸だってビクともしねえや。だいたい灸ぐらいで熱いのなんの言ってる奴は、江戸っ子の看板をおろせってんだよ」

よし言いやがった、なら今からもぐさを買ってくるから据《す》えてみろ、おう据えるともと、売り言葉に買い言葉。本当に山のようなもぐさを腕にのせて火をつけた。

「いいか、八百屋《やおや》お七《しち》の最期を知ってるか。女だてらに火あぶりだぞ。あの石川五右衛門《いしかわごえもん》なんぞは、釜茹《かまゆ》での刑でグラグラ煮られながら、辞世の句まで詠んだってえ話だ。灸ぐらいで騒ぎやがって、こちとら江戸っ子だ、こんなもの屁でもねえ！」

気勢をあげる男だったが、火がまわってくると、それはもう凄《すさ》まじい熱さで……。

「くーっ、こんちくしょう。石川五右衛門はな……、うおーっ！　がおーっ！」「まるで犬だね。吠えてるよ。あらら、顔なんかタコみてえに真っ赤になっちまって。おい無理するなよ」

「なに？　無理するなだぁ？　ふざけるんじゃねえ。くーっ……。石川五右衛門は釜ん中で、涼しい顔で一句詠んだんだ。こちとら江戸っ子だぞ……、うーん」「おい、白目《しろめ》を剥《む》いてるぞ。もうよしな、降参しな。熱いって言えよ」「誰が言うか。うーん、石川、石川やーっ！　あわあわあわ、あっつ、熱いーっ！」

腕から灸をはたき落として悶絶《もんぜつ》する男。仲間が駆け寄って水をかけてやりながら、「おい、今たしかに熱いって言ったな」

「いや……。俺は熱くねえが、五右衛門はさぞかし熱かったろう」

錦《にしき》の袈《け》裟《さ》

モテモテの与太郎が締めたふんどしは？

隣町の若《わか》い衆《しゅ》が、高価な縮緬《ちりめん》で揃《そろ》いの長襦袢《ながじゅばん》をあつらえ、吉原《よしわら》へ繰り出してかっぽれの総踊りをしたという。これがたいへんな評判になり、しかも「あいつらにはこんな粋なことはできめえ」と、自分たちの町内をさんざん馬鹿にして帰ったと聞かされた連中は、どうにも我慢《がまん》がならない。

見返す算段を考えていると、誰かが縮緬よりも高価な錦《にしき》で下帯《したおび》を拵《こしら》えろと言い出した。なんでも、質流《しちなが》れの手頃な錦があるとか。さあ、喜び勇んで揃いのふんどしを作ったが……。頭数に入っていなかったか、存在感の薄い与太郎《よたろう》の分が足りない。

仕方がないから自分で何とかしろと言われ、途方に暮れてカミさんに泣きつく与太郎。気の強い女房は、うちの亭主がのけものにされたと口惜《くや》しがり、寺の和尚《おしょう》に錦の袈裟《けさ》を借りてくるようけしかけた。

「いいかい、親類の子に狐《きつね》が憑《つ》きまして、偉いお坊さんの袈裟をかけてやると、憑きものがうまくとれると申します。お慈悲《じひ》でございます。どうかお貸しをって言って、うまく借りてくるんだよ」

この作戦がまんまと成功し、もったいないなくも金色の袈裟を下帯がわりに締めた与太郎。町内の若い衆とともに吉原に繰り出す。そして、宴もたけなわになった頃、皆が一斉にふんどし一枚になり裸踊りが始まった。これには店側もびっくり仰天。

「凄《すご》いねえ、豪勢だねえ。あれは錦だよ。あんな高いものを下帯に使うなんて……。これはどこかのお大名かお大尽《だいじん》が、お忍びで遊んでいるに違いないよ」

「そうだねえ。おや、ちょいと見てごらん。あの少しボーッとしてた人。鮮やかな刺繍《ししゅう》の下帯で、おまけに小さな輪まで付いてるよ。そうか、あの人が一番偉い若様だ。あとの連中はお付きの家来にちがいないよ」

どうやら袈裟の輪が、特別あつらえに見えたようで……。その夜は与太郎ばかりが下へも置かない扱いで、大モテにモテた。

翌朝、すっかり与太郎においしいところを持っていかれた若い衆たちが、いまだに布団のなかで花魁《おいらん》とイチャイチャしている錦の袈裟の若様を起こしにくる。

「まったく、なんで与太があんなにモテるんだよ……。おい、もう朝だぞ、帰るぞ」

すると花魁が、「主《ぬし》さま、今朝《けさ》は帰しませんよ」と甘えた口ぶりで引き留める。これを聞いた与太郎、びっくりして、「袈裟は返さない？それじゃお寺をしくじっちまう」

《登場人物相関図》

無《ぶ》精《しょう》床《どこ》

いい加減で面倒くさがりの床屋さん

床屋《とこや》といえば心身ともに落ち着く場所というのが昔からの相場。でも、なかには座っているだけで気が気でないような、とんでもない床屋があるもんで……。

やけに空《す》いている床屋に飛び込んだ客。急いでいるようで早く散髪してもらいたいのだが、ここの主人がひどい無精者《ぶしょうもの》のうえに口が悪いときているので、さあたいへん。

「さあ、頭はどうするんだい」「チャチャッとやって、男前にしておくれ」

「男前？　そりゃ無理だよ。前の鏡で自分の面《つら》をよく見てごらん」「おい、ひどいこと言うねえ。まあ、とにかく短めで、さっぱりやってくんな……。ん？　おいおい、いきなり剃刀《かみそり》をあてるのかい。まずはお湯で湿らせてくれよ」

「お湯？　そんなもん面倒で沸かしてないよ。水で十分だろ、水で」

水で湿らせようとするが、これが苔《こけ》が生えてボウフラが湧いているような汚水。驚いた客が文句を言うと、町外れの井戸まで行って自分で汲《く》んでこいときた。

「ひどい床屋だねえ……。まあいいや、ちゃんとボウフラをよけて汲んでくれよ」

「まったく注文のうるさい客だな。よし、これでいい……。おう、お前。いつもカボチャなんぞやってたんじゃ腕が上がらねえだろ。たまには生身の頭につかまれ」

「ちょっと待ってくれよ、大将がやってくれるんじゃないの？　小僧《こぞう》さん？　カボチャって……。本当に大丈夫だろうね」

さあ、この小僧がガリガリガリガリ頭を剃《そ》りはじめたが、痛いのなんの。しばらくは我慢《がまん》していたが、やがて血が出てきて、たまらず親方に代わってもらう。

「まったくお前は覚えが悪いな。いいか、よく見てろよ。こうやって剃るんだ」「ああ、やっぱり親方だ。痛くねえよ。さすがだね。え？　まだ剃ってない？」

さすがに親方は腕が違う。スイスイ剃っていると、店の中に一匹の犬が……。

「あっ、この野郎、また入ってきやがった。シッシッ！　あっちへ行け」

しかし、どんなに追い払ってもいっこうに出て行こうとしない。不思議に思って客が理由《わけ》を尋ねると、「この前よそ見してたら、客の耳をひとつ切り落としちまってな。それをこいつがペロリと食ったんだよ。よほど美味《おい》しかったんだろうな。味をしめて毎日やってくる」

「冗談言っちゃいけない」

無精床という一席で……。

《登場人物相関図》

堀《ほり》の内《うち》

何をするにもそそっかしい男の一日

生来のそそっかしさで、いつも損ばかりしている粗忽者《そこつもの》。なんとかしてこの性格を直せないものかと、堀の内（注・現在の東京都杉並区堀の内）のお祖師《そし》さまに願《がん》をかけに出かけた。

しかし、神田《かんだ》の家を出たのはいいが、堀の内とはまるっきり逆の両国《りょうごく》方面に向かってしまい、最初から大失敗。何度も迷いながらやっとの思いでお祖師さまに着いても、お賽銭《さいせん》をやるのに財布ごと投げてしまい、一文無しになってしまう。せめて弁当だけでも食べようとお堂の隅で風呂敷をほどくと、これが風呂敷ではなく女房の腰巻きだった。おまけに中身はただの枕で……。

これは女房のせいだと逆恨みをして、空腹でフラフラになりながらやっと家にたどり着くやいなや大声で怒鳴った。

「やい、なんだって腰巻きと枕なんか持たせやがった！　おおっ、クスクス笑ってやがるな。なにが可笑《おか》しい！」「フフフ……。だってお前さん、あんたの家《うち》はお隣りだよ」「いけねえ、間違えちまったよ……。俺は本当にそそっかしくていけねえ。あ、どうも、いきなり大きな声を出してすみません」

「アンタ、なんでお隣りで怒鳴《どな》って家に帰ってきて謝ってんの……。お弁当を忘れたんでしょ。今ね、温かいお飯を炊いてるからその間に金坊《きんぼう》をお湯に連れてってておくれ」

疲れたの腹が減ったのと文句を言いながらも、しかたなく息子を連れて銭湯へ。しかしここでも失敗ばかりで……。

「なんだ金坊、さっさと脱ぎなさい。もたもたするんじゃないよ。どれ、お父ちゃんが脱がせてやるから」「おいおい、あなた、なんだって娘の着物を脱がすんだい。今着せたばかりなのに」

「あら、これはおたくの娘さんですか。どうもそそっかしくてすみません。いや、裸にしたらね、付いてるはずのもんがないから心配だったんですよ。ああ、よかった」

「ちっともよくないよ！」

「すみません……。おい金坊、なにを笑ってやがる。お前がフラフラするからお父ちゃんが恥をかくんだ。さあさあ、湯に入るぞ……。ああ、今日はよほど疲れたんだな。自分の身体が自分のもんじゃないみたいだ。尻を掻《か》いても何にも感じやしねえ」「誰だ！　人のケツをいじる奴は！」

「すみません……。金坊、出よう……。よし、じゃ背中でも流してやるか。おや、なかなか広い背中だな。お前も大きくなったんだな。ふう、しかしやけに広いな……」

「あっお父ちゃん、羽目板《はめいた》を洗ってら！」

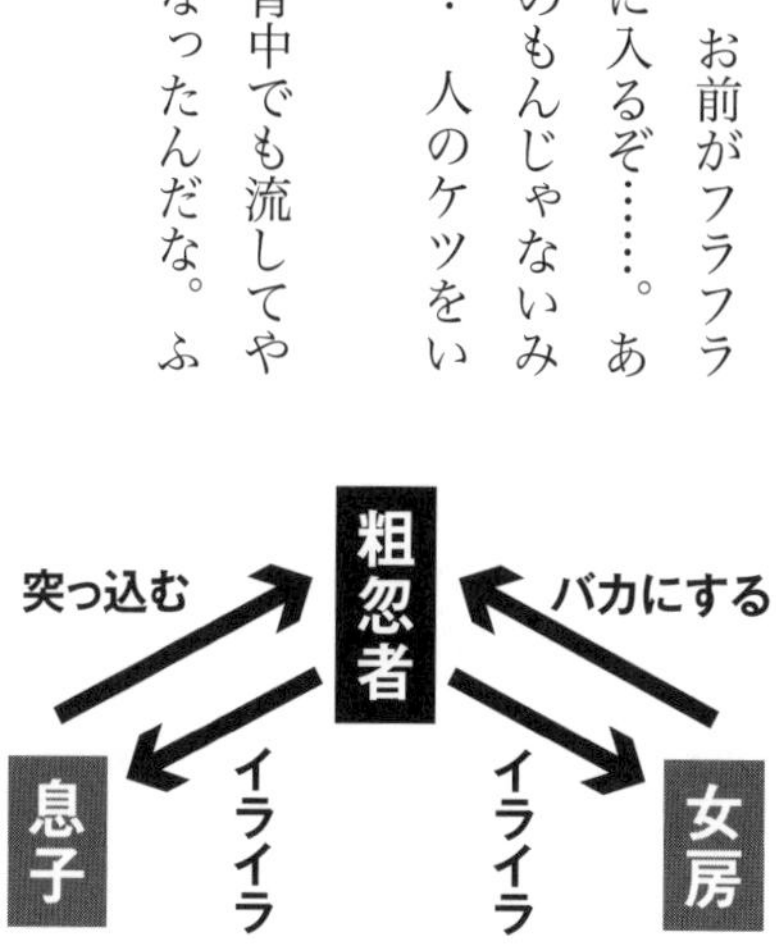

《登場人物相関図》

代《だい》書《しょ》屋《や》

真面目な人を困らせるお客たち

何を言っているのかさっぱり要領を得ない男が代書屋《だいしょや》に飛び込んできた。

どうやら仕事先に提出する履歴書を書いて欲しいようだが……。氏名や本籍などは、何度かつっかえながらもようやく言えたものの、その後ははなはだ怪しい限りで……。

「あなたは長男ですか」「そうです。まちがいありません……。二年ほど前に兄貴が死んだもんで、今は長男なのです」

「はぁ？　お兄さんが亡くなる前は」「二番目の子でしたわ。すぐ下に弟がいて、その下にずっと離れた妹がおります」

「じゃ次男でしょ……。あのねぇ、これ、書き直すといちいち訂正して判を押さなければならないんですよ。できるだけ間違いのないようにお願いしますよ。それでは、学歴はどうですか」「はい、尋常《じんじょう》小学校を二年で卒業いたしました」

「えっ？　二年ですか」「はい。二年が終わって、先生から、お前はもう来ないでもいいぞって言われまして。それで卒業したんです」

「尋常小学校、二年次終了で中退と。職歴はどうですか。今までどこで働かれていたんですか」「饅頭屋《じゅう》です」「ほう、どこの饅頭屋で働いてらした？」「いえ、自分で饅頭屋を……」「自分で経営なさったんですか。ふむふむ、饅頭商を営む、と。それは何年ほどで？」「いえね。あれだったら自分でもできそうだと思ったら、意外に家賃が高いもんでねえ、こりゃダメだと、あきらめましたよ」「えっ？　やらなかったんですか……。二行抹消《まっしょう》と……。あのねえ、ちゃんとやった仕事を言ってください。お願いしますよ」

だんだんイライラしてくる代書屋だったが、この男はまったくもってマイペース。

「すいません。不慣れなもんで勘弁してください。あのぅ、以前にへりどめ屋をやりました」「へりどめ屋？　なんですかそりゃ」

「あのね、下駄《げた》の歯が減るのを防ぐゴムをね、歯にくっつける仕事なんです」「うーん、このご商売はなんと言えばいいのか……。店を構えていましたか」「いや、道路にゴザを広げてやってたんですよ。ひとりでね」

「それでは露天商ですな。ふむふむ。これは本当にやったんでしょうね」「やりましたとも。もう道ばたは寒くてまいりましてね」「そうでしたか。ご苦労さんでしたな」

「あまりにも寒くて二時間でやめました」

入れ替わり立ち替わり、さまざまな客がやってきて、生真面目《きまじめ》な代書屋を苦しめるという「代書屋」の一席。

浮《うき》世《よ》床《どこ》

バカバカしい話にこそ花が咲く男たちの社交場

昔の床屋は、髪を切る場所の脇に将棋盤《しょうぎばん》、碁《ご》盤、貸本《かしほん》などを置いた待合室があり、社交場のような役目をしていたそうで。

「お前、本を見てるけど、字が読めたっけ」「バカにするなぃ。字くらい読めらぁ」

聞けば、姉川《あねがわ》の合戦《かっせん》の軍記だという。

「おう、少し読んで聞かせてくれよ」「いいけど、俺は読むのが速いぜ。立て板に水だ。ボヤボヤしてると聞き逃すよ。もう一回読んでくれ言われてもダメだぞ。二度目は筋が微妙に違うから」

「なんだそりゃ。いいから早く読めよ」「じゃいくぞ。えー、ひ、ひと、ひとつ、あね、あね、かわのかつせんのことなり」

「なんだよ、おい。ブツ切れだねえ」「いいから黙って聞け。えー、まが、まが、まがら、じゅふらくはく……えもんが」「ん？ それは、真柄十郎左衛門《まがらじゅうろうざえもん》だろ」

どうやら真柄十郎左衛門と本多平八郎《ほんだへいはちろう》の一騎打ちのくだりのようである。

「そうともいう。その、なんとか左衛門が、敵にむか、むかついて、むかついて」「おい、むかついたとよ。吐いたらいけねえや。誰か、金だらい持ってこい」「違うよ！ 敵にむかつい……、あ、敵に向かってだ。一尺八寸(注・約五十五センチ)の大太刀《おおだち》を……」「待てよ。一尺八寸って短かすぎねえか」「えー、もっとも、それは刀の横幅で」「横幅？　そりゃずいぶん不思議な刀だ」「うるさいな、黙って聞けよ。大太刀を、まつこう……」「なんだい」「おい、何でお前が返事するんだよ」「だって今、松公《まつこう》って言ったぜ」「バカ、お前が姉川の合戦に出てくるわけないだろう。いいか、まつこうに……。あれ？　まつこう……、あ、真っ向《まっこう》に振りかぶりだ」

読み物はいっこうに進まない。そうかと思えばこちらでは……。

「こいつ、寝ながらニヤニヤしてやがる。気持ち悪い野郎だね。おい、どうした。いいことでもあったか」「うーん、なんだよ。起こすなよ。女が寝かせてくれなくて……。眠いんだよ」「おおっ、この野郎、言いやがった。なにかあったな。ノロケでも聞かせろ」

どうも、芝居見物で仲良くなった女性と茶屋へしけこみ、ともすれば一触即発ということになったらしい。

「おい、それで布団へ入ってどうした」「女が、私も一緒に寝かせてくださいって言いながら……」

「くーっ、ちくしょう。布団に入ってきたのかよ」

「そう。そこでお前が起こしたんだよ」

「夢の話かよ！」

おなじみ「浮世床」の一席。

二《に》十《じゅう》四《し》孝《こう》

親孝行は一日にして成らず

離縁状《りえんじょう》を書いてくれと大家のところにやってきた、長屋でも評判の乱暴者。つまらないことで夫婦喧嘩《げんか》になり、カミさんに手を上げたばかりか、実の母親を蹴《け》りつけたというから穏やかじゃない。

面倒見の良い大家は烈火の如《ごと》く怒った。

「このバカ者、お前みたいな親不孝者はこの長屋には置けねえ。すぐに出て行け」

これには乱暴者も困った。大家といえば親も同然というほど発言力が強く、店立《たなだ》て（注・強制的な立ち退き）の前科があれば引っ越しも容易ではない。

「いや、あの、店立てはひでえよ」「なにを言いやがる。俺はな、お前が親孝行さえすれば出て行けなんぞ言わない。むしろ、小遣《こづか》いをやってもいいくらいだ」「本当かい、それなら俺も孝行するぜ」

まったく現金なもので、小遣いを貰《もら》えるなら、もう乱暴はしないと誓った。これがいい機会と、大家はいかに親孝行が大切であるかを説きはじめる。

「昔、唐土《もろこし》に王祥《おうしょう》という若者がおった」「へえ……、とんもろこしですか」

「そうじゃない、唐《から》の国だよ。王祥には年老いた母がおり、鯉《こい》が食べたいと言うが貧乏で買えない。そこで池に行き、氷の張った水面の上に裸で横たわって、体温で溶かしたところ、みるみるうちに溶けた氷の間から、鯉が一匹飛び出てきた」「嘘だよ。自分が池に落ちるだろう」「いや落ちなかった。そこが孝行の徳によって天の感ずるところだ。まあ奇跡じゃな」「ふーん、天が感じたかねえ」

「呉猛《ごもう》という者の家は、夏になっても貧乏で蚊帳《かや》が吊《つ》れない。母が蚊に悩まされて眠れぬのをみた呉猛は、安酒を買ってきて裸になり、酒を全身に吹き付けた」「おい、それじゃ蚊に刺されすぎて死ぬよ。蚊は酒の匂いが大好きなんだから」

「しかし、その夜に限って一匹もでなかった。孝行の徳によって天の感ずるところだ」「おう、また感じたのかい。敏感だねえ」

いくつもの孝行話を聞かされて家に帰った乱暴者。俺も試してみようと、寝る前に酒を身体に吹き付け、ついでに残りは全部ガブ飲みして、高鼾《たかいびき》でグーグー寝てしまった。

そして翌朝起きてみると……。

「おおっ、こいつは凄《すげ》ぇや。ひとつも刺されてねえ。夕べは一匹も蚊が出なかったんだ……。いや、これこそ天の感ずるところだ。なあ、おっ母さんよ」

「なにを言ってんだい、この子は……。あたしが夜通し団扇《うちわ》であおいでたんだよ」

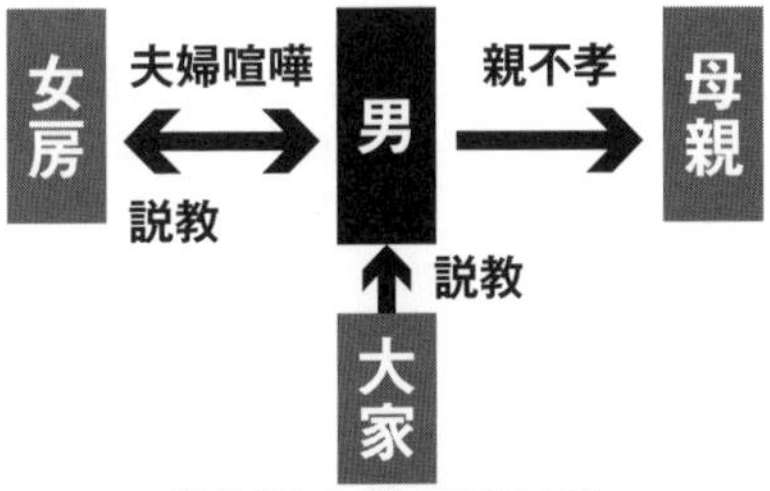

《登場人物相関図》

蜘蛛駕籠《くもかご》

いつまで待ってもお客ゼロ、やっと乗せたと思ったら…


茶店の前で客引きをしている駕籠屋《かごや》ふたり。ひとりはベテランなのだが、相棒は新米のうえにボンヤリしている男で……。

「おい、もっと威勢《いせい》良く声をかけなきゃダメだよ。お客さん！ へい！ かご！ へい！ かご！ こんな具合にやるんだよ」「そうかい。まいったねどうも……。お、お客さーん、へーかご、へーかご。あ、そこのあなた、ちょっと……、へーかご」

「なにぃ、屁《へ》を嗅《か》ぐ？ 俺のは臭《くさ》いぞ」「いや、屁じゃなくて駕籠屋です」「そんなもん乗らねえよ」

「ああ、行っちゃった……。あ、そこのあなた、へーかご、へーかご」「バカ、俺の顔を知らねえのか」

毎日のように顔を合わせる茶屋《ちゃや》の主人にまで声をかけて、怒鳴《どな》られる始末である。

「ダメだよ、お茶屋の旦那《だんな》は気むずかしいんだから。いい加減に顔くらい覚えろよ」

「これこれ、駕籠屋」「へい、お侍《さむらい》様、なんでございましょう」「お駕籠は二丁《ちょう》であるぞ」「へへーっ……。おい相棒、上客だぞ」

「前の駕籠がお姫《ひめ》様、後ろが乳母《うば》様じゃ。両掛けが二丁で、供の者が五人ほど」「へへーっ……。おいっ、すぐに仲間に声をかけてこい。いい客だって言ってな」「そのような一行が、今しがたこのあたりを通りかからなかったか」「へっ？　いや、見ませんけど」

「そうか、拙者《せっしゃ》の方が早かったか……。しからば、前の茶店で休んでおるから、見かけたら知らせにまいれよ。ごめん」「おーい、すぐに戻って来い。なんだよ、客じゃないんだよ。冗談じゃねえ」

その後もいっこうに客が付かないばかりか、酔っ払いに声をかけて散々な目に。しかし、やっとのことでまともな客がついた。

「おう、金ははずむから急いでやってくれ」

「へいっ！　行くぞ！　エッホ、エッホ」

しかし、威勢良く飛び出したものの、駕籠がやたら重く感じて調子がでない。それもそのはず、じつは乗っている客はふたり。駕籠屋を騙《だま》して、まんまと運賃を半分ですませる魂胆《こんたん》だ。しかし、なかなかバレないので調子に乗るうち、駕籠の底が抜け……。

詫《わ》びる客に怒る駕籠屋。しまいには客も駕籠の中で一緒に走ることになって……。

「あっ、見てごらん。すごい駕籠が走っていくよ。中から足が四本でてる。全部で八本足だ。あれはなんだろう」

「ああ、あれが本当の蜘蛛駕籠《くもかご》（注・雲助が担ぐ駕籠）だ」

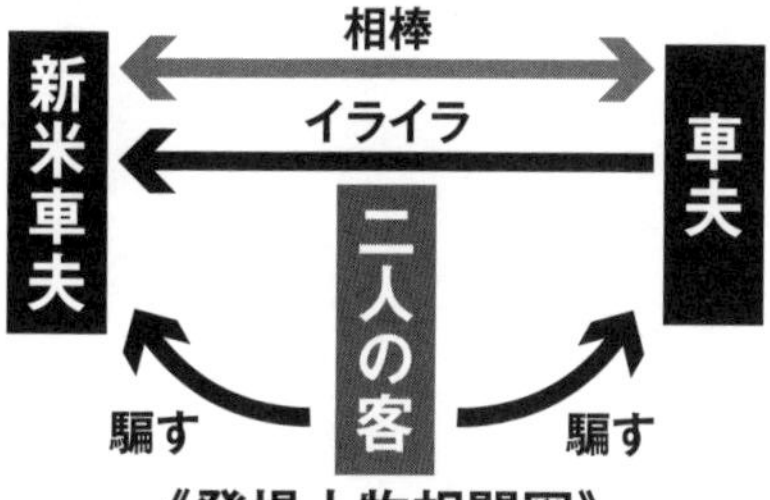

《登場人物相関図》

宗論《しゅうろん》

仏教VSキリスト教、父と子の宗教論争

さる大家《たいけ》の若旦那《だんな》。博打《ばくち》や酒は一切やらず、女性には固いので有名。さぞかし旦那も安心だと思いきや、ひとつだけ頭痛の種があった。この家は代々浄土真宗《じょうどしんしゅう》の信徒だったが、なぜか息子はキリスト教徒で……。

「あいつはまだ帰らないのかい。ふん、またぞろ教会とやらに行ってるんだろう。今日という今日はひとこと言ってやらにゃ」「お父様、ただいま帰りました」「随分遅かったな、どこへ行ってたんだい」「はい、教会でミサがありまして、ありがたいイエス様のお話を聞いておりました」「なんだい、そのイエス様ってのは」「イエス様は私たちの父です」「なにぃ、お前の父は私だろ。ただでさえ似てないって評判だ。ドキッとするようなことをいうんじゃないよ。だいたいね、うちには真宗という有難いお宗旨《しゅうし》があるんだ。なぜお仏像に手を合わせてくれない」「お父様、あれはただの偶像です。あなたは偶像を崇拝しているあわれな子羊《こひつじ》です」「子羊だぁ、なにを言っていやがる」

これから延々と宗論が続き、お互いに真宗だ、キリスト教だと一歩も引かない。

「阿弥陀様《あみださま》は厳しい修行ののちに、我々を極楽浄土《ごくらくじょうど》に導くお力を得たのだぞ」「お父様、かつてユダ

ヤの地に飢饉《ききん》が訪れたとき、イエス様は天に祈りました。すると天からパンが下り、肉が下り……」

「なんだ、天が腹でも下したか」「フフフ……。お父様、そんな子供じみたことを言うのはもう終わりです。さあ、目覚めるのです。さあ、一緒に賛美歌《さんびか》を歌いましょう。い～つくしみふか～き～」

「うるさい、大声で歌うんじゃない」

興奮して思わず息子をポカリとやった。

「痛っ、ぶちましたね。いいでしょう。イエス様は、右の頬《ほお》を殴られたら左の頬を出せと教えました。さあどうぞ殴りなさい」「なんだと、これでもか」

「イタタタタ、なにもそんなに殴るなんて……。お父様、古くハムラビ法典には、目には目を歯には歯をという言葉がありますよ。ゆるしません。ご覚悟っ」

さあ、壮絶な親子喧嘩《げんか》が始まる。しばらくして、いたたまれなくなった使用人の権助《ごんすけ》が止めに入った。宗論は勝っても負けてもお釈迦《しゃか》さまの恥でございます……。

「なるほど。権助、お前に教えられたな……。しかし、そういう教養があるところをみると、お前も真宗（信州）なんだろう」

「いえ、おらは仙台で、奥州《おうしゅう》でごぜえます」

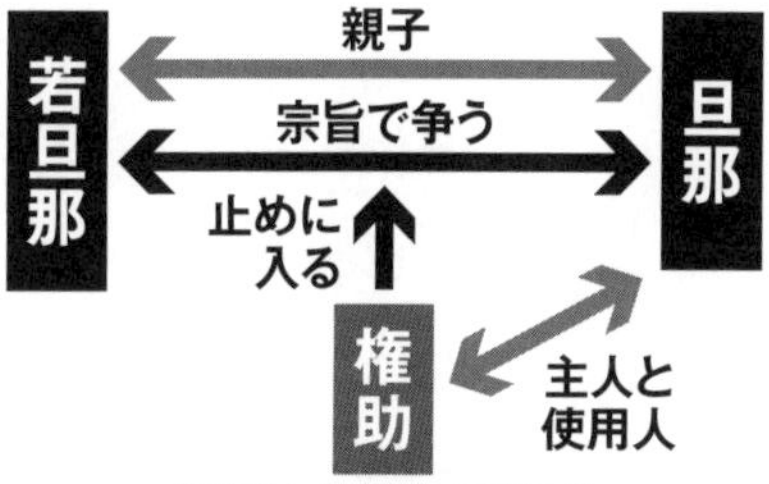

《登場人物相関図》

つぼ算《ざん》

1円＋1円＝2円にならない!?

買い物上手な兄貴分に付き合ってもらい、二荷入り《にかいり》（注・ふたりで担げる程度の重さ）の壺《つぼ》を買いにやってきた男。しかし兄ぃは、一円五十銭する一荷入り《いっかいり》の壺を一円に値切って買った。違う、二荷入りの壺だと言っても、いいから黙って担《かつ》げと言うばかり。そして、町内をひと回りしたかと思うと、さっきの道具屋に戻ってきた。

「おう、道具屋さん。じつはね、帰る途中に、この野郎が二荷入りの壺がいいっていうんだよ。取り替えてもらえないかねえ」

最初から二荷入りって言ってるのに、と文句を言う連れを制し、さらなる交渉へ。

「ええ、けっこうですよ。二荷入りは一荷入りの倍のお値段ですので……。あっ、先ほど一円で買われましたね。これはお客様、買物が上手だ。一円の倍で二円ですね……。いや、これだと儲けがないんですが……。いいでしょう。お買物上手に感心いたしましたので、今回は二円でけっこうですよ」「すまねえな。あ、ところでこの一荷入りの壺を買い値で引き取ってもらえるかい」

「そりゃ当然ですよ。お引取りします」「それじゃ、これを返してと……。じゃ、この二荷入りの壺をもらっていくよ」

「あ、ちょっとお待ちを。お代金を……」「だって、さっき一円払ったろ。で、今、一円で壷を引き取って貰った。現金の一円と壷の一円、合わせていくらだい」「二円ですね。なるほど……。すみません。勘違いいたしました。ではどうぞ」「じゃ、ありがとよ。よし、行くぞ」

道具屋を煙に巻いた兄ぃのホレボレするような口八丁《くちはっちょう》に、思わず笑い出す連れの男。

「あのぅ、もし、ちょっとお戻りを……」「バカ、笑うから感づかれたじゃねえか。戻るぞ……。道具屋さん、どうしたぃ」「あの、やはり足りないようですが……」「どうして？　まずは現金で一円、次に壷の分の一円これでいくらになる」「二円ですね……。あっ、どうも壷の分を計算してなかったようですすみません」「いいんだよ。じゃ、俺たちは行くよ」「フフフ、なんで気がつかないかねえ」「あのぅ、もし、ちょっとお戻りを……」「いけね。また呼ばれちまった……」

惜しいところでまた引き返すふたり。

「何度もすみません。どうも足りなくて」「じゃあ、算盤《そろばん》に入れてごらんよ。ね、現金が一円、壷の分が一円。合わせて？」「二円です……。ああ、もう頭がおかしくなりそうだ。すみません、この一円もお返ししますから壷も持っていってください」

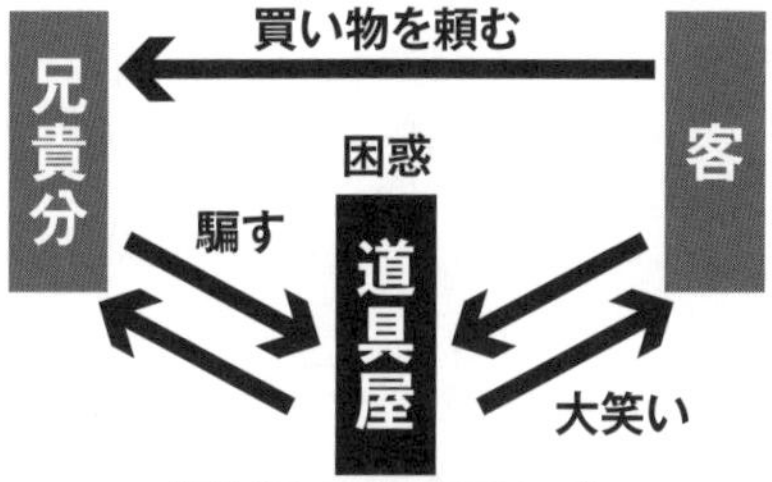

《登場人物相関図》

小《こ》言《ごと》幸《こう》兵《べ》衛《え》

ここの長屋の大家さん、入居条件厳しいです

いつも小言ばかり言っているため、小言幸兵衛《こごとこうべえ》と呼ばれている大家のところへ、部屋を借りようとやって来た男。

「おう、こんちは。大家んちはここかい」「ばあさん、表に誰か来たよ。乱暴な言葉づかいだねえ。はい、今あけますよ……」「おう、ごめんよっ。この先に長屋があいてるけど、店賃《たなちん》はいくらだい」「いきなり店賃なんか聞いてどうする」「決まってんじゃねえか。入《へえ》るんだよ」「なにを抜かしやがる。まだ入れると決まったわけじゃないだろう。いろいろ聞かなきゃならないことがあるから、それからだ。えー、まずはお前さんの商売はなんだい。同じ長屋で差《さ》し障《さわ》りがあっちゃいけないから。ふむ豆腐《とうふ》屋か……。よし。家族は？」「カカァがひとりだ」「当たり前だ。ふたりもいるか。子供は？」「おう、よく聞いた。豆腐屋にガキがいたら、こ汚なくてしょうがねえ。その点、うちのカカァはまだ一匹もひり出さねえや」「なんだそれは。子宝ってえくらいのもんだ。そんな女はとっとと離縁しちまえ」「なんだとこの野郎！　もういっぺん言ってみろ、ひどい目にあわすぞ、バカ！」

カンカンに怒って帰ってしまう。そこへ入れ替わりにやってきたのが……。

「ごめんください……。家主様《いえぬしさま》でしょうか。この先に結構なお長屋がありますが、空いてございますか。それとも先約がございましょうや。その段をお伺いいたしたくお声をおかけいたしました……」

「ばあさん、お茶をお出ししなさい。丁寧《ていねい》な御挨拶をどうも。たしかに空いてますよ。失礼ですが、あなたのご商売は」「仕立て屋を営《いとな》んでおります」「うまい。仕立て屋だけにいとなむ。提灯《ちょうちん》屋なら張りなむか……。で、ご家族は」「手前に妻《さい》に倅《せがれ》、三名でございます」

「ばあさん、羊羹《ようかん》でもお出ししなさい。言うことに無駄がない。たいしたもんだ」

かなり気に入った様子だが、息子が男前で仕事ができると聞くと難色を示す。古着屋のひとり娘とデキて、嫁にするか婿《むこ》を取るかで揉《も》め心中になるという。これには仕立て屋も面食らって帰ってしまった。

「おう、ごめんよ。大家か。家賃なんかどうでもいいから、俺ぁあそこに住むぞ。うるせぇ、ガタガタ言うな。昼過ぎにでも越して来るからな。よろしく頼むぜ！」

「すごい早口だね。お前さん、商売は？」「俺ぁ鉄砲鍛冶《てっぽうかじ》だ」

「ああ、どうりでポンポンよくでる」

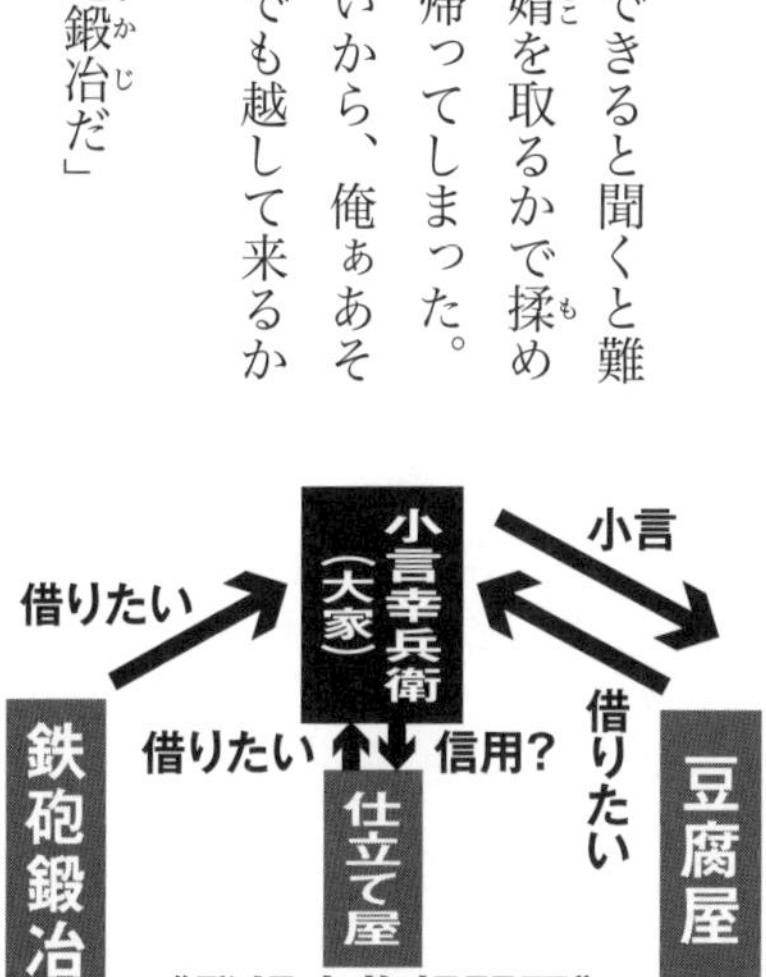

《登場人物相関図》

名人列伝

八代目桂文楽《かつらぶんらく》

《明治25年生～昭和46年没》

話芸としての落語を究めた巨匠

本名・並河益義《なみかわますよし》。明治25（1892）年、税務署長をしていた父親の赴任先・青森県五所川原《ごしょがわら》で出生、3歳で東京に移住する。9歳で奉公に出てから数々の職を経て、10代半ばで初代桂《かつら》小南《こなみ》に入門。桂小莚《こえん》を名乗った。その後、八代目桂文治《ぶんじ》や五代目柳亭《やなぎてい》左楽《さらく》に師事して頭角を現し、大正9年に桂文楽《ぶんらく》を襲名したときには、すでに若手の代表格として売れに売れていたという。

五代目古今亭志《し》ん生《しょう》と並び、昭和を代表する名人と呼ばれたが、芸風は奔放《ほんぽう》な志ん生とは正反対で、緻密にして完璧。無駄を省き細部まで練り込んだ珠玉の話術で、大衆からも辛口の落語ファンからも支持された。戦後の落語ブームは、この対照的なふたりの天才がいなければ起こらなかったといっても過言ではないだろう。

長く落語協会会長という重責を果たし、落語家として初めて紫綬褒章《しじゅほうしょう》を授与されるという栄誉にも浴した名人・文楽の最後の高座は、昭和46年8月。国立劇場で『大仏餅』の口演中に絶句し、「勉強し直して参ります」と頭を下げて途中で降りて以来、二度とその華麗な芸を披露することはなかった。

また、この「勉強し直して参ります」という謝罪の台詞さえも、万一のときに備えて繰り返し稽古していたとさえいわれている。完璧主義者だった文楽ならではのエピソードである。

得意な演目は『明烏《あけがらす》』『厩《うまや》火事』『船徳』『愛宕山《あたごやま》』など。ネタ数こそ少ないが、そのどれもが江戸落語の「粋」と「色気」で輝いている。

第三章

動物と子どもにはかなわない

ねずみ

木彫りに命吹きこむ名工の技

仙台の宿場で、ふとしたことから客引きの子供に連れられ、「ねずみ屋」という薄汚い宿に泊まることになった江戸の名工・左甚五郎《ひだりじんごろう》。目の前に「虎屋」という立派な宿屋があるだけに、余計ボロボロに見える。しかも、布団《ふとん》の借り賃を前払いしろとか、主人が腰を患《わずら》っているので自分の用は自分でしろとか、とにかくひどい扱い。しかしなぜか甚五郎は気に入った様子で……。

ある日、けなげに働く客引きの子供に感じ入って、主人に事情を聞くことにした。

「へい、もともと、あたしも息子も、向かいの虎屋に住んでいたんです」

聞けば、この子の産みの母が若くして他界したので、主人は女中頭《じょちゅうがしら》を後妻として迎えた。だが、しばらくすると息子に暴力をふるっているのがわかり、怒りにまかせて詰め寄ったところ、番頭と結託した後妻に、逆に追い出されてしまったのだという。

そして物置がわりだった向かいのボロ家を改造し、細々と旅館を営むことになった。後に、番頭と女中頭だった後妻がもともと男女の仲だったことを知った主人は、大いに自らの不明を恥じたという。

「そうだったのか……。して、なぜこの宿を〈ねずみ屋〉と名付けたんだい」「ここに越して来たときには鼠《ねずみ》だらけだったんです。で、追い出した鼠に悪いんで、せめて名前だけでも残してやろうと」

話を聞いて親子に肩入れしたくなった甚五郎。一晩かけて鼠を彫り上げ、〈左甚五郎作・福鼠〉として飾り付けた。そして、「また戻る」と言い残し、どこかへ……。

すると……。なんと、名人の甚五郎が心血を注いで彫った鼠が、まるで本物のように動き出すではないか。これを見て驚嘆した人が噂《うわさ》を広め、ねずみ屋は大繁盛。客が入りきれなくなって増築するほどになった。

一方、向かいの虎屋はぱったりと客足が途絶えた。このままではいけないと策を練っていた番頭は、仙台在住の飯田丹下《いいだたんげ》という東北の名人に虎を彫ってもらい、福鼠を睨《にら》みつける位置に据《す》えた。すると、今まで動いていた鼠がピタリと止まる。

慌てるねずみ屋親子に、喜ぶ虎屋夫婦。そこへちょうど甚五郎が帰ってきて事情を聞くと、木彫りの鼠に話しはじめた。

「おい、ねずみ。あたしがお前を彫ったときには命をかけたつもりだそれなのに、あのような虎の彫り物が怖いのか」

するとびっくりした鼠が……、「へっ？　虎？　なぁんだ、てっきり猫かと思った」

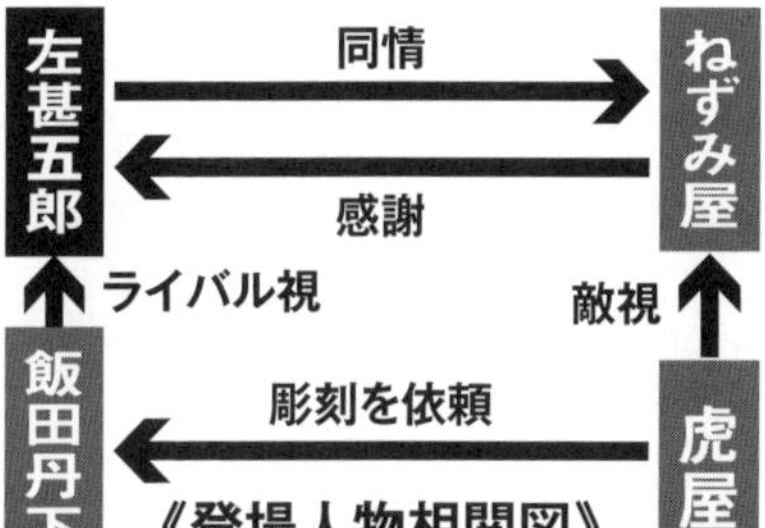

《登場人物相関図》

桃《もも》太《た》郎《ろう》

いつ？　どこ？　だれ？　疑問がいっぱい昔話

なかなか寝ない子供に親が昔話を聞かせるのは、今も昔も変わらぬ光景。たいていは最後まで語らないうちに眠ってしまい、「ああ、寝てる寝てる。子供なんて罪のないもんだ。可愛いねえ」と言いながら我が子の寝顔を眺めたもの。でも、現代はそう簡単にいかないようで……。

「いいか、これからお父ちゃんが昔話をしてあげるから、早く布団に入りなさい」「昔話？　いいよ、かったるいから」

「おい、なんだその言い草は。早く寝なさい。ちゃんと布団に入ったな。じゃあ始めようか。むかしむかし……」

「ちょっと待った。昔っていつごろ？　平安時代くらい？　はたまた鎌倉？　もしかしてジュラ紀？」「なにぃ、ジュラ紀だ？　どうでもいいんだよそんなこと。いいから黙って聞きなさい。あるところにお爺《じい》さんとお婆《ばあ》さんが住んでおりました」

「待った。あるところってどこ？　都内？　通勤圏内の関東近県？　もしや海外なんてこともあったりして？」「うるさいよ。どこでもいいじゃないか」

「じゃあ、その老夫婦の名前は」「老夫婦って……。そんな言葉を知ってるのか。名前なんか気にしなくていいんだよ。ふたりとも名無しなの」「そんなことないでしょ。それじゃ戸籍謄本とか住民票を取るときに大変だよ」

万事この調子で質問ばかり。桃太郎のお話を終えても眠らないどころか、逆に父親に説教をしはじめる始末。

「あのね、お父ちゃん。まず最初、『むかしむかし、あるところに』って言うけど、あれは、いつの時代にどこそこであった話と決めてしまうと、そこだけの話になっちゃうでしょ。だから、普遍性を持たせるために、わざとああしてボカしているの」「へっ？　フヘンセー？」

「そう。老夫婦の名前を言わないのもそういうこと。へんに固有名詞なんかついていたら、これから始まるメルヘンチックなストーリーに感情移入できないでしょ」

「すごいことを言い出すね、おい」

「でね、お爺さんは山へ芝刈り、お婆さんは川へ洗濯っていうでしょ。あれは、父の恩は山より高し、母の恩は海より深しってのを、暗に教えてるんだよ。チチハハじゃストレートすぎるから、濁《にご》りを打って柔らかくしてジジババ。海ってのもリアリティがないから川に変えてるんだけどね」

もう、父親がグウの音も出ないくらいの理論的な解説が延々と続き……。

「でね、鬼ヶ島とか鬼っていうのは世間を表わしているの。渡る世間に鬼はないなんていう言葉があるけどね……あれ、お父ちゃん、なんだ、寝ちゃったよ……。まったく、親なんて罪のないもんだ」

真田小僧《さなだこぞう》

悪知恵で小遣い獲得大作戦

小遣《こづか》いをくれない父親に業《ごう》を煮《に》やし、母ちゃんに貰《もら》うからいいと開き直る息子。

「俺がやらないのに、母ちゃんがやるか」「いいや、いつも家に来るオジサンのことを喋《しゃべ》るって言えば、母ちゃんは絶対にくれるんだから」

「おい、なんだそのオジサンってのは。ちょっと話してごらん」「だめだい。こっちだって大切な飯《めし》の種《たね》なんだから。タダじゃ言えないよ。ああ、あのオジサンは今度いつ来るのかしら」

「なんだ飯の種ってのは……。いくら欲しいんだ。一銭？　ほら、やるから喋れ」「あのね、昼間、うちにステッキを持ってサングラスをかけたオジサンが来たの。真っ白な洋服着ててね。ちょっと粋な感じ」

「ふん、いけすかねえ野郎だね。それでどうした？」「でね、なんだと思ったら、お母ちゃんが、ちょっと表で遊びなさいなんて言って、五銭もくれたの。もう嬉しくて……」「バカだね。お前それで外に行ったのか」「いいや、気になるから、外から覗《のぞ》いた」

「偉い。それで、中ではなにをやってた」「ええと。一銭分はここまでです。この先はもう少しかかります」

「ん？　もう二銭欲しい？　この野郎、人の足元を見やがって……。ほら、やるからとっとと喋れ」「どうも毎度。それでね、中を見たら布団なんか敷いてるの。で、母ちゃんが襦袢《じゅばん》だけになってさ、横になってね……」

「畜生、なんてこった。それでどうした」「すみません。二銭分はここまでです」「おいっ！　畜生め。この先はいくらだ。五銭？　そりゃ高いだろ……、仕方ねえや、ほら、やるからとっとと喋れ」「どうも毎度。でね、最初は肩の辺りを触ってたんだけど、しだいに腰へきて。母ちゃんも、うふん、気持ちいいわ、なんて……。あ、残念。五銭分はここまでです」

「畜生、いくらだ？　十銭？　払う払う」「毎度……。ああん、気持ちいいって……。フフフ……、按摩《あんま》さんが来てたの！」「なにっ、あ、畜生、騙《だま》されたっ」

逃げていく息子。帰宅した女房に「子供の知恵に負けた」とバカにされた父は……。

敗戦濃厚な戦地で、幼い真田幸村《さなだゆきむら》の提案により、真田家が敵の旗印「六文銭《もんせん》」を掲げて好戦した例をあげ、うちの子は知恵がまわっても悪知恵ばかりだと嘆く。

そこへ息子が帰ってきて、さっきの金で講釈《こうしゃく》を聞いたが、真田の六文銭ってのはなんだと尋ね、父親が銭を出して旗印を説明すると、またもや銭をくすねて逃げ出した。

「この泥棒野郎め。そのお金でまた講釈を聞くのか」「いや、焼いもを食うんだい」

「ああ、うちの真田も薩摩《さつま》へ落ちた（注・真田幸村が薩摩へ落ちのびたという説をサツマイモとかけたオチ）」

初《はつ》天《てん》神《じん》

縁日ではおねだり禁止⁉

「買って買って」が口癖《くちぐせ》の息子に、絶対におねだりしないと約束させて初天神（注・天満宮の新年初日の縁日）に連れてきた父親だったが……。

「お父ちゃん、見てよ。あの子、あんな大きなお面を買ってもらってる。あっ、あの子が食べてる綿菓子、すごくおいしそうだねえ……。ねえお父ちゃん、おいら、今日はあれ買ってこれ買って、言わないよね？」「そうだな。偉いぞ。いつもこうなら、お父ちゃんはどこにでも連れてくんだ」「今日はいい子だよね。ね、いい子だからさ……。ご褒美《ほうび》に……何か買っておくれ」「ほら始まった。今日は買わない約束だ」

「ねえ、買って、買って、買っとくれ！」「ダメだよ、約束したんだから。絶対に買わない」「ねーえ、買ーっとーくれーっ！」「大きな声を出すんじゃないよ。俺に言え。周りの人を巻き込むなよ、こいつは……。子供なんか連れてくるんじゃなかった。わかったよ。じゃあ飴《あめ》を買ってやるから」

根負けして飴を買わされる父親。だが、いざ買うとなると、ダメだと言われているのにいろいろな味の飴をちょっとずつ舐《な》めたり、このお父ちゃんもセコイの何の。

「さあ、飴を買ったんだから、もう何も言うなよ。黙って歩け」

しかし、飴がなくなるとまたグズりだす息子。今度はどうしても凧《たこ》が欲しいらしい。何でこんなところに店を出していやがると、凧屋の親父に妙なカラミ方をしながら、しぶしぶ凧を買った。

「さあ、これを持って走るんだ。それっ！　あ、ダメだよ、人にぶつかるよ」

慣れないのか、思うように凧が上がらず、しだいにイライラしてくる父親。しまいには子供から凧を取り上げて、自分で持って走り出す始末。

「どうだ、上がったろ。もっと糸を出せ。ちょっと父ちゃんに貸せ。ほら、こうやって糸を出して……。どうだ、すごいだろ」「うわあ、すごいよ。ずんずんずんずん上がってる」

「そうだろう、もっと上がるぞ」「すごいすごい……、ちょっと、お父ちゃん、おいらにも糸を引かせておくれ」

「ダメだ、お前は下手なんだから。ほらどうだ、こうすりゃ横にも動くんだ」「うわあ……。ねえ、ちょっと貸してよ」「ダメだ。初心者はひっこんでろ」「ちょっと、貸しておくれよ！」「うるせえ、黙ってないとひっぱたくぞ」

「なんだよ……、これならお父ちゃんなんか連れてくるんじゃなかった」

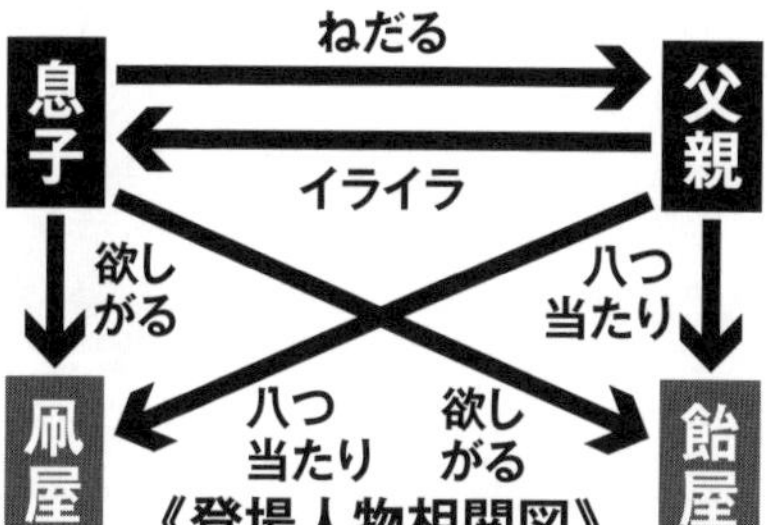

《登場人物相関図》

たぬき

鶴だけではない「狸の恩返し」

夜更《ふ》けに戸を叩く音。しかし、開けても誰もいない。不思議に思い、戸締りをし直して部屋に戻ると、中に子狸《こだぬき》が一匹ちょこんと座っていた。

「おお、びっくりした。お前はなんだ」「へい、親方。先日はたいへんお世話になりました」「よせよ。狸の面倒なんかみてねえぜ」

「半月ほど前に、罠《わな》にかかっておりましたところを……」「ああ、あんときの子狸か」「おかげさまで助かりまして、こうして恩返しにまいりました」

「恩返し？　いいよいいよ、そんなもん」「いいえ、いけません。それでは狸仲間から村八分にされます」

「義理堅いねえ。で、何をするんだい」「いろいろです。炊事、洗濯、お掃除から家事全般……」「なんだか嫁《よめ》でももらったみたいだな」「いやですよ。あの……オスなんです」

「おいおい、冗談だよ。ま、今夜は寝るとするか」「そうですね、ではおやすみなさい……。グーグーグー」「おや、ずいぶん寝つきがいいもんだ」「フフフ……、狸寝入《ねい》りですよ」なんてんで……。

さあ翌朝は子狸が働く働く。家事をすっかり終えて御主人を起こしにかかる。

「旦那《だんな》、起きておくんなさい」「ああ、良く寝た。ん？　お前さん、どこの小僧さんだい。なに、夕べの狸？　これは恐れ入ったね……。うまく化けたもんだ。おや、表に誰か来たよ……。うわっ、借金取りだ。どうしよう」

「大丈夫ですよ、あたしがお札に化けます。借金はいかほどですか」「本当かい。いや、借りたのは五円だけど。あっ、こりゃすごい。本当に化けた……」

「ごめんください。親方、お勘定を……」「おう、すまねえな。これで頼むよ」

「はい、ではこちらが領収書です。ん？　なんかこのお札、やけに暖かいですね」「そうかい、懐に入れてたからな。おい、そんなに小さく畳むなよ、可哀想に」「可哀想って……。お札ですよ」

不思議な顔をして帰る借金取り。しばらくすると、家の中へ子狸が飛び込んできた。

「いやー、旦那が可哀想なんていうもんですから、あいつ、お日様にかざしたりしてジロジロ見てたかと思うと、小さく畳みやがって。あたしはお腹が苦しくなって、思わず財布の中に小便を……」

「おい、バレなかったのかい」

「へい、バレそうだったんで、とっさに近くにあった十円札をくわえて逃げてきました。旦那、これでパーッといきましょう」

「狸の札《さつ》」というお話……。

素人《しろうと》鰻《うなぎ》

失業中、元武士が始めた商売は？

明治維新で職を失ってしまった士族。背に腹は変えられず、それまでの貯えを元に商売をはじめることになった。最初は汁粉屋《しるこや》でもと思っていたところ、神田川の金《きん》という、ひどい呑兵衛《のんべえ》で酒乱だが腕のたしかな職人が、酒を断ってまで手伝ってくれるという。それで、少々の不安はあったものの、鰻《うなぎ》屋に落ち着いた。

なにしろ金の庖丁さばきは江戸中に聞こえるほど冴《さ》え渡っており、鰻好きの連中が我も我もと押しかけてくるのは目に見えている。問題は酒癖だけで……。

もちろん、開店当日は大盛況。金も身を粉にして働いた。そのうち晩になったので、大入り満員のうちに店を閉め、万々歳で祝い酒をふるまった。しかし、これが良くなかった。最初はおとなしかった金もやがて目が据《す》わり、ついつい悪い癖が出て……。いつのまにか大暴れして大失態だ。

そして翌朝、前夜の酒が抜けるとすっかりしおらしくなって……。

「どうもすみません。今度こそ心を入れ替えて働きます。もう絶対に酒は飲みませんから、どうかお許しを……」

平謝りする金にほだされ、かけがえのない職人だからともう一度だけ厨房に入れてみると、なるほど昼間のうちはせっせとよく働く。夜になり、台所からなにやら音がするので見てみれば……。

「金、今度は盗み酒か。昼間あれほど謝ったのを、もう忘れたか。今回は勘弁《かんべん》ならんぞ。今すぐ出て行け！」

売り言葉に買い言葉。再び出て行く金。しかし、翌朝になると吉原から付き馬《うま》（注・勘定取り）を連れて、気まずそうに帰ってきた。また平謝りする金。仏の顔も三度まであるという。今度こそはと許してやるが、また夜になると酒を飲んで、手の付けられない大虎《おおとら》に変身するというありさま。

さすがに三度目はよほど気まずかったのか、金といえども帰ってこない。かといって急に新しい職人が見つかるわけでもなく、このままでは開店休業だが……。やがて意を決した主人が鉢巻《はちまき》を締めて言い放った。

「なに、鰻くらい自分でさばくわい」「でも素人には無理でございますよ……」「黙れ、こうみえても拙者《せっしゃ》は一刀流《いっとうりゅう》の免許皆伝《めんきょかいでん》である。鰻の百匹や千匹、なんのことはない。見事にさばいてみせるわ」

いざ鰻退治じゃとばかりに桶《おけ》に手を入れ、むんずと一匹捕まえるが、これがヌルヌルヌルヌルして、握ったそばから前へ抜けていく。それを追いかける主人。そうこうしているうちに玄関まで来てしまった。

「これ、すぐに履物を持て。危ないから戸を開けろ。外に出るぞ……」「もし、いったいどこへ行きなさるんで」「わからん。前へまわって鰻に聞け」

猫《ねこ》と金《きん》魚《ぎょ》

漫画家・田河水泡が作った落語

金魚《きんぎょ》を可愛がっている、さる商家の旦那《だんな》。しかし、ここのところ金魚鉢《ばち》から数匹ほど消えているので、番頭に尋ねると……。

「いいえ、あたしは食べませんよ」「当たり前だ。いやね、隣りの家が猫を飼ってるだろ。あれが原因じゃないかと」「さいですか。ではお隣りに抗議いたしましょう……」

「それはいけないよ、飼いもののことだ。事を荒立てて、気まずくなってもいやだしねえ……。まあいい。とにかく猫から守るんだ。そう、さしあたって湯殿《ゆどの》（注・浴室）の上にでも金魚鉢を移しておくれ」「へい、旦那、移してまいりました」「そうかい、ご苦労さんでした。ん？　なんだい、モジモジして。どうしたの」「えー、鉢は移しましたが、金魚は……」

「えっ？　お前さん、鉢だけ移したのかい。何をやってるんだ。金魚を移さなきゃ意味がないだろう。金魚だよ」「すみません、ぅっかりして……。旦那、金魚を移してまいりました」「はい、ご苦労さん。本当にお前さんはそそっかしいんだから……。ん？　なにを考え込んでいるの。よしなさいよ……」「あのぅ……、金魚鉢はどうしましょう」

「お前さん、恐ろしい男だね。なんで別々にするんだい。じれったいねえ。金魚を金魚鉢に入れて、湯殿に移すんでしょ」「すみません、うっかりして……。旦那、両方とも移してまいりました」「はい、ご苦労さん……。あれ？　また考え込んでいるね……。お前さんが考え込むとドキドキするんだよ。どうしたんだい」「えー、浴室の窓が少しばかり開いておりまして。隣りの塀《へい》と高さが同じなんです。で、そこから猫が入ってきて、金魚を……」

「おい、大変だ。すぐに追い払いなさい」「旦那様、あたしは鼠年《ねずみ》で、猫がまるでダメなんです。どうかご勘弁《かんべん》を……」

しかたがないってんで、町内の頭《かしら》である虎さんを呼んできた。猫退治と聞くと涼しい顔で、「こちとら虎ですよ。猫なんぞひとひねりだ」と、余裕の構えで浴室へ……。

「ほら、聞こえるかい。ドタンバタンいってるよ。虎さんは強いねえフギャーだって。猫がやられてるんだよ。ドボーンだって。湯殿に落ちたね。フフフ……、助けてだって。ん？　助けてって猫が言うか？」

やがて虎さんが傷だらけで帰ってきた。

「どうしたんだい。あんたは虎なんだろ」

「いや、あっしはもうダメだ。名前は虎でも、この通り濡《ぬ》れ鼠でございます」

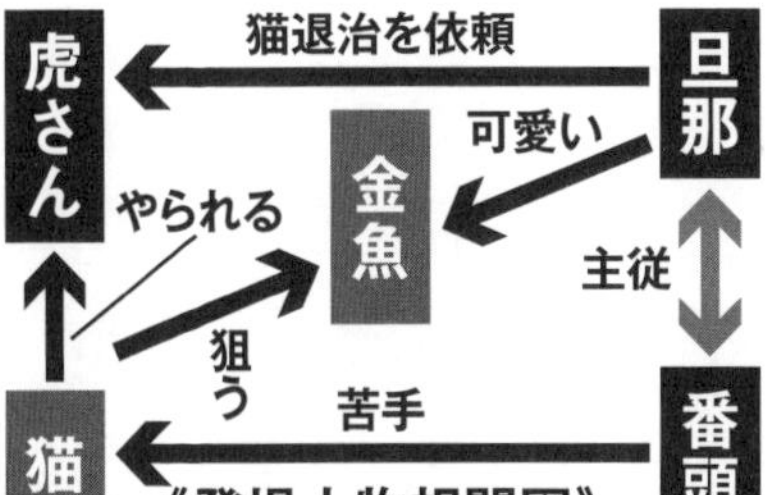

《登場人物相関図》

元《もと》犬《いぬ》

もしも犬が人間に生まれ変わったら…

白い犬は人間に近いと聞き、来世には人間になれると思い込んでしまった野良犬の白公《しろこう》。どうせなら現世でなりたいと、蔵前《くらまえ》の八幡様《はちまん》（注・現在の蔵前神社）に願をかけた。

そして二十一日目の満願《まんがん》の日、どこからともなく強風が吹いてきたかと思うと、白公の身体の毛を吹き飛ばして、あっという間に人間になったから驚いた。

「おおっ、こりゃすごいや。本当に人間になっちまったよ。信心《しんじん》はするもんだ……。へ、へーくしょん！　今日はどうも寒いや……。あ、そうか、寒いわけだよ。俺ぁ裸だもんな。人間になったら着物を着なきゃいけないけど……」

ふと見ると横に〈八幡大明神〉と書かれた大きなのぼりがたっている。ありがたいとばかりにこれを身体にグルグル巻きつけて、慣れない二本足でよちよち歩きながら往来へ出た白公。

「ああ、腹が減ったな……。人間になったからには、働いておまんま食べなきゃ。どこか働かせてもらえるところは……。あ、あれは桂庵《けいあん》（注・口入れ屋）の上総屋《かずさや》の旦那《だんな》だ。面倒見のいい人だから、もしかしたら仕事を見つけてくれるかもしれない……。どうも、旦那、いつもお世話になってます」

「えーと……、お前さんかい、私を呼んだのは。見かけない顔だけど、どこかでお会いしましたかな」

「ええ、あたしはよく知ってるんですよ。餌《えさ》なんかもらったりして」

「餌？　なんの話だい……。しかしあなた、不思議な恰好をしているね。あ、なんだ、そりゃ八幡様ののぼりじゃないか。そんなものを着物がわりにしちゃもったいないよ。自分の着物はどうしたの？　悪い奴にでも取られたのかい、可哀想にねえ。なに？　仕事を紹介してほしいのかい」

ちょうど心当たりがあった上総屋に、悪い人じゃなさそうだからと、奉公先を紹介してもらえることになった白公。お下がりの着物を着せてもらって、いざ奉公先へ。

「これはどうも上総屋さん。私がちょっと変わった奉公人がいいなんて言ったから、ずいぶん探すのに苦労なすったでしょう」

「いえいえ。変わった人ですが、すごく人柄が良さそうなんで連れてまいりました。ほら、敷居にアゴを乗せて寝ているでしょ。あの人です」

「ほう、あれは変わってますな！」

まずは二、三日ほど置いて様子を見るということに決まり、いざ奉公先の主人と対面することに……。

「お前さん、妙に足が汚れているから、まずは洗いなさい。おいおい這《は》うんじゃないよ、横着《おうちゃく》しないで歩きなさい。そう、桶《おけ》に水が入ってるから、よく洗って……。これ、洗った後の水を飲むんじゃないよ。

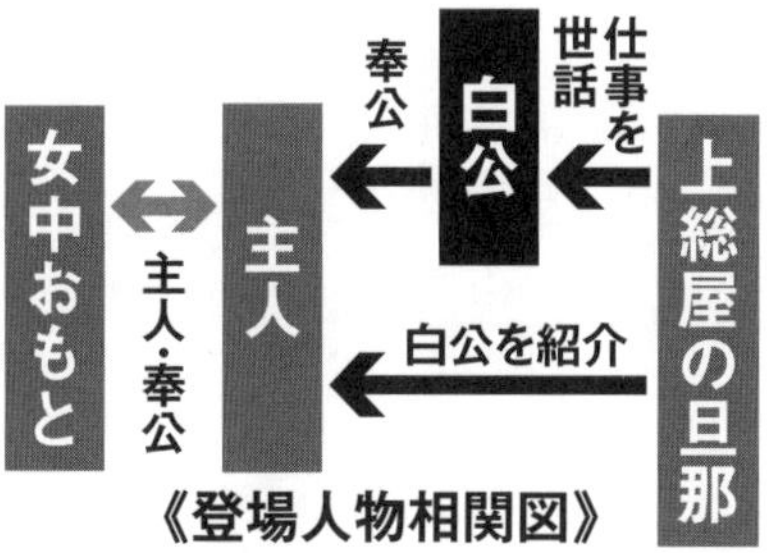

《登場人物相関図》

相当に変わってる人だ。あっ、ほら言わないこっちゃない、変な恰好で水なんか飲むから、桶をひっくり返しちまって……。廊下が水浸しだよ」「どうもすみません、ごめんなさい……」「フフフ……、根が真面目なんだね。そんなに這いつくばって謝らなくてもいいんだよ。間違いは誰にでもあるんだから。そこに雑巾《ぞうきん》があるから拭《ふ》いておくれ……。おや、妙に雑巾がけが上手だね。あっという間に廊下を三往復しちまった。お前さん、なかなか奉公に年季《ねんき》が入ってますね。さあ、終わったらこっちへおいで……。ときにお前さんはどこの生まれだい」「この町内の酒屋と八百屋《やおや》の間です」

「え？　あそこはゴミためだが……」「へい、そのゴミためで生まれたんです」「ゴミため……。そうか。ゴミためのような所で生まれたと謙遜《けんそん》してるんだね。偉いよ。ご両親は健在でいらっしゃるのかい」「おっかさんは西から毛並《けな》みのいいのが来たんで、一緒に行っちゃいました」「そうかい。ずいぶん浮気性だねえ」「親父は誰だかわかんないんですよ。なんでも酒屋のブチじゃねえかって噂《うわさ》が……」「よくわからないね……。ご兄弟は？」「弟が二匹です」「これ、ふたりと言いなさいよ」「へい、ひとりは生まれてすぐに死んじまいました。もうひとりは近所の子供たちに袋に入れられて、川に放り込まれちゃったんです。あれからどうなったか……」「そうかい……。ひどい話だねえ」「まあ、逃げ足が遅かったんでしょうね。しかたないですよ。運が悪かった」

「お前さん、ずいぶん明るく言うねえ。そうか、たいへん苦労なすったから、わざと明るくしていなさるんだね……。いや、感心しましたよ。若いのに人間ができていなさるねぇ。あ、そうだ、まだ名前を聞いていなかったね」「へい、あっしはシロっていうんです」

「いや、シロってことないだろう。白吉《しろきち》とか、白兵衛《しろべえ》とか、いろいろあるだろう。本名はなんてえんだい」「いえ、ただシロなんです」

「只四郎《ただしろう》かい？　お侍みたいでいい名前だねえ。そうだ、うちには、おもとという名の女中がいるんだ。あれも苦労人で気立てのいい娘だから、仲良くやってくださいよ。あ、お前さん、火鉢《ひばち》にかかってる鉄瓶《てつびん》がチンチンいってるから降ろしておくれ」「チンチンですか、あっしはあまり好きじゃないんですが……」「ほら、チンチンいってるから」「そうですか。わかりました……。はい、こんなもんでどうでしょう」

「なんだい、急に立ち上がって妙な手つきをして……。ほら、お茶を焙《ほう》じるから、焙炉《ほいろ》を取っておくれ」「吠えるんですか。ウーッ、ワンワン！」

「ああ、びっくりした。突然どうしたんだよ、お前さん。ほら、焙炉だよ」「ガウーッ、ワンワン、ワンワン！」

「うわっ、おい、ちょっと、おもとや！　もとはいないか！　もとはいぬか！」

「へい、今朝がた人間になりました」

名人列伝

三代目三遊亭金馬《さんゆうていきんば》

《明治27年生～昭和39年没》

レコードとラジオが生んだ人気者

本名・加藤専太郎《かとうせんたろう》。明治27（1894）年、東京・本所《ほんじょ》生まれ。大正元年に講釈師として芸の道を歩み始めたものの、あまりにも客を笑わせすぎるという理由で、わずか一年後には落語家に転向。初代三遊亭圓歌《さんゆうていえんか》の門に入って三遊亭歌当《かとう》となる。

名人と評された三代目三遊亭圓馬《えんば》の薫陶《くんとう》を受けつつ、大正9年に真打昇進。同15年には三代目三遊亭金《きん》馬《ば》を襲名した。存命中の二代目から請われて名前を継いだという事実から、いかに将来を嘱望されていたかがわかる。

金馬の人気が爆発するのは、作家で園芸評論家でもあった正岡容《まさおかいるる》の尽力で、出したレコードがきっかけ。酔客が店員の小僧さんを面白おかしくからかう様子を、数々の斬新なくすぐりを散りばめて描いた『居酒屋』が大評判となり、快活な語り口が大人から子供まで幅広い層に絶賛された。

戦後は主に大会場のホール落語やラジオで活躍。一部の「落語通」と呼ばれる者や評論家からは、わかりやすい芸風が逆に仇《あだ》となって低く評価されることもあったが、大衆の支持は圧倒的だった。

子供の頃に金馬を聞いて落語を好きになったというオールドファンも多く、金馬の存在がなければここまで落語が一般庶民に浸透することもなかったという意見もよく聞かれる。

『居酒屋』を筆頭に、『転失気《てんしき》』『孝行糖《とう》』『長屋の花見』『薮《やぶ》入り』など、とりわけコミカルで楽しい噺において本領を発揮した、庶民派の名人・金馬。今日、そのシンプルで明瞭な芸が再評価されている。

第四章

ほろりと泣ける人情噺

子《こ》別《わか》れ

別れた夫婦のよりは戻るのか!?

腕はいいのだが、酒が入るとだらしなくなる大工の熊五郎《くまごろう》。伊勢屋の隠居が亡くなった弔《とむら》いの席だというのに、酔いにまかせて大騒ぎ。その余勢を駆って帰りに吉原へシケ込もうということになった。そんな金があったら女房に美味《おい》しい物を食わせろとか、子供に着物の一枚でもこしらえる方がいいという忠告など、こういうときには耳に入らない。

懐に三銭の財産を忍ばせているという紙屑《かみくず》屋の長《ちょう》さんを伴い、弔いで出された強飯《こわめし》（注・おこわ）と煮しめの折を提げて、意気揚々と女郎《じょろう》買いに出かけた。

しかし、何日も居続けして家に帰ると、当然のことながら女房のご機嫌は良かろうはずがない。謝ってしまえばいいと分かってはいても、素直にそう言えないのが男のつらいところ。言い訳をするつもりが、あろうことか女房に向かって女郎のノロケを言い始めた。こうなっては女の方でも黙っていられない。夫婦喧嘩《げんか》の末、女房は息子の亀坊《かめぼう》を連れて家を出てゆくことに……。

独《ひと》り者になったのをいいことに、熊五郎さっそく吉原の女郎を身請けして家に置いた。まさか先の女房より吉原の女がいいと本気で思ったわけでもなかろうが、ちょっとした気持ちの行き違いが仇《あだ》になってしまった恰好だ。ところが、「手に取るな　やはり野に置け蓮華《れんげ》草」とは良く言ったもの。

一緒に暮らしてみると、とても大工の妻がつとまる女ではなかった。朝寝をして昼寝をして宵寝《よいね》をする。食事の支度などはまるでできない。

やがて自分の方から家を出てどこかへ行ってしまうと、熊五郎ここでようやく目が覚める。考えてみれば、先の女房ってものは自分には過ぎた女だったな。それを追い出すとは、我ながら何ということをしたものか。悔やんでみても後の祭り。息子の亀坊にも会いたいとは思うが、今では二人がどこで暮らしているかも分からない。

それからは好きな酒もやめ、心を入れ替えてひたすら仕事に専念するようになる。

そうこうしているうちに月日は流れ、女房・子供と別れてから三年が経った。そんなある日、熊五郎は偶然にも亀坊とばったり行き会う「おい、亀じゃねえか。ずいぶん大きくなったなあ」「おや、お父つぁんだ。……お父つぁんも大きくなったね」「おれは大きくなりやしねえなんだ、お前この近くに住んでるのか」「うん、おっかあと二人この先にいるの」「そうか、やつはまだ独りか」

亀坊の話によると、近所から頼まれた縫《ぬ》い物などで、苦しいながらもなんとか家計をまかない、ちゃんと亀坊を学校に通わせているという。

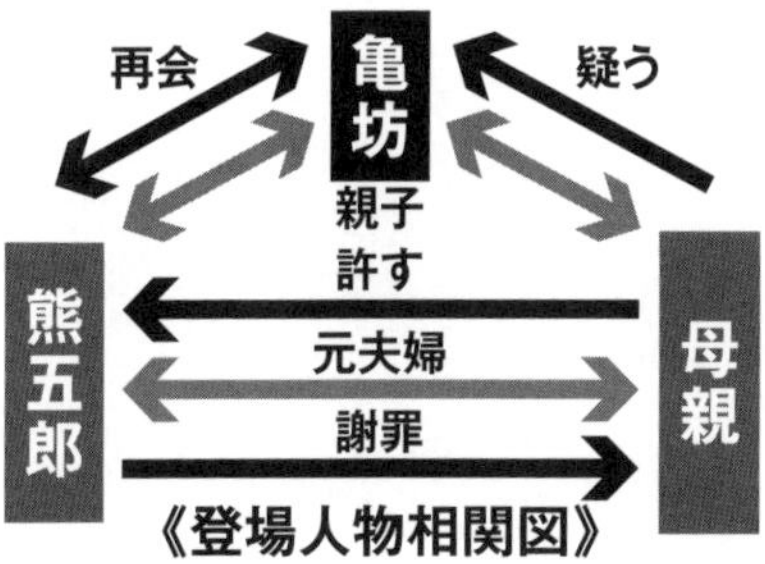

《登場人物相関図》

「そうだったのか……。それで、お父つぁんのことは何か言ってるのかい」「うん言ってるよ。あの呑《の》んだくれには世話焼かされたって」「ひでえことを言いやがる。でもまあ、本当のことだから文句も言えねえや。さぞかし俺のことを恨んでるだろうな」「ううん、そんなことないよ。お父つぁんが悪いんじゃなくて酒が悪いんだって」

女房は、熊五郎を悪く言うどころか、今でもたった一人の夫と思ってくれているらしい。亀坊に二人の馴《な》れ初《そ》めなどを話してきかせることすらあるのだという。

「ねえ、お父つぁんも今ひとりなら寂しいだろう。家はすぐ近くだから寄っておいきよ。おっかさんに会っておやりよ」

「いや、子供には分からねえが、大人にはそうもできねえ事情があるんだ。お前にまで肩身の狭い思いをさせて済まねえが、きっと迎えに来るから、それまでおとなしく待っててくんねえ」

亀坊に五円の小遣《こづか》いをやり、明日の今ごろ鰻《うなぎ》屋で会おうと二人で約束をして、その日は別れる。

「そのかわり、お父つぁんに小遣い貰《もら》ったことだの、鰻を食いに行くことは、おっかさんに内緒だぞ。男と男の約束だからな」

そう言い聞かされて家に帰った亀坊だったが、そこは子供のこと、母親の手伝いをしているうち、うっかりして父から貰った五円を落としてしまう。

「お前、こんな大金を誰に貰ったの」「言えねえんだよ。返しておくれよ」「盗んできたのかい」「盗んだんじゃないよ、貰ったんだい」

あまりに強情なので母親は、玄翁《げんのう》（注・金づち）を持ち出し、息子に言う。

「何だか分かるかい。お父つぁんの玄翁だよ。これで折檻《せっかん》するのは、お父つぁんが折檻するのも同じだ。どこから持ってきたのか言わないと、この玄翁でお前の頭を叩き割るから！」

「お父つぁんに貰ったんだ。盗んだんじゃないよ。お父つぁんに貰ったんだ」

泣きながら事情を話す亀坊によって、思いがけず母も熊五郎の近況を知ることになった。吉原の変な女とは別れたこと、今は仕事をまじめにして着ているものも立派だったこと、お金もたくさん持っているようだったこと。

「それでね、明日鰻を食べさせてくれるって言うんだけど、行ってもいいかい」「ああ、いいとも」

翌日、鰻屋の二階で再会した熊五郎と亀坊。そこに母親も加わって、家族三人で改めて心のうちを確かめ合うことになった。

「今さらこんなことを言えた義理じゃねえが、子供のためと思って元の鞘《さや》に納まってくれるわけにはいかねえだろうか」「うれしいじゃないか。そんなことはこっちからお願いすることですよ」

めでたく夫婦の仲が元通りに戻る。

「こうなれたのも子供のおかげ。子供は夫婦の鎹《かすがい》（注・二本の木をつなぐ釘《くぎ》）だな」

そばで聞いていた亀坊、「あたいが鎹？　どうりで昨日、おっかさんが玄翁で打つと言った」

文《ぶん》七《しち》元《もっ》結《とい》

娘か、見ず知らずの男か、助けるのはどちら？

本所達磨横丁《ほんじょだるまよこちょう》に住む左官の長兵衛《ちょうべえ》は、とびきりの腕をもちながら、博打《ばくち》にのめりこんで仕事に出ようとせず、その博打も負け続きで借金はかさむばかり。暮れも押し迫ったある晩、家に戻ると、女房が一人で泣いている。今年十七になる娘のお久《ひさ》が昨日から帰らないというのだ。

いったいどこへ行ったものか、夫婦で心配していると、そこへ佐野槌《さのづち》という店から使いの者がやってきた。佐野槌は長兵衛が左官として出入りしていた吉原屈指の大見世で、お久も女将とは顔見知りの仲。そこに昨日からお久が来ているという。

博打場で着せられた尻切半纏《しりぎればんてん》（注・尻までしかない半纏）では行かれないので、いやがる女房の着物を無理矢理はぎとるようにして、長兵衛は佐野槌へ。

女将《おかみ》に会って話を聞くと、お久は自分の身を買って欲しいと言って訪ねてきたのだという。お父っつぁんが博打に狂って、家の中は火の車。そのうえ気が荒れて、おっ母さんを打ったり殴ったりするのを娘として見ていられない。自分が身を売った金で借金を返し、真面目に働くよう、女将さんからお父っつぁんに意見して欲しいと泣きながら頼んだというのだ。

「私は話を聞いていて涙が出たよ。こんな親思いの子を思いつめさせてまで博打をして、お前、一体どこが楽しいの」「へ、面目《めんもく》ねえことで。あっしも女房子に着物の一枚も作ってやりてえと始めたことでしたが、負けがかさんで、今さら仕事で埋め合わせるわけにもいかねえんで」「そうなの。じゃ、こうしよう」

女将の持ちかけた話というのは、借金を肩代わりする代りに娘はここで預かる、というもの。といっても女郎《じょろう》として店に出すわけではない。自分の傍《かたわら》で色々な用をしてもらいたい。商売柄、習い事の師匠も出入りするから、女ひと通りのことは身に付けさせる。その間、長兵衛が真面目に働いて金を返せば、娘はきれいな体で家に戻してあげよう。ただし……。

「金を返すのが一日でも遅れたら、私は鬼になる。この娘を店へ出すよ。こんな優しい娘だから、客に惚《ほ》れられて心中を持ちかけられないとも限らない。妙な病《やまい》をうつされても、恨《うら》まないでおくれよ。それが嫌なら真面目に働くんだよ、いいね」

懇々《こんこん》と説教をされたものの、女将の温情で五十両の金を借りることができた。

「私はどうなってもいいから、お父っつぁん博打はしないでね」

娘の言葉に、後ろ髪を引かれる思いで長兵衛は吉原を後にする。長屋への帰途、吾妻橋《あづまばし》にさしかかった辺りで、ふと前を見ると橋の真ん中に何やら人影が。近寄ってみると、若い男が橋の欄干《らんかん》に足をかけ、今にも川に飛び込もうとしている。あわてて止めにかかった長兵衛。

「何をしやがる。おい、よさねえか」「いいえ、死ななきゃならない訳があるんです。助けると思って死なせてください」「助けたり死なせたり、そんな器用な真似はできねえ。ええい、よしやがれ」

殴りつけるようにようやく欄干から引き摺《ず》り下ろした相手は、商人風の若い男。

「死ぬにはそれなりの訳もあろうが、できることはしてやらあ。訳を話してみな」「へえ……」

若い男は日本橋田所《たどころ》町の鼈甲《べっこう》問屋近江屋《おうみや》の手代《てだい》（注・番頭と小僧の中間の使用人）で名を文七《ぶんしち》といった。

得意先に五十両のツケを取りに行った帰り、怪しい風体の男に突き当たり、懐中をさぐってみると、さっき受け取ったはずの金がない。さては掏《す》られたか、と気付いても後の祭り。奉公人の身の上で、五十両の穴埋めができるものではない。このうえは死んでご主人にお詫《わ》びするしかないと思いつめ、大川へ飛び込もうとしていたのだという。

「そうか。でもな、死んだって金が帰ってくるわけじゃねえ。ご主人によく訳を話して詫《わ》びりゃあ、勘弁《かんべん》してくれるよ」

なだめたりすかしたりしながら身投げを思いとどまるよう説得するのだが、文七の方では、「死なせてください」の一点張り。ここで懐中の五十両をやればこいつの命は助かるが、それでは娘が女郎になってしまう。長兵衛、さんざん迷ったあげく、「ええい、もうどうにでもなりやがれ」

死ぬ気の若者を目前にして、いてもたってもいられず、大切な持ち金をそっくり与えてしまう。

「そのかわりにな、もう娘は帰って来ないから、少しでもお前がありがたいと思ったら、佐野槌にいるお久という娘が悪い病にかからねえよう、神様でも仏様でもいいから祈っててくれ」

「いけません。見も知らぬ方からこんな大金をいただけません」

「うるせえ、気が変わらねえうちに、さっさともって行きやがれ」

五十両の金を叩きつけるようにして長兵衛は走り去ってしまう。しばし呆然とした文七、それを拾って店に戻った。

ところが、文七が掛取りに行った五十両は、すでに店に届いていた。つまり掏られたのではなく、文七が向こうの屋敷に忘れてきたのだ。真相が知れ、文七は真っ青になって、ことの次第を主人に話した。すべて聞き終えた主人は大いに感心して、「立派なお方だなあ。本当の江戸っ子だ。それで、その方の手がかりは何もないのか」「あ、娘さんが吉原にいるという話で」「そうか、店と娘さんの名は分かるか」

あいまいな記憶を辿《たど》りながら、ようやく佐野槌のお久という名前を思い出した。

「よし、そこまで分かれば上等だ。文七、明日はそのお方の所へ一緒に行くぞ」

翌朝になり近江屋の使いの者が吉原へ。文七と主人は長兵衛の長屋へ赴《おもむ》き、五十両の金を返して、親戚づきあいの契りを交わす。祝いの酒に、肴《さかな》として用意したのは一丁の駕籠《かご》。中から出てきたのは近江屋に身請けされたお久だった。

このお久と文七が夫婦となり、後に麹町《こうじまち》に元結《もっとい》（注・髪の髻《もとどり》を束ねるヒモや糸）屋を開いて、ご維新の頃まで繁盛したという「文七元結」の一席。

唐《とう》茄《な》子《す》屋《や》政《せい》談《だん》

若旦那がカボチャ売りに出かけると

親が意見をしたくらいでは一向に道楽がやまぬ若旦那《だんな》。親戚が集まって強く意見をしても平気の様子。このまま道楽がやまぬようなら勘当《かんどう》する、とおどされても、「勘当？　ええ結構。どこへ行ったって、お天道様と米の飯はついて回りますから」と啖呵《たんか》を切って自分から家を出てしまう。

吉原の馴染《なじ》みの女のところや幇間《ほうかん》（注・たいこもち）の家へ転がり込むと、さすがに金を使った若旦那だけに先方も悪い顔をしないが、それも初めのうちだけ。居候《いそうろう》も日数を重ねるうち、何のかんのと理由をつけて追い出されてしまう。三日も呑《の》まず食わず、ボロボロの姿で吾妻橋《あづまばし》に差し掛かる。

「もう仕様がない。いっそ死んじまおう」

欄干《らんかん》へ手をかけて、飛び込もうとしたところへ、後ろから誰かに引き止められた。

「あ、叔父《おじ》さんじゃありませんか」「おや、お前は徳《とく》だな。なんだ、お前なら止めるんじゃなかった。いいよ、死にたいなら威勢良く飛び込んで死にな」「助けてください」

「何を言いやがる。大きなことを言って出て行ったくせに。……しかしまあ、死のうというには目が覚めたってことだろう。よし、助けてやろう。そのかわり叔父さんの言うことを何でも聞くんだぞ」

「何でもします。できることなら何でも。できないことはいけません。目でエンドウ豆を噛《か》めとか」

「そんなこと言やあしねえよ」

叔父さんの家に連れて行ってもらい、久しぶりの飯をたらふく食い、久しぶりの布団《ふとん》でその晩はぐっすり眠る。翌朝になって「さて、昨日お前は叔父さんの言うことを何でも聞くと言ったな。唐《とう》茄子《なす》（注・カボチャの別名）をたくさん仕入れてあるから売ってこい」

体裁が悪いのなんのと愚《ぐ》図る若旦那だったが、叔父さんからきびしく諭され、ようやく天秤棒《てんびんぼう》をかついで長屋を出た。ところが、箸《はし》より重いものを持ったことがない若旦那、どうにも危なっかしい。天秤が食い込んでも、肩を替えることができず、編笠《あみがさ》は傾いて陽射しがむやみに照りつける。フラフラになって田原町まで来ると、石につまずいて倒れてしまった。

「ああ痛い……人殺しィーッ」

そばで聞いていた男が驚いて「どこだい、人殺しってえのは」「へえ唐茄子が人殺しで……」

倒れている徳三郎の股引《ももひき》から白い足が出ている。男はこれを見て、さしずめどこかの若旦那が慣れない商いをしているものと思い、同情して近所の知り合いに声をかけ、唐茄子をほとんど売りさばいてくれた。

「どこのどなたか存じませんが、せめてお名前を」「よせやい。唐茄

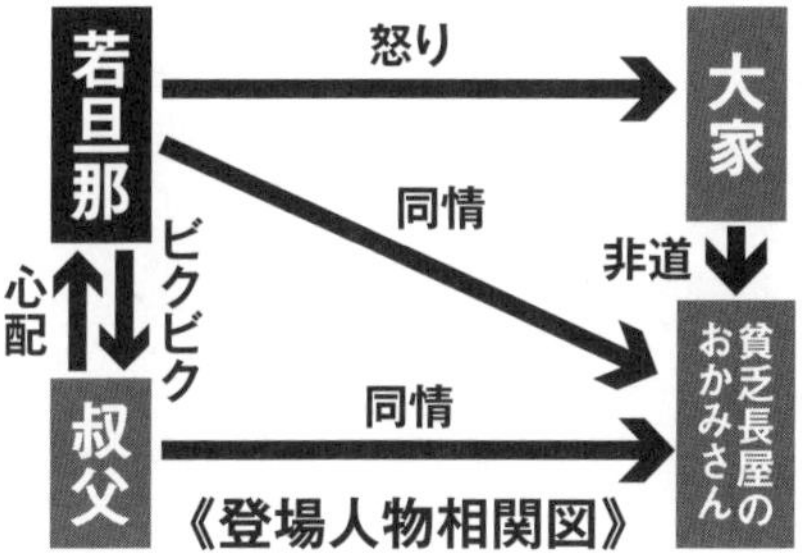

《登場人物相関図》

子を売って名を名乗るほどの者じゃねえよ。この長屋の若いもんだ。また来れば買ってやらあ」

「これを御縁に、明日もここで倒れます」「毎日はいけないよ」

見知らぬ人の親切のおかげで、唐茄子は二つだけになった。考えてみれば、黙って歩いていても売れるわけはない。ここはひとつ、売り声を出しながら歩こうと思うのだが、人前で声を出すのは難しいもの。

「ええ、唐茄子や、唐茄子ゥ」

人前ではうまく行かないので、だんだん人通りの少ないところを選んで歩くようになって、行き着いたのは吉原田圃《よしわらたんぼ》。「ああ、向こうに見えるのは吉原だなあ。あそこで面白く遊んだのが夢のようだ」と、若旦那、少々しんみり。

「しかし人間、金のないのは首がないのにも劣るってえが全《まった》くだ。以前あれほどチヤホヤしたのに金がないとなると手の平を返したように冷たくなるんだから……。そんななかで、唐茄子を売らせてでも家に置いてくれる叔父さんは本当にありがたい。なんとかあと二つ、売り切ってから帰ろう」

やってきたのが誓願寺店《せいがんじだな》（注・現在の浅草一丁目付近）の貧乏長屋。どことなく品のいいおかみさんに呼び止められ、残りの唐茄子を商うことに。

「あと二つですので、両方ともどうぞ」「お鳥目《ちょうもく》（注・銭）がございませんので一つだけ」「あ、そうですか。でしたら、お代は一つで結構です。もう一つはおまけします。そのかわり弁当を使わしていただけますか」

湯飲みに湯を注いでもらって弁当を食べていると、家の奥から五つ六つになる子供が這《は》い出してきて覗《のぞ》き込み、しきりに弁当を欲しがる。若旦那びっくりして事情を聞くと、この家の主人は元侍で、いまは商人だが、しばらく前から送金が滞《とどこお》り、子供に何も食べさせてやれないのだという。

ひもじいつらさは身に沁《し》みてわかる若旦那。弁当を子供にやり、その日の売り上げ金もすっかり置いて誓願寺店を後にした。金を持たず帰ってきた甥《おい》に、叔父さんは一旦は気色ばんだものの、詳しい話を聞くと、とりあえず納得はしてくれた。しかし、話を聞いただけで信じるほど甘くはない。本当か嘘か確かめようと、若旦那ともども誓願寺店へ向かうことになった。

着いてみると、昼に来たはずの家が閉まっていて人の気配がない。近所の人に尋ねると、なんとこの家のおかみさん、若旦那が帰ったあと首を括《くく》ったのだという。

売り貯《だ》めまで貰《もら》っては申し訳ないと、おかみさんは若旦那の後を追いかけたらしい。ところがそこで運悪く長屋の家主に出くわしてしまった。事情を話すと、この因業《いんごう》家主、滞っている家賃として金を横取りしてしまう。それでおかみさんは、八百屋さんに申し訳ないと思い詰め……。

これをきいた若旦那、血相を変えて家主の家に上がり込み、怒りに任せて殴りつける。ふだんから嫌われている家主だから、長屋の連中も加勢して大変な騒ぎだ。医者を呼んで手当てをさせると、おかみさんは幸い息を吹きかえし、事なきを得た。その後、お裁きで大家の悪事が白日の下に晒《さら》され、若旦那は人の命を助けたかどで、ようやく勘当が許されるというお話。

芝浜《しばはま》

大金を拾ったのは夢だったのか？

腕はいいのだが、酒ばかり飲んで仕事に身が入らない魚屋の勝《か》っつあん。今朝は女房に追い立てられて暗いうちに芝《しば》の河岸《かし》までやってきた。

しかし待てど暮らせど夜があけない。どうやら一刻（注・約二時間）早く起こされたようで……。師走《しわす》の寒気のなか、煙草《たばこ》をふかしながら日の出を待つことしばし。ようやく辺りが見えるようになってきたので、海水で顔を洗って気合いを入れようと波打ち際までくると、水面にヒモのような物が浮いている。たぐりよせてみると、ずっしりと重い革の財布だった。その中にはなんと五十両近くの大金が……。

「おい、帰ったぞ」「早いねえ、お前さん。商売はどうしたんだい」「そんなもんヤメだ。見ろ、早起きは三文の得なんていうが、三文どこじゃねえ、こんな大金を拾ったぜ。さあ酒だ酒だ。今日は浴びるほど飲むぜ！」

これから酒や肴《さかな》をたっぷり取り寄せ、友達も呼んでドンチャン騒ぎの大宴会が始まる。そして、しこたま飲み食いして、また寝てしまった……。

さて、しばらくして再び目が覚めた魚勝《うおかつ》。またぞろ飲みなおそうと女房に金の無心をするが、驚くべき答えが返ってくる。財布を拾った夢を見たようだが、実際には河岸にも行っていない。しかし、そう思い込んで宴会を開いたのは現実で……。ひょんなことから思いがけぬ借金を作ってしまい、呆然とする魚勝。困り果てる女房を前にして、今度こそ酒を断って真面目に生き直すことを決意する。

それから三年。身を粉にして働いた魚勝は、立派な店をかまえるまでになっていた。そして、大《おお》晦日《みそか》のこと……。

神妙な顔をして革の財布を差し出す女房。じつはあの夢はやはり現実で、このまま拾ったお金を使い切ってしまいそうな夫を案じ、密かに財布をお上に届けたという。そして、落とし主が出ずに自分のものになったが、それを言ってしまったらまた元の酒飲みに戻ると思い、どうしても言い出せなかったと、涙ながらに告白した。

カッとなる魚勝。しかし、女房の苦しい胸中を思うと怒りが消え、いつしか感謝の気持ちさえ湧いてきた。

「怒っちゃいねえよ。お前にも苦労をかけたな。俺が悪かったんだ。ありがとな」「まあ、そう言ってくれるのかい。ありがとう……。さあ、今日はお酒を用意したから久しぶりに飲んでおくれ。さぞかし飲みたかったろう。よく辛抱してくれたね。さあさあ」

久々の酒に生唾《なまつば》を飲む魚勝だったが……。「いや、やめておこう……。また夢になるといけねえ」

柳《やなぎ》田《だ》角《かく》之《の》進《しん》

濡れ衣を着せられた武士の意地と誇り

事件の発端は八月十五夜の晩。浪人・柳《やなぎ》田《だ》角《かく》之《の》進《しん》がいつものように碁敵《ごがたき》の万屋万兵衛《よろずやまんべえ》に招かれ碁を打っていった後で、五十両という金の行方が分からなくなった。この金は、二人が碁を打っているところへ万屋の番頭が届けにきた売掛金。さては柳田が……と疑う番頭だが、主人の万兵衛は、曲がったことの嫌いな柳田様がそんなことをなさるはずがないと一向に取り合わない。

どうしても柳田への疑念を振り払えない番頭は、翌日になって主人に無断で柳田を訪ね、五十両の一件について問いただした。すると柳田は、「金を盗ったおぼえはないが、このようなことが上に届いては家名を汚す。その場に居たのが不運と思い、五十両用意いたそう」

そう言って翌日また訪ねるよう言いつけ番頭を帰した。実は柳田、金のことで疑われたのを恥辱と考え、切腹して身の潔白を示そうとしたのだった。

ところが、そうした父の腹づもりを察した娘が、自ら吉原に身を沈めることで五十両を用意し、結局は切腹を思い止まらせた。

翌朝、金を受け取りにきた番頭、「もし後で金が出てくるようなら、私の首と主人の首をさしあげます」としたり顔で言い残して帰っていった。

店に戻った番頭から話を聞いた万兵衛、褒《ほ》めるどころかその勝手な振る舞いを厳しく叱《しか》り付け、急いで柳田を訪ねるのだが、家はすでにもぬけの空。柳田はどこかへ消えて行方知れずになっていた。

季節は流れ、暮れの煤《すす》払いの日。万兵衛の居間から五十両の包みが見つかる。やはり柳田は盗んでいなかったのだ。さあ万屋は大騒ぎ。どうにかして柳田を探し出そうと、店を挙げての捜索が始まった。

年が明けて、正月の二日。湯島《ゆしま》切通しの坂で番頭と鉢合わせをしたのが、なんと柳田角之進。事情を聞いた柳田、「首を洗って待っておれ」と言い残して去っていった。

翌日、万兵衛と番頭は揃って柳田の前へ。ところがいざ斬られるという段になると、万兵衛は番頭をかばい、番頭は主人をかばって自分ひとりだけ斬って欲しいと申し出る。憎い相手であるとはいえ、互いを思いやる主従の姿に感じた柳田は、床の間に置いてある碁盤を真っ二つに切り落とし、両名の首の代わりとする。

ならぬ堪忍《かんにん》、するが堪忍。のちにこの堪忍が両家に明るい春をもたらす「柳田の堪忍袋」という一席。

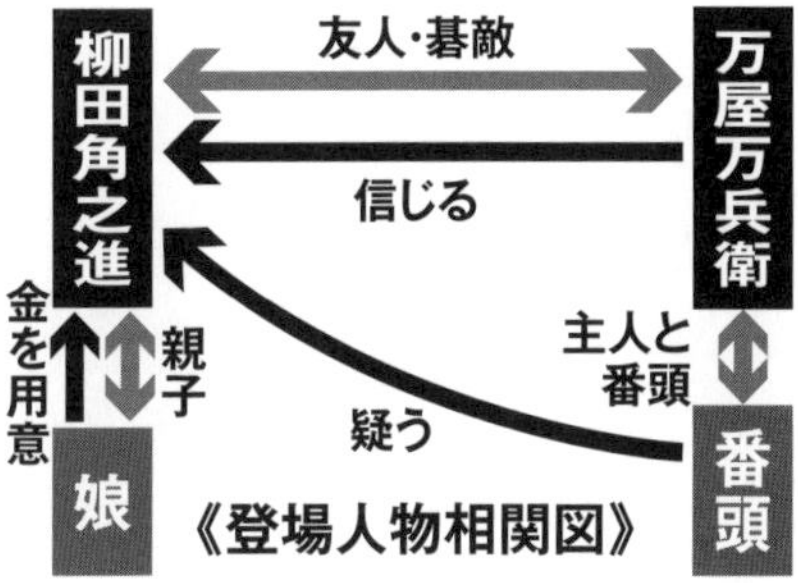

《登場人物相関図》

ねずみ穴《あな》

弟の更生願い、心を鬼にした兄

道楽で親の遺産を食いつぶした竹次郎《たけじろう》。江戸で商売をしている兄を訪ね、借金を申し込む。しかし、貸してくれたのはたった三文。屈辱的な仕打ちに怒る竹次郎だが、これが持ち前の負けん気に火を点けた。それから懸命に働き、所帯を持ち、子宝にも恵まれ……。十年後には大店《おおだな》を構え、三つも土蔵《どぞう》を持つまでに出世を果たした。

「火の用心を頼みますよ。蔵のねずみ穴もふさいでおくれ。では行きますよ」

あの日に借りた三文に二両の利子をつけて返すべく、十年ぶりに兄を訪ねる竹次郎。

「竹、よく頑張ったな。三文を目の前にして腹が立ったろう。でも茶屋酒《ちゃやざけ》が抜けていないお前に金を貸しても、また道楽に走るに違いねえと思って、心を鬼にしたんだ」

兄の告白を聞いて自分の不明を恥じる弟。積もる話が絶えぬなか、いつしか夜になってしまった。火事を心配して帰ろうとするものの、「もしお前のとこが焼けたら、俺の身代《しんだい》（注・財産）を全部譲るから」とまで言ってひきとめる兄に根負けして、それではと泊まることになる。しかし、悪い予感はあたるもので……。深夜に近火が出て、あっという間に竹次郎の店も蔵も全焼してしまった。

再び一文無しに戻り、今度は七つになる娘を連れて兄を訪ねてきた竹次郎。頭を下げて借金を申し込むが、貸せるのはせいぜい一両か二両だという。身代を全部譲るとまで言ったのに、あまりにもひどいと文句を言うと、「あれは俺が言ったんではない。酒が言ったんだから知らねえ」とにべもない返事。

「あんたは鬼だ、金の亡者だ。もう金輪際《こんりんざい》、兄弟なんかと思わねえ。娘よ、これが鬼の顔だぞ。よく覚えておくんだぞ」

資金の工面もできないままの帰り道。しばらく黙りこくるふたりだったが、やがて幼い娘が女郎《じょろう》になると言い出した。

「そうすればお金になるんだって。私は大丈夫だよ。でも、いつか迎えに来てね」

泣く泣く吉原へ行くふたり。そして娘と引き換えに得た二十両を懐に歩いていると、見知らぬ男が勢いよくぶつかってきた。よろける竹次郎、足早に立ち去る男。気がつけば懐の二十両はそっくり消えていた。「もうダメだ……」

大事な金を掏《す》られた情けなさに思わず首を吊《つ》ろうとするが……。

「おい竹、えらくうなされてたぞ。なに？ 火事なんかないよ……。おいおい、そりゃ全部夢だぞ。ひどい夢をみたな。でもな、火事の夢は燃えさかるって言うべ。お前の商売はますます繁盛するぞ」

「蔵のねずみ穴を気にしすぎたんだな……。いや、本当に夢は土蔵（五臓《ごぞう》）の疲れだ（注・当時は五臓の痛れが原因で夢を見ると思われた）」

心眼《しんがん》

盲目の美男子、願い叶って見た現実は？

横浜まで商売に出かけて行ったはずの按摩《あんま》・梅喜《ばいき》が、浅草馬道の家までぼんやり歩いて帰ってきた。幼い頃から面倒をみてきた弟に、目の見えないことをあざけられ、「また食いつぶしに来やがった」と罵《のの》しられたというのである。

悔しい梅喜は女房に励まされ翌日から茅場《かやば》町の薬師さま（注・天台宗の仏寺・智泉院の俗称）に願掛けを始める。すると、熱意が通じたものか、ちょうど満願《まんがん》の日に目が開いた。

帰り道は見るものすべて珍しいものばかり。馴染《なじ》みの上総屋《かずさや》の旦那《だんな》の顔もわからなかったが無理もない。

不思議なことだが、目の見えないときには何でもなく帰っていた自分の家も、目が開いてみると分からないのだ。そこで上総屋の旦那に手を引いてもらって家路につくことに。

途中、上総屋の旦那に次のようなことを聞かされる。

女房のお竹《たけ》は、人間三分の化け物七分、いわゆる人三化七《にんさんばけしち》の醜女《しこめ》。それに比べて梅喜はまれにみる好《い》い男だ。小春《こはる》という芸者なぞ、お前のことを役者より好い男だと言って岡惚《おかぼ》れしている……。

あれほど世話になった恋女房でも、そんなに酷《ひど》い外見かと思うと、なにやら会うのが嫌になってきた。

そんなことを思いながら観音様をお参りし、気がつくと上総屋の旦那がいない。はぐれてしまったようだ。そこへさっきの話に出てきた小春が通りかかり、梅喜を富士横丁の「釣堀」という待合《まちあい》に誘う。

若くて美しい小春の魅力にすっかり参ってしまった梅喜、もう化け物みたいな女房とは離縁して、お前と一緒になりたいと薄情なことを言い出す。

一方、梅喜とはぐれた上総屋は、目の開いたことをおかみさんにも知らせようとお竹のもとへ。喜んだお竹が観音堂まで来てみると、ちょうど梅喜と小春が待合に入るところだった。どういうことになるかと覗いていると、なんと亭主はその女と夫婦約束をしているではないか

いきなり中へ飛び込むと、お竹は梅喜の胸ぐらを締め上げて……。

「苦しい、勘弁《かんべん》してくれっ、おい、お竹」

……途端にはっと目が覚める。すべては夢だったのだ。

「ああ、夢か。おれはもう信心はやめだ」

「昨日まで思いつめた信心を、なんで今日になってよす気になったの」

「盲目《めくら》てえのは、妙なものだ。寝ているうちだけ、よーく見える」

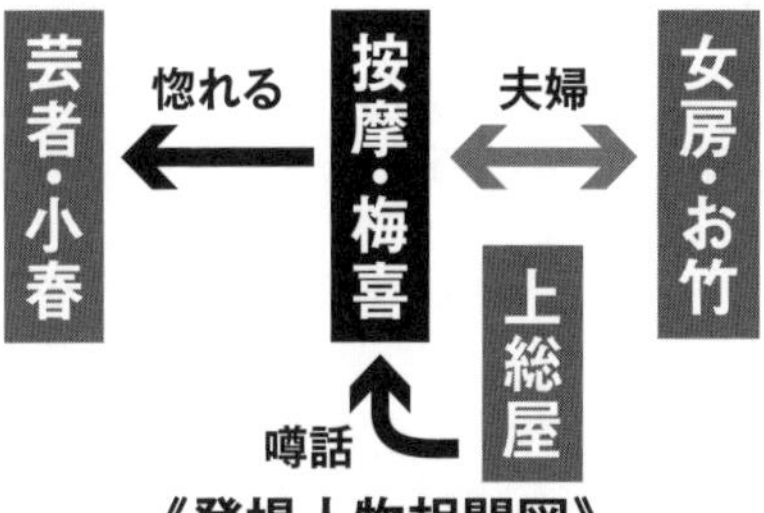

《登場人物相関図》

中《なか》村《むら》仲《なか》蔵《ぞう》

ピンチをチャンスに変えた名優

稲荷町《いなりまち》と呼ばれる最底辺の役者から出発し、苦労の末に名題《なだい》（注・最高の地位）にまで出世した中村仲《なかむらなか》蔵《ぞう》。しかし、大舞台の『忠臣蔵』であてがわれたのは、ひどく地味な五段目の斧定九郎《おのさだくろう》という一役のみ。

これに腹を立てた仲蔵は、芝居には出ずに上方にでも行こうかと自棄《やけ》気味だった。しかし、「この地味な役を名題になった仲蔵がどう変えるかという期待の表れだ」という女房に励まされ、やっと役づくりに取り組む決心をする。

しかし、なかなか良い考えが浮かばず、こんなときこそ信心だと妙見《みょうけん》さまに願をかけ、お参りをはじめるが……。満願の日を迎えてもまだ工夫のつかない仲蔵。夕立に遭って蕎麦《そば》屋に飛び込み、ため息をついていると、ひとりの浪人者が飛び込んできた。なまじ破れ傘をさしていたために濡れてしまったという様子で、黒羽二重《くろはぶたえ》の紋付に茶献上《ちゃけんじょう》の帯を締め、尻をはしょって大小の腰の物をつかみ差し、雪駄《せった》を二枚裏合わせにして帯に挟《はさ》み込んでいる。鼻筋の通った色白のいい男だ。

「これだ」と思った仲蔵。無礼を承知でその侍《さむらい》に着ているものを根掘り葉掘り尋ねると、いよいよ役づくりにとりかかった。

いよいよ本番当日。弁当幕《べんとうまく》と呼ばれていた退屈な五段目の幕が開くと、見たこともないような定九郎が出てきて、迫真の演技を始めた。しかし、ついぞ客席から声がかからないばかりか、拍手さえ起きず……。

これを一世一代の大失敗と考えた仲蔵。こんな赤っ恥をかいてはもう江戸にいられないと、女房に涙ながらに別れを告げて、上方へ向かおうとする。

しかし、師匠である伝九郎《でんくろう》から呼び出されてしまったので、旅支度のまま恐る恐る行ってみると、意外にも大絶賛されてしまう。観客の掛け声や拍手がなかったのは、仲蔵が演じた定九郎があまりにも素晴らしかったので、声も出なかったということである。

「いや、よくやってくれた。おかげで師匠の私まで鼻が高いよ。明日からは江戸中の芝居好きがお前を見に来るぞ」

気をよくした伝九郎は、今日の記念にと愛用の煙草《たばこ》入れを贈ってくれた。あわてて家に戻った仲蔵は、女房にそのことを話すと泣き出さんばかりに喜んだ。

「上方へ逃げると言ったり、大成功だったと言ったり……。もう、お前さんにはすっかり煙にまかれちまうよ」

「ハハハ、そりゃ違えねえや。貰《もら》ったのが煙草入れだ」

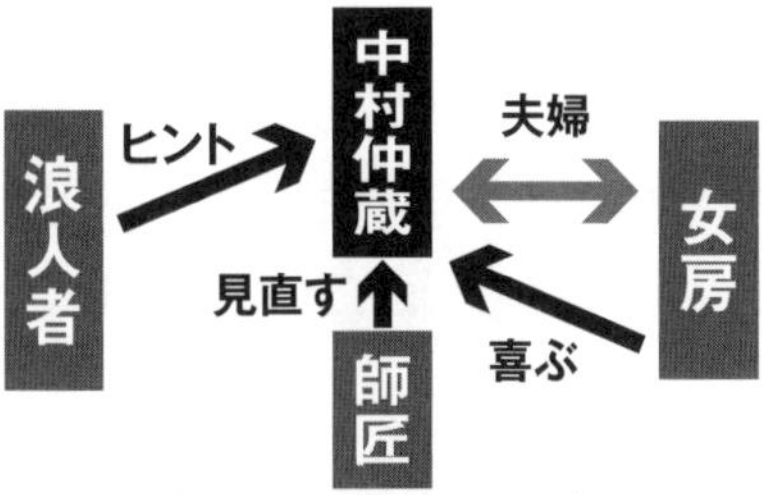

《登場人物相関図》

名人列伝

六代目三遊亭圓生《さんゆうていえんしょう》

《明治33年生〜昭和54年没》

寄席で育った生粋の芸人

本名・山﨑松尾。明治33（1900）年、大阪生まれ。幼少の折に母親とともに上京。わずか5〜6歳で子役芸人としてデビュー。はじめは義太夫《ぎだゆう》が本職だったが、明治42年に橘家圓童《たちばなやえんどう》として落語の高座に上がった。

師は「品川の圓蔵《えんぞう》」と呼ばれた大看板・四代目橘家圓蔵。圓童少年の義父もやはり噺《はなし》家で後に五代目圓《えん》生《しょう》になる人物だが、こちらも圓蔵の弟子なので、親子で同じ師匠に入門し、同じ名跡を継いだことになる。

大正9年に橘家圓好《えんこう》となり、年長だった八代目桂《かつら》文楽《ぶんらく》に先んじて真打に昇進したものの、長く不遇の時代が続く。ダントツのネタ数を誇り、仲間うちからは一目置かれる存在だったというが、一般的には地味すぎて注目される機会が少なかった。

しかし、昭和16年に六代目圓生を襲名したあたりから徐々に実力をつけ、戦後となると文楽と志《し》ん生《しょう》を追いかけるように人気が沸騰。見事に大輪の花を咲かせ、落語家としてはじめて皇居で御前口演を行なうという快挙を達成した。

本人すら把握していなかったという膨大な持ちネタ数は、大小あわせて4〜500席といわれ、その圧倒的な量を軽妙で洒脱な話術で支えた。

今日、我々が概念として持っている、いわゆる「落語家の口調」は、この六代目圓生の語り口に酷似していることが多い。また、晩年には真打乱造に異を唱え、一門を率いて落語協会を脱退。落語三遊協会を結成し、亡くなる当日まで高座を勤めた。

現在、三遊協会は弟子の三遊亭圓楽《えんらく》が引き継ぎ、圓楽党として独自の活動を続けている。

第五章

ヒーロー&ヒロイン登場

居《い》残《のこ》り佐《さ》平《へい》次《じ》

したたかにこの世を渡る憎めない男

知り合いの三人に、「やりたい放題遊んで飲んで食って、一円の割り前だ」と約束して品川《しながわ》に繰り出してきた佐平次《さへいじ》という男。大店《おおだな》に上がってドンチャン騒ぎの一夜が明けると、朝早いうちに三人を逃がして、あとは居残《いのこ》りを決め込むという寸法だ。

「身体の調子が悪いから、医者から転地療養《てんちりょうよう》を勧められたところなんだ。しばらく品川で養生しようかと思ってさ」「いやぁ、でも居残りなんて穏やかじゃないよ。金ならなんとかするから帰ろう」

心配する三人に「何度も居残って慣れてるから大丈夫。それより割り前の金を生活費に充てさせるから、お袋に渡してくれ」と言いつけ、本当に帰してしまう。さあ、それから勘定を取りに来た若い衆《わかいしゅう》を何度も煙にまき、引っ張るだけ引っ張ったが、いよいよ言い訳もなくなり……。

「ずいぶん遊んだね。じゃあ、仕方がないから、そろそろ行灯部屋《あんどんべや》へ移るかねえ」「えっ、文無し？　こりゃ大変だ！」

布団部屋に押し込まれて多少はおとなしくなったと思いきや、とんでもない。呼んでいるのに、花魁《おいらん》どころか若い衆もさっぱりこない。下地《したじ》（注・しょうゆ）がなくて刺身が食えるかと怒鳴《どな》っている客の部屋へ行くと……。

「えー、下地を持ってまいりました」「遅いんだよ。いつまで待たせるんだ」

「あいすみません……。あら？　もしやあなたは……、紅梅《こうばい》さんのところの勝《か》っつぁんじゃございませんか」「ん？　まあ、『紅梅さんのところ』ってほどでもないが、俺は紅梅のとこに通ってきてる勝ってもんだ。お前、ちょっと見かけない顔だが、ここの若い衆か？」「ええ、まあ、そんなもんで……。いよっ、それにしてもいい男っぷりですな。紅梅姉さんがあれほどフワフワするのもわかる」「なんでえ、フワフワするってのは」

「お初です、よろしければ盃《さかずき》を頂戴《ちょうだい》……」「酒を飲ませろってのか。まあ、ひとりで飲むのもつまらねえや。ほれ」

「ありがとうございます。いやね、紅梅姉さんはあの通りの江戸っ子チャキチャキだ。普段は誰が来てもあっさりしてる」「まあ、そういう奴だ。そういうところが可愛いくもあるんだけどな」

「でもね、貴方が来たって聞いたときは、『あら、うちの勝っつぁんが来たのかい』なんてんで、泳ぐようにフワフワしてるんだから。もう、うちの勝っつぁん、うち勝っつぁんですよ。まいったねえ、どうも」「ん？　そうかい？　いやいや、ハハハ、そうかい。フフフ、そうかいそうかい。おい、若い衆、これで煙草《たばこ》でも買いなよ」

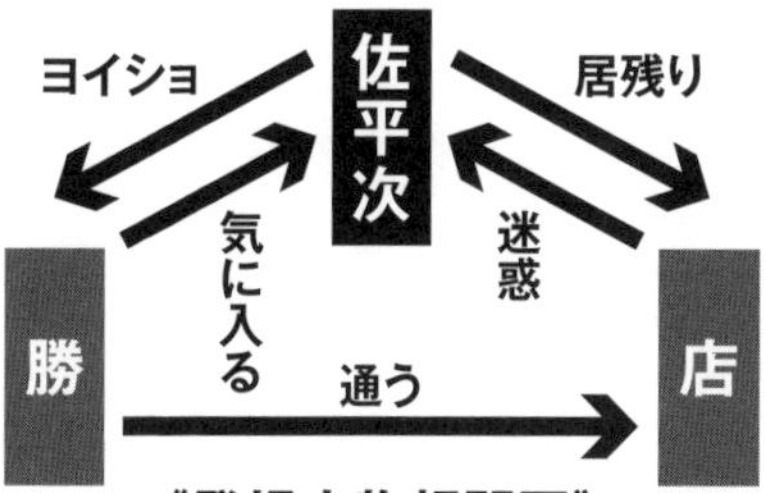

《登場人物相関図》

客をすっかり取り巻いて酒を飲み、あろうことか御祝儀まで貰《もら》う居残りの佐平次。

「でも貴方は罪だよ。貴方のことで、紅梅姉さんが、からかわれたことがあるんだ」「おい、どうしたんだ。可哀想に」「あの男嫌いの客嫌いで通ってる紅梅姉さんが、ぅち勝っつぁんなんて言ってるからね、まわりの姉さん方が、『紅梅姉さんともあろうものが客に惚《ほ》れたのかい』って」「そうか……。俺のせいだな。可哀想に。それでどうなったんだい」「あの、お刺身をいただいても……」

「おう、食え食え、それでどうした」「いや、その後の紅梅姉さんの台詞《せりふ》が凄《すご》かった。持ってた煙管《きせる》から勢い良く火種をポーンと落として『ああ、あたしゃ勝っつぁんに惚れてんのさ。あの人が来て喜んで、いったい何が悪いんだい』って。お役者でもできないような、いい姿だったね……」

それを聞き、感極まって涙ぐむ客。

「そうか……、俺の気持ちは伝わってたか。ここんとこロクに顔も見せないから、てっきり気がないかと……。そうか、よく教えてくれた。これで一杯やってくれ」

またまた御祝儀が出る。グズっていた客も上機嫌。そこへ待ち人の紅梅姉さんが入ってきて……。

「ごめんごめん。遅くなって。しつこい奴がいたのよぅ。怒っちゃダメよ」「怒るもんか。お前もいろいろ義理があるんだろう。俺は後回しでいいんだぜ」「あら、勝っつぁん。やけに機嫌がいいのね。あら？　やだ、この人どうしたの」「おう、下地を持ってきてもらったんだ」「あらやだ……。この人は若い衆じゃないわよ。布団部屋の居残りよ……」「へへっ、今後も御贔屓《ひいき》に」

この調子で、いつのまにか店の二階を営業で回りはじめた。やがて贔屓にする客も出てきて……。「幇間《たいこ》なんざ呼んでもつまんないよ。それより居残りはどうした。あれを呼びなよ」「居残りですか。はいはい。ちょーいとー、いのどーん。八番さん、お呼びでーす」「へーい……。大将！　こないだは大変なお遊びで……。憎いよっ！　よいしょ！」

ほどなくしてたいへんな人気者になり、ガッポガッポ稼ぎ出した。面白くないのは御祝儀が激減した他の若い衆。この状況を主人に話すと……。

「お前さんが居残りかい。若い衆が迷惑をしているんだ。店からの借金は棒引きにするから、もう出ていっておくれ」「いえ、もう少し置いて欲しいんで」「なぜだい？　家に帰れるんだよ」「実は、あっしは人を殺《あや》めて逃げている凶状持《きょうじょう》ちでして。ここは人の出入りが激しいから隠れるのにうってつけで……」「冗談じゃないよ、出てっておくれ」

懇願する店主に、餞別代りに路銀《ろぎん》を出せ、羽織をくれ、帯をくれ、履物《はきもの》を出せと、さんざんタカってやっと出ていった。店主は佐平次が近くで捕まってはまずいと、念のため若い衆を尾行に出したが、真実がわかって……。

「旦那様、あいつは凶状持ちでもなんでもねえ。居残りで有名な遊び人ですよ」「そうかい……。くやしいねえ。なんで私をおこわにかけた（注・客を騙すこと。宿場で働く飯盛女＝おこわの連想）んだろう」

「へい、旦那の頭がごま塩だから」

お神《み》酒《き》徳《どっく》利《り》

苦し紛れについた嘘。最後までつきとおせるか？

馬喰町《ばくろちょう》にあった旅籠《はたご》「刈豆屋《かりまめ》」の通い番頭・善六《ぜんろく》。大晦日《おおみそか》の煤《すす》払いのとき、この店の家宝である、葵《あおい》の御紋が入ったお神《み》酒《き》徳《どっく》利《り》が放置されているのを見て、もし壊れたら一大事と、とりあえず台所の水がめの中に沈めた。

これなら誰かが粗相《そそう》をすることもないだろうと安心したが、いつのまにか家宝紛失ということで店中はひっくり返るような騒ぎに。しかも善六は自分が隠したことをすっかり忘れて家に帰り、しばらくして思い出したから、さあ大変……。

「こんな大騒動になって……。あたしはクビは間違いなしだ。いや、それどころか、もうここには住んでいられない。いっそ上方にでも逃げようか……」「お前さん、弱気になっちゃダメよ。悪気があってしたんじゃないもの。ようするに、徳利が見つかればいいんでしょ」

占い師の家系に生まれたという女房は、占いで見つかったことにすれば万事うまくいくという。

「家にあった占いの秘本を読んで悟り、生涯に三度だけ神通力《じんつうりき》が使えるようになりました、なんて言ってね。お前さんは算盤《そろばん》が得意なんだから、算盤占いだと、パチパチやれば、大丈夫だから」

易者の喋り方や簡単な用語を教わった善六。すぐに店へ出かけ、開き直って占いを始めた。

「では算盤を……。これは荒神《こうじん》さま（注・土地の守り神）の祟《たた》りかもしれません。パチパチ……。台所ですな、パチパチ……。水神さま……水に近い場所、あるいは水がめの中かも……」

「かも」ではない。隠した本人が言っているのだ。必ず出てくる。

「あった！　旦那《だんな》様っ、ありました！」

さあ、めでたいの驚いたのって……。主人は宴会まで開いて大騒ぎ。もちろん主役は徳利を探した善六先生。輪の中心に座らされて、恐縮しきりだったが……。

そこへ声をかけてきたのは逗留中の大阪の豪商・鴻池《こうのいけ》家の手代《てだい》。この旅籠の上得意中の上得意である。じつは、愛娘が長いこと原因不明の病《やまい》で臥《ふ》せっており、悩みのタネになっている。ぜひとも先生に大阪までご足労いただき、占って欲しいとのこと。

とんでもない大仕事を頼まれた善六は、「生涯に三度の神通力」と言ったことを猛烈に後悔し、また女房に相談するが……。

「いいじゃないの。上方《かみがた》見物だと思ってお行きなさいよ。もし見当もつかなければ、残念ながら占いや祈祷《きとう》で治るものではございませんって言えば大丈夫。偶然に治ったら大金持ちだよ」

しぶしぶ善六も腰を上げ、早くとせがむ鴻池家の手代とともに、東

《登場人物相関図》

海道を西へと向かった。そして、途中で立ち寄った神奈川にある鴻池家の常宿で、宿泊客である薩摩藩の武士の巾着《きんちゃく》が失くなるという事件に遭遇する。中身は七十五両という大金と、大事な密書。旅籠《はたご》の主人にも嫌疑がかかり、番所にしょっ引かれるという一大事だが……。

「皆さん、落ち着きなはれ。この方は凄《すご》い占いの先生や。巾着も必ず見つけてくれます……。さあ先生、残り二回の神通力や。ぜひともここで一回分を使うてくだされ」

占いを信じ切っている鴻池の手代。生涯に三度だけと言ったことがまた仇《あだ》になったと落ち込む善六。易の神様に供えると言って梯子《はしご》や提灯《ちょうちん》、草鞋《わらじ》などを用意させ、人払いを命じた。夜陰《やいん》に乗じて夜逃げを決め込もういう寸法だ。しかし、まさに逃げようとしたそのときに……。

「あのぅ……、先生はいるべか」

入ってきたのは旅籠で下働きをしている少女。聞けば、実家の父親が病気になっても看病をする者がおらず、薬代ももままならない。でも主人は休みもくれず、給金の前借りもダメ。それで思い詰め、悪いと思いながらも客の巾着を盗み、庭のお稲荷《いなり》さんを祀《まつ》った祠《ほこら》の中に隠したという。

「先生の占いに出てるべか……」「えっ？　あ……、出てるよ。出ているとも。そうか……。可哀想な娘さんだ。よし、ここは私が悪いようにしないから、今のことは喋《しゃべ》るんじゃないよ」

まさに夜逃げ寸前、棚ぼたで巾着のありかがわかった善六先生。店の者を集めて算盤をパチパチやりながら、「この近くにお稲荷さんの祠はありますかな……。なに、庭にある。それだ……。信心が弱いので、戒《いまし》めのためにお隠しになられたのです。巾着は祠の中にありますぞ」「あった、巾着がありました！」

店中が喜びに包まれるなか、善六は旅籠の主人に祠の改築を約束させる。また、こちらのお女中で、家族に病人が出た者がいるはず。その娘さんに十分に看病できるだけの薬代とお休みを与えたまえと付け加え、大阪に向かって旅立って行った。

さて、いよいよ鴻池の本家にやってきた算盤先生。占いの自信は全くないが、せめて誠意だけでも見せようと、二十一日間、水垢離《みずごり》をして身体を清め、神仏に祈った。すると、満願《まんがん》の日にどこからか白髪の老人が現れて……。

「わしは神奈川の旅籠に祀《まつ》られた稲荷大名神じゃ。そなたのおかげで霊験《れいげん》あらたかという評判がたち、あれから下へもおかぬ扱いじゃ。そのお礼にまいったぞ」

老人が言うには、屋敷の乾隅《いぬいすみ》（注・北西の隅）の地中に仏像が埋まっており、掘り出してあがめれば病人はたちまち回復するとのこと。嘘かまことか、ここは賭けるしかないが……。

「あった！　仏像がありました！」

今度ばかりは占った本人も驚いた。そして、瞬《また》く間に娘の病状も快方に向かう。やがて江戸に帰った善六は、鴻池から貰った多額の謝礼を元手に独立。立派な旅籠の主人となった。算盤占いだけに桁《けた》違いの暮らしになったという、おめでたい一席。

死神《しにがみ》

呪文を唱えて一儲け。ついつい欲が…

山のように借金がかさみ、女房にも愛想《あいそ》をつかされた男。こうなったら死んでしまおうと思ったものの……。

「どうやって死のうか。いっそ川にでも飛び込むか……、ダメだ、泳げねえもんな。いや、泳げたら助かっちまうか。でも土左衛門《どざえもん》はみっともないしな……。あ、大きな松がある。首をくくるか。でもどうやってやるのかわからねえな」

そこへこんな声がした。「フフフ、教えてやろうか」

なんと声の主は死神。死に方を教わるにはうってつけの相手だ。話には聞いていたが、まさか本当にいるとは思わなかった。しかし、よくよく話をしてみると案外にものわかりがいいもので、男の立場に同情して金を儲ける方法を伝授してくれた。

なんでも病人の近くには必ず死神が座っているそうで、枕元にいるならその人はもう寿命で助からない。逆に足元にいれば、「アジャラカモクレン　キューライス　テケレッツノ　パァ」という不思議な呪文を唱えれば死神がスーッといなくなり、たちまちに快方に向かうという。医者というふれこみで病人に会い、この方法で治してやれば、礼金がザクザク入ってくるはずだ。

「お前の寿命はまだ尽きていない。普通の人には見えない死神を見えるようにしてやるから、このやり方で稼いでみろ。いいか、枕もとにいる患者は寿命だ。忘れるんじゃないぞ、くれぐれも手を出すなよ」

そう言い残して煙のようにいなくなってしまう死神。まるで夢のようなできごとに半信半疑の男だったが……。とりあえず他にやることはないからと、自宅に医者の看板を出してみる。するとほどなく来客があった。あまたの名医が見放した病人がいるので易《えき》で見てもらったところ、この方角に住む医者に診てもらえという結果が出たという。長く患っている大店の旦那らしいが……。さて、男が見てみると、なんと病人の足元に死神が座っていた。

「これはありがてえ。いや、こっちの話です。では治しますよ。アジャラカ……」

呪文を唱えてポンポンとふたつ手を打つと、今まで唸《うな》っていた病人が、憑《つ》きものが落ちたように元気に喋《しゃべ》りだした。店のものは大喜び。男もたんまり礼金を貰う。

さあ、これが評判になって男のところに次々に診察の依頼が来る。その度に治る治らないとズバズバ言い当て、治る患者はきっちり治す

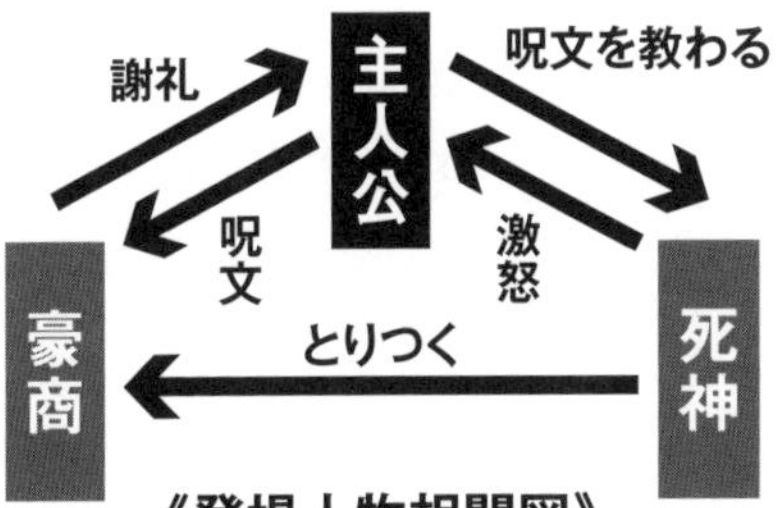

《登場人物相関図》

死神が見えているのだから当たり前である。

おかげで医者商売は大繁盛。金は湯水のように入ってくる。徐々に暮らしも派手になり、とうとう女房子供と別れて上方《かみがた》へ物見遊山《ものみゆさん》へ。さんざん遊び呆《ほう》け、旅先で全財産を使い切ってしまった。

また稼げばいいさと気楽に思っていた男だったが、なぜかそういうときに限って死神が患者の枕元にいる。そして、いよいよ金に困っているところへ訪ねてきたのは、さる有名な豪商方の手代。主人が重病だという。喜びいさんで出向いた男だったが、やはり死神は枕元にいた。

「またか……。えー、このご病人、たいへんに気の毒ですが、助かりませんな」「でも、そこをなんとかお願いいたします。礼金はいくらでも払います。お望みなら一万両でも結構でございます」

一万両と聞いて欲を出した男。それなら奥の手を出してみるかと……。

四人がかりで病人が寝ている布団の四隅《よすみ》を持ち、素早く上下を逆さにひっくり返す。そして死神が足元にくると、男は素早く呪文を唱えて手を打った。すると、びっくりした顔の死神がスーッと消えていくではないか。もちろん、病人の顔色はみるみるうちに良くなっていく。

「よし、作戦成功だ。こんなに簡単ならもっと早くやればよかった」

しかし、見事に大金を手に入れて気をよくした男が、またぞろ遊びに行こうとしていると、聞き覚えのある声が……。「おい、お前とんでもないことをしたな」、以前に会った死神である。

「あ、その節はどうも」「フン、なにがどうもだ。あのとき枕元に座っていたのは俺だったんだ。

おかげで、俺は怒られたあげく減俸になっちまった」「それは悪いことをしました、すみません。でも、死神も給料を貰《もら》っているんですねぇ。こりゃおかしいや」「うるさい。お前、自分がやったことの重大さにまだ気付いてないな。ちょっとこっちへ来い。いいところへ連れてってやる」

急に身体がフワリと浮いたかと思うと、すぐに暗闇に飲み込まれ、気がつくと蝋燭《ろうそく》が無数に燃えている場所に来ていた。

「なんですか、ここは。この蝋燭は?」「この蝋燭は人間の寿命さ。見ろ、この勢い良く燃えている長い蝋燭、これはお前の倅《せがれ》だ。この太いのが、お前が助けた商家の主人だな。そしてこの弱々しい火の短いやつが……、ヒヒヒ、お前だよ」「そんな……、だって俺にはまだ寿命が残ってるって言ったじゃないですか」「そうだよ。それをお前が、あんなことをして重病人と取り替えちまったじゃねえか。ほら、もう消えちまうよ」

今にも消え入りそうな蝋燭を前に、ブルブル震え出す男。

「助けてください、何か方法はないんですか、この通りだ、お願いします」「今にも消えそうな火を、そっと鴻池の蝋燭に移しかえれば、また元に戻るよ。でも、お前にできるかな。震えてるじゃないか」

必死で火を移そうとする男。しかし、恐怖と緊張でうまくいかず、火勢は弱まっていくばかり。

「ほら、消えちまうよ。ほら、ほら……。ああ、とうとう消えちまった」

バタリと男が倒れた……。

抜《ぬ》け雀《すずめ》

文無し絵描きが宿賃代わりに描いた絵

旅人が行き交う相州《そうしゅう》小田原の宿。夕刻ともなればそれに宿屋の客引きが加わり、さまざまな声が飛んでたいへんな賑《にぎ》わいだ。

その喧騒《けんそう》の中、全く声がかからない浪人風の男。恰幅《かっぷく》のよい美丈夫《びじょうぶ》だが、着物はヨレヨレ、顔は無精ひげだらけ。人気がないのも当然だ。ならば自分で宿を選べばよいのだが、実は一文無しで前払いができない。声がかかれば催促をかわせるだろうと待っていたら、少々ポーッとした客引きが、

「ぜひ私どものところへお泊りを」「そうか……。これも縁であるな。よし、泊まってもよいぞ」

偉そうなものの言い方をしているが、内心は喜んでいるこの男。しかし、宿に着くと、これがとんでもないあばら家だった。

「あっ、床は穴が開いておりますからお気をつけて。あっ、そこは釘が飛び出してるから危ない。あっ、手すりにつかまっちゃいけません、すぐ外れるんですから……」

つかまれない手すりなど聞いたことがないが、それでも一番上等だという部屋に通された。

「なにもないが広いな。まず風呂だ。その後は酒と肴《さかな》を頼む。おお、そうだ、前金はどうする。百両も渡すか」「いえ、こちらからお頼みしてのお泊りです。お勘定はお発《た》ちのときで結構で」

客の景気のいい台詞《せりふ》に気をよくした主人だが、あの身なりでそうお金は持っていないはずだと奥方はいぶかしがっている。

「本当に大丈夫だろうね。お前さんはよく一文無しを泊めるんだから」「なにを言ってるんだい。やっとお金持ちにめぐりあったんだ。嬉しいじゃねえか」

この晩から泊まりこんだ浪人風。毎日浴びるほど酒を飲んで、たちまち十日が過ぎた。勘定《かんじょう》は五両にもなっている。不安になった奥方が主人をけしかけ、一時精算を求めると、堂々と「無い」と言い放った。

「こりゃたいへんだ、また一文無しか……。あの、あなたのご商売はなんですか」「拙者は狩野《かのう》派の絵師である」「絵描きさんねぇ……。大工さんでしたら、壊れたところを修繕してもらうけど……」「そうか。なら借金のかたに描くぞ」「いや、描くといってもねぇ、名前のある方なら売れますが、あなたの絵では……」

その気になった一文無し。あたりを見渡すと、これもまた一文無しだった経師屋《きょうじゃ》(注・表具屋)が作っていった衝立《ついたて》がある。下手に絵を描くと台無しになると止める主人をものともせず、硯《すずり》を出せの、墨《すみ》をすれのと大騒ぎ。しかたなく主人が用意をすると、しばらく黙って衝立

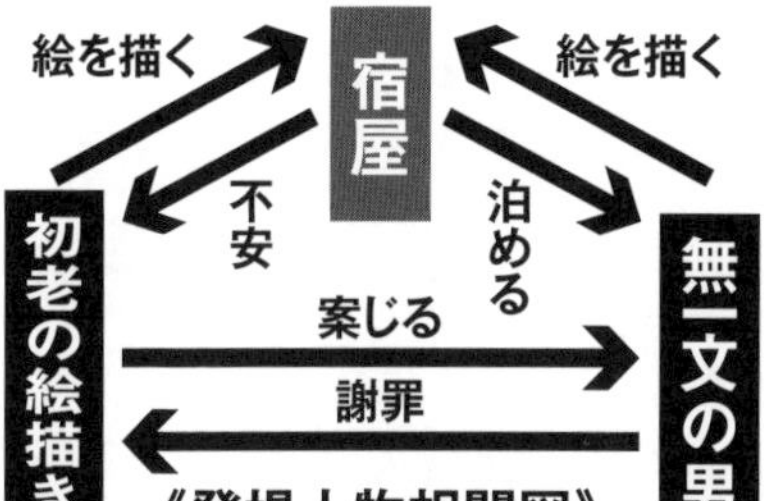

《登場人物相関図》

を眺めていた一文無し、やにわに筆をとり、一気になにか描き上げた。

「ふむ、できたぞ。どうだ」「へっ、これはなんの絵ですか」「なにっ、お前、その眉《まみえ》の下にふたつ付いているものはなんだ」「なにって……。いやだよ、目ですよ」

「本当に目か。見えぬならくりぬいて銀紙でも貼っておけ。これは雀《すずめ》だ。五羽いる。一羽一両で計五両だ」「五両どころか、これじゃ一分でも売れないですよ。ああ、どうしよう」

狼狽《ろうばい》する主人に、必ず戻るから、くれぐれも許しなく衝立を売るなと言い残し、一文無しは堂々と去っていった。主人はまた奥方にさんざん文句を言われ……。

さて翌朝、主人が二階に上がって雨戸を開ける。すると、チチチチッというさえずりとともに、衝立から雀が抜け出して外へ出たかと思うと、餌《えさ》をついばんだ後に、戻ってきて衝立にピタリと収まった。驚いた主人、次の朝に大勢連れて来てやってみると、再び雀が飛び立って……。

さあ、これが評判となり、「雀のお宿」などと呼ばれて店は大繁盛。とうとうお殿様のお耳にも入り、ご見物されるという栄誉にも浴《よく》し、なんと千両でお買い上げになるとのお言葉までいただいた。

そんなある日、供を連れた身なりのよい初老の武家が訪ねてきた。ぜひ絵を見たいというので主人が案内すると……。

「うむ、まだまだ未熟であるな」との言葉に驚く主人。なんでも、雀が休むための場所がない。これでは雀が疲れて落ちるとか。困った主人が相談すると、止まり木を描いてくれるという。せっかくの絵が台無しになるかもしれないと迷うのをものともせず、硯を出せの、墨をすれのと……。

「さあ、描けたぞ。これで安心だ」

後ろで衝立を支えていた主人が前へ回って見てみると、絵が真っ黒になっている。

「うわぁ、これはなんですか」「なに、お前の眉の下にふたつ付いているものはなんだ。目か。見えぬなら……」「銀紙でも貼っておけでしょ。一度言われてますよ。早くなんだか教えてください。えっ、鳥かご……。あ、そういやそうだ」

ほどなくして老絵師は帰る。そして翌朝雨戸をあけると、また雀が飛び立ち、ちゃんと戻って鳥かごにピタリと収まった。さあ、これがまた評判になる。再びお殿様もご覧になって、二千両に値が上がった。絵師との約束があるので衝立を売りたくても売れない主人だが……。

ある日、あのときとはうって変わった立派な身なりで、あの一文無しの絵師がついに戻ってきたのである。主人の喜ぶまいことか。しかも、お殿様に衝立を売ってよいとのこと。しかし、初老の絵師が、鳥かごを描いていったと聞く顔色が変わった。急いで二階に上がり、衝立をしばらくじっと見つめた後、絵に手を合わせて、「ご無沙汰をしております。度重なる親不孝をお許しください」「先生、どうしたんです」「この鳥かごを描いたのは、私の父だ」「へえ、そうですか……。親子で名人なんですねぇ。親不孝とかおっしゃってましたが、とんでもない。親孝行ですよ」

「いや、私はまだまだだ。見なさい、親をかご描き（駕籠かき。注・当時の身分は低かった）にさせた」

蒟《こん》蒻《にゃく》問《もん》答《どう》

にわか和尚と修行僧のへんてこりんな禅問答

江戸にいられなくなり、上州安中《じょうしゅうあんなか》で蒟蒻《こんにゃく》屋を営む六兵衛《ろくべえ》さんのところへやってきた八五郎《はちごろう》。近くの寺に住職がいないというので、にわか坊主として納まる。そして、仏像などを売って金に換えながら、寺男《てらおとこ》と酒を飲みつつ気楽な暮らしをしていた。

そんなある日、修行のため禅問答をしたいという永平寺《えいへいじ》出身の雲水《うんすい》が訪ねてきた。さあ正体がバレてしまうと、一旦雲水を帰しておいて夜逃げの準備をしていたら、そこへ蒟蒻屋の六兵衛親分がやってきて、問答は俺がやってやると請け合った。

そして翌日……。かの雲水がいかに話しかけても、袈裟《けさ》を着た六兵衛は一切口を開かない。不審がる雲水だったが、さては無言の行をしていなさると思いこみ、こんどは身振り手振りで問答をしかけてきた。まずは親指と人差し指で小さな輪を作り、正面にグイと差し出す。なぜかギョッとした顔の六兵衛、すかさず両手で大きな輪を作る。すると、雲水は深々と頭を下げた。

次に雲水が手を広げて十本の指を出すと、六兵衛は片手で五本の指を。また頭を下げて平伏し、今度は三本指を出す雲水。六兵衛はそれに対し、人差し指を目の下に持っていった。

すると雲水、やにわに「参りました」と叫び、脱兎《だっと》の如く逃げ出した。

驚いたのは八五郎。わけのわからぬまま後を追いかけ、話を聞くと……。

「胸の前に小さな輪を作り、ご住職のお気持ちを尋ねると、大きな輪を作られ『大海《たいかい》の如《ごと》し』というお答え。次に指で『十方世界《じゅっぽうせかい》（注・全世界）は』とお尋ねすると、『五戒《ごかい》（注・五か条の戒め）で保つ』というお答え。最後に『三尊《さんぞん》の弥陀《みだ》は（注・仏の所在の意）』と伺《うかが》うと、『目の下（注・目の前）にあり』とおっしゃいました。いや、実にお見事。拙僧《せっそう》のごときものがかなう相手ではござらん」

六兵衛親分にそんな才能があったのかと、感心しながら八五郎が戻ってくると、当の六兵衛はなぜかカンカンに怒っている。

「なぜ捕まえねえんだ。ありゃニセ雲水だ。俺が蒟蒻屋だって知っていやがったぞ」「本当ですか、兄貴」

「そうとも。あの野郎、指で小さい丸を作って、お前んとこの蒟蒻はこんなに小さいだろうって、からかいやがる。だからこんなに大きいぞって、両手で輪をつくった」

「えっ、あれは、蒟蒻のことなんですか」

「そうだよ。で、次に十丁でいくらだって聞いてきたから、五百文だって答えると、高いっていうんだろうな。三百文にまけろって値切ってきたから、アッカンベーだ」

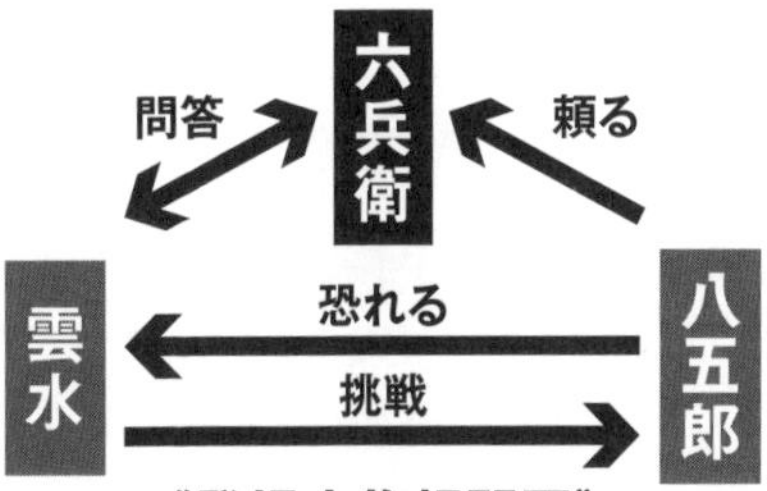

《登場人物相関図》

たがや

武士VS町人、花火の夜の決闘！

「橋の上　玉屋《たまや》玉屋の声ばかり　なぜか鍵屋《かぎや》と言わぬ情なし」などと詠まれているように、その日も大川《おおかわ》にかかる橋、とくに両国橋《りょうごくばし》の上では大勢の花火見物客が歓声を上げていた。旧暦五月二十八日の川開きの日である。辺りは人また人で、向こう岸へ渡るのも難しいくらいだが……。

そんな折に通りかかったのは、供侍《ともざむらい》三人と槍《やり》持ちの従者を連れた身分の高そうな武家。供侍は居丈高《いたけだか》に「どけ、どけ」と人払いをするが、混雑でちっとも進まない。

イライラしながら歩いていると、反対側からは大荷物を担いだたがや（注・箍《たが》の職人）が……。人に揉《も》まれて謝りながら進むたがや。すると、なにかの拍子で青竹をくくっていた輪が外れ、細い竹が勢いよくシュルシュルと飛び出したかと思うと、こともあろうに馬上にいるお殿様の編笠《あみがさ》をはねとばした。周りの群集はあまりの偶然にドッと大笑いだったが、笑えないのが供侍。

「この無礼者め。屋敷へ同道いたせ」「この通りでございます。家では病気の母親も待っております。どうかご勘弁《かんべん》を」「いや、勘弁まかりならん。屋敷へ参れ」

屋敷へ行ったら命はないと必死で謝るたがや。周りも「助けてやれ」と騒ぐものの、かえって逆効果になり、興奮した供侍は無理やりたがやを捕えようとした。

「何をなさいます。謝っているのに……。どうしてもダメですか……。じゃ、しょうがねえや。やい、ここで斬れ！　俺ぁ江戸っ子だ。二本差し（注・侍のこと）が怖くて鰻《うなぎ》が食えるか！」

ついに開き直ったたがや。怒った侍も大刀に手をかけるが、天下泰平の世のこと。全く使っていなかった刀はすっかりサビて、鞘《さや》から出すのも容易ではない。

それでもやっと抜刀したひとりが斬りかかると、さっと体をかわしたたがや。腕に噛《か》み付いて刀を奪い、逆にズバッと斬り倒した。

さてそれから、ヤジ馬の声援を受けつつ、たがやは快進撃。偶然にも助けられたが、剣術の心得もないのにあっという間に供の者をやっつけた。もう群集は大興奮だ。

「強いぞたがや、日本一！」

さあ残る相手は馬から降り槍を手に取った殿様だ。しかしただでさえ狭い橋の上。長い槍ではどうにもならず、穂先をたがやに切り落とされてしまう。

そして、がむしゃらに横一文字に払ったたがやの一撃が見事に命中し、殿様の首が見事にポーンと宙に飛んだ。それを見た群集、思わず
「上がった上がったーい、たーがやー！」

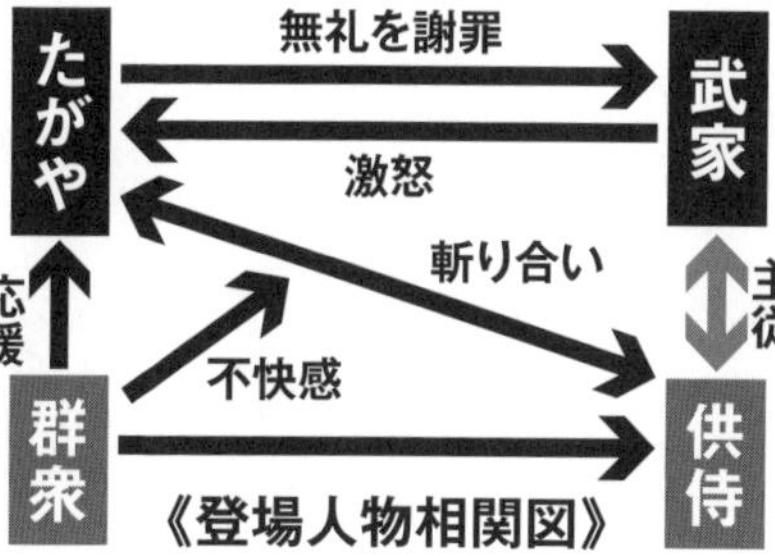

《登場人物相関図》

三《さん》方《ぽう》一《いち》両《りょう》損《ぞん》

名奉行・大岡越前の名裁き

財布を拾った左官の金太郎《きんたろう》。中を見ると三両という大金で、印形《いんぎょう》と書付《かきつけ》（注・判子と身分証明書）まで入っていた。住所は神田で、大工吉五郎《きちごろう》としてある。落とし主はさぞかし困っているだろうと、金太郎は親切にその男へ財布を届けに行った。

しかし、酒が入って勢いがついているのか、吉五郎は、「おう、この財布は落としたもんだ。こちとら江戸っ子だい、一度落としちまったものは戻せねえや。印形と書付は他人様が持っていても仕方がねえだろうから引き取るが、その金はお前が持っていけ」

「おい、バカ言っちゃいけねえぞ。お前が受け取れないものを、どうして関係のねえ俺が受け取れるんだ。ふざけるねぇ」

ふたりとも筋金入りの江戸っ子だから一歩も引かない。結局、双方の後見人も巻き込んで、奉行所に訴えるという大騒動に。さて、この裁きを受け持つことになった大岡越前守《おおおかえちぜんのかみ》。

「どうじゃ吉五郎、三両はいらぬのか」「へえ、いったんは落としたもんですから、いりません。印形と書付は戻ったんで結構です。めでてえや、言うことなしだ。三両は拾ったこいつのもんです」

「ならば金太郎、どうだ、貰《もら》わぬか」「おう、貰わぬかだって？　冗談言っちゃいけねえや。拾ったものを届けるなんざぁ子供でも知ってることだ。何で俺が貰わなきゃならねえんですかい」

この期に及んでもまだ意地を張っている。

荒っぽい性格だが、ふたりの正直で清廉《せいれん》な人柄に感じ入った名奉行は、まったく譲らぬ両名にこう提案した。

「よいか、ここに一両あるので、その三両に加えて四両とする。そしてこれを半分に分け、その方らが二両ずつ受け取るがよい。さあ、どうじゃ」

「おそれながら、お聞きします。二両とは一体どういうことで」

「わからぬかな。吉五郎は三両という金子《きんす》を落としたが、二両しか戻らず一両の損。金太郎はもらえるはずの三両が二両になってこれも一両の損。越前も一両出しておるので一両の損。三方一両損である」

この名裁《めいさば》きに双方とも大いに納得して一件落着。その後、ふたりには越前守から膳《ぜん》までふるまわれた。

美味《うま》い美味いといって夢中で食べるふたりに越前守は、「これ、腹も身のうちである。あまりたんとは食すなよ」

「なぁに、多かぁ（大岡）食いません。たった一膳（越前）」

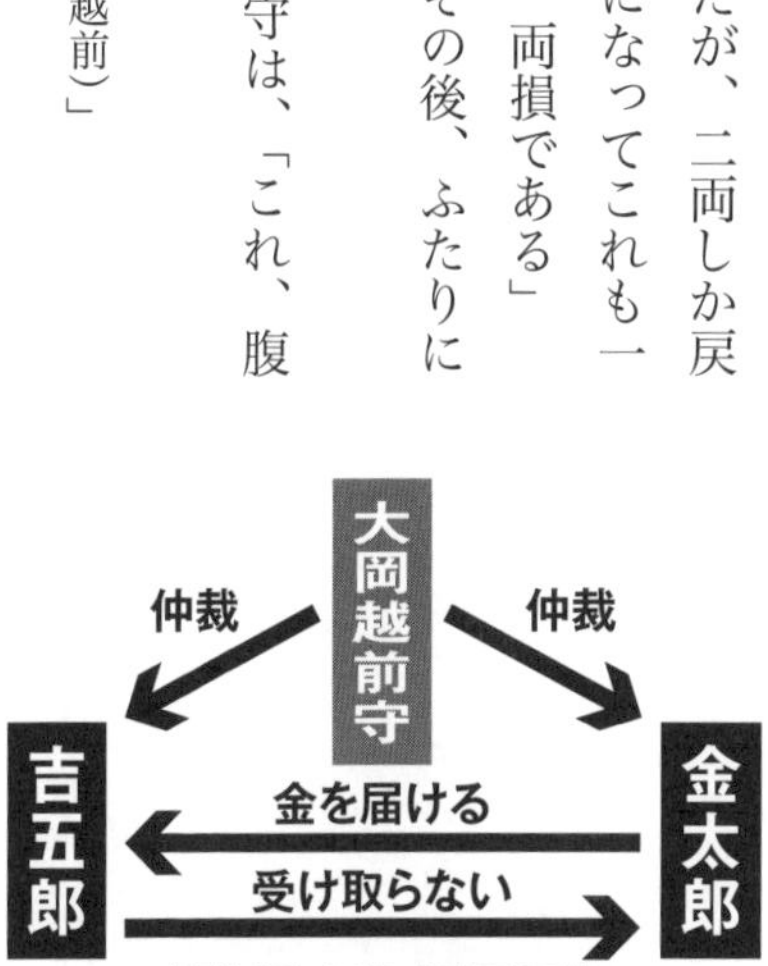

《登場人物相関図》

お血脈《けちみゃく》

石川五右衛門は地獄の救世主になれるのか!?

なぜか地獄にやってくる亡者《もうじゃ》が激減し、このままでは経営が成り立たなくなると、困り果てた閻《えん》魔《ま》大王。人の世に使いをやって調べてみると、信濃《しなの》の善光寺《ぜんこうじ》に、額に押せば誰でも必ず極楽に昇天する〝お血脈《けちみゃく》の印《いん》〟なるものがあるという。地獄に行きたくない人々がこぞって訪れているらしい。

「こう亡者が減っては食うものも食えん。青鬼や、ずいぶん痩《や》せたなあ。赤鬼、お前はすっかり筋肉が落ちて唐辛子《とうがらし》のようだ。このままではいかん。どうしたものか」

そこへ進み出たのが、〝見る目嗅《か》ぐ鼻〟という、地獄の知恵袋と呼ばれる切れ者。

「おそれながら申し上げます。ここには数多くの大泥棒や怪盗がおります。どうでしょう、お血脈の印を盗ませるというのは」「なるほど、それはよい考えじゃ。しからば誰に盗ませようか。おお、そうじゃ、アルセーヌ・ルパンという者はどうじゃ。たいそう仕事ができるらしいぞ」「ルパンですが……。奴はフランス人ですからなぁ。言葉がわからぬと、仕事をするのは難しいのではないでしょうか」

「そうか。日本人か。では、鼠《ねずみ》小僧はどうじゃ。あれも腕は確かじゃぞ」「ええ、腕はいいんですが……。義賊《ぎぞく》ですからなぁ。元来は極楽に行くような男なので、庶民の喜ばぬことはやらないかと」

「なるほど……、では怪人二十面相は」「奴は変装がうますぎて、いざ探してもなかなか見つからないんです。私もここ十年で一度しか見たことがありません」

「そうか。うーん、誰かおらぬのか」「石川五右衛門《ごえもん》はどうでしょう。あの者なら忍びの技も使えますし、太閤《たいこう》秀吉の寝所《しんじょ》に侵入したくらいですから腕は抜群です」「そうか、では石川を呼べ」

さあ、閻魔大王から直々に依頼を受けた五右衛門。洒落《しゃれ》っ気たっぷりに派手な着物に身を包み、自分が歌舞伎に登場するときのような、大げさな見得《みえ》をきって出発した。

そして、あれよあれよといううちに善光寺へ忍び込み、見事に印を見つける。

「おお、これが世に名高い血脈の印」

しかし、すぐに地獄へとって返せばいいものを、すっかりお役者気分で、お血脈の印を片手にひとり芝居を始め……。

「ありがてえ、かっちけねえ（注・かたじけない）。まんまと善光寺に忍びこみ、奪い取ったる血脈の印。これさえあれば大願成就《たいがんじょうじゅ》……」

大見得をきって額に印を押し頂いたものだから、自分が極楽へ行ってしまった。

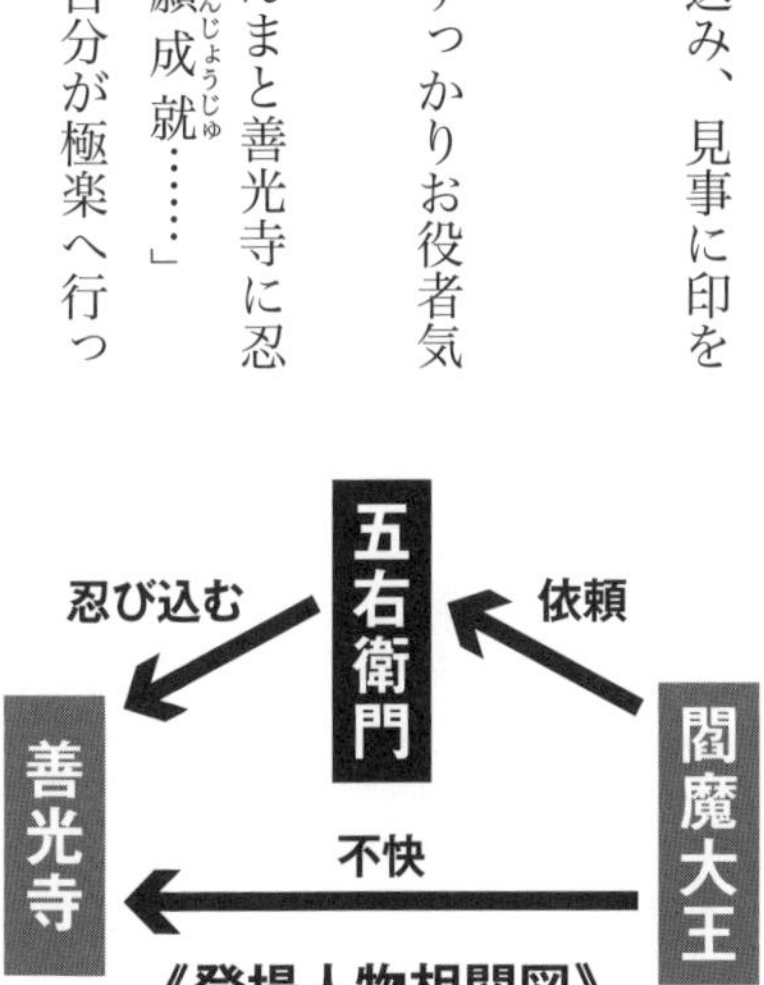

《登場人物相関図》

お菊《きく》の皿《さら》

美人幽霊はみんなのアイドル

ご隠居を訪ねてきた若い衆たち。近所に幽霊の出る屋敷があるという。ああ、それならとご隠居が話しはじめた物語は……。

お菊《きく》という美形の腰元《こしもと》（注・侍女）に横恋慕《よこれんぼ》した青山鉄山《あおやまてつざん》という侍。しかし、お菊は人妻で、いかに言い寄ってもなびかない。頭にきた鉄山は、十枚組の家宝の皿を一枚隠し、お菊に数えさせる。一枚、二枚……、何度数え直しても足りない。一枚隠しているのだから当たり前だが、これをお菊の不祥事として詰問し、とうとう刀でなぶり殺して、井戸に斬り落とした……。憐《あわ》れなお菊。その後も成仏できず、夜な夜な井戸から化けて出て、一枚、二枚と皿を数えるという。

「凄いや、ご隠居。そんな話があったとはねえ。じゃ、今晩にでも行ってみます」「あ、これこれ。じつはな、お菊さんが皿を数えるんだが、最後まで聞いちゃいけないよ。七枚目あたりから身体が震えだし、九枚目を聞いたら、祟《たた》りで死ぬらしい」「そりゃ恐ろしい。でも、フフフ……。いい女なんでしょ。見たいなぁ。あ、六枚って聞いたら走って逃げりゃいいや」

その晩のうちに皿屋敷へ。しばらく待つと、急に生暖《なま》かい風が吹いてきて、井戸から青白い顔の女がスーッと出た。

「いちまぁい、にまぁい、さんまぁい……」「きたきた。おおっ、見ろ、凄ぇ美人だ」「よんまぁい、ごまぁい、ろくまぁい……」

よし逃げろってんで駆け出す三人。「いや、凄かった。皆にも教えてやろう」

これが評判となり、次々に見物客が押しかけた。たちまち場所とり合戦になり、酒や軽食を売る者も出る。なかには〝元祖お菊まんじゅう〟なんて店を出す者も……。

「おい、凄ぇ人だねえ、身動きがとれねえや。お、風が吹いた。そろそろ出るぞ」

井戸からスーッと出るお菊の幽霊。「待ってましたぁ、お菊ちゃん！」あちこちから声がかかり、すっかり慣れたお菊も愛想《あいそ》笑いを浮かべている。いつものように一枚二枚と数えだし、六枚と聞いて皆あわてて逃げようとしたが、今日は人が多すぎてとても動けない。

「しちまぁい、はちまぁい、くまぁい」「うわぁ、もうだめだ。死んじまうっ」「じゅうまぁい、じゅういちまぁい……」「ん？　おい、ちょっと待て」「……じゅうろくまぁい、じゅうしちまぁい、じゅうはちまぁい、おしまぁい」「十八枚だ？　やい、お菊さん、どうした」

「わからないかねえ。明日は休むんだよ」

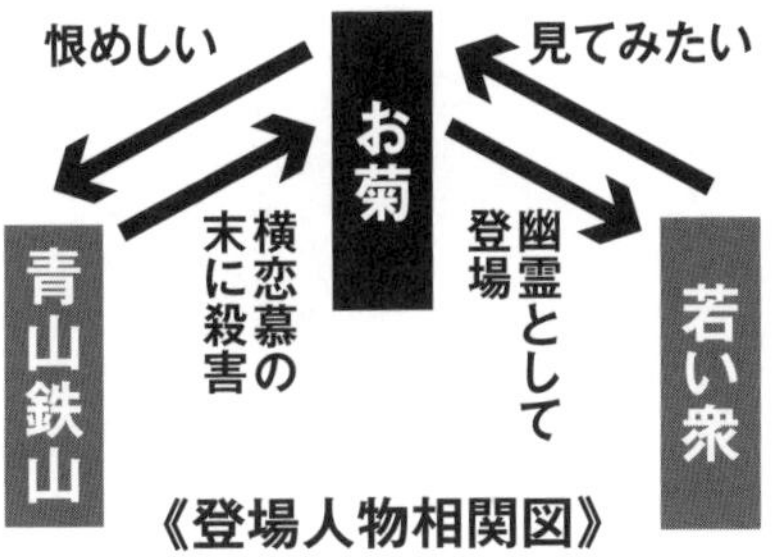

《登場人物相関図》

名人列伝

五代目柳家《やなぎや》小《こ》さん

《大正4年生～平成14年没》

人間国宝に名を連ねた名人

本名・小林盛夫《こばやしもりお》。大正4（1915）年に長野で生まれ、浅草《あさくさ》と麹町《こうじまち》で幼少期を過ごす。昭和8年に四代目柳家《やなぎや》小《こ》さんに入門し、柳家栗之助《くりのすけ》の名前で前座修行を始めるが、3年ほどで軍隊に召集されてしまう。

その後、本人も知らないうちに反乱軍の歩兵として二・二六事件に参加するという稀有《けう》な体験を経て、昭和14年に寄席に復帰。柳家小きんで二つ目に昇進する。

しかし、戦争が激化して再び兵隊にとられると、今度は南方戦線に従軍。本格的に高座へ戻るのは昭和21年になった。

長いブランクを埋めるように必死で芸に打ち込んだ小きんは、昭和22年に柳家小三治《こさんじ》で真打に昇進。そしてその3年後には35歳の若さで、師の後を受けて大《だい》名跡《みょうせき》を襲名。ついに五代目柳家小さんとなった。

その後は進境著しく、文楽《ぶんらく》、志《し》ん生《しょう》、圓生《えんしょう》という、20年以上もキャリアにさのある名人上手たちと肩を並べて第一線で活躍。人気・実力ともに誰もが認める大看板に成長した。

その後は、昭和47年から平成8年まで、じつに24年もの長きにわたって落語協会会長を務めるなど、斯界のトップとして君臨。平成7年には落語家としてはじめて人間国宝に選ばれた。

『粗忽《そこつ》長屋』『時そば』『試し酒』『強情灸』『粗忽の使者』といった賑やかな滑稽《こっけい》噺は絶品。穏やかで愛嬌《あいきょう》のある風貌も味方して、小さんが高座に現れただけで思わず笑みを浮かべてしまうファンも多かったといわれている。門下には立川談志《たちかわだんし》、柳家小三治、鈴々舎馬風《れいれいしゃばふう》、実孫の柳家花《か》緑《ろく》といった大物や人気者がズラリ。

第六章

近くて遠きは男女の仲

お見立《みた》て

田舎者に惚れられた花魁のついた嘘は…


杢兵衛《もくべえ》という田舎者のお大尽《だいじん》が吉原《よしわら》の花魁《おいらん》・喜瀬川《きせがわ》に入れあげ、夢中になって通ってくる。ところが喜瀬川の方ではこの田舎者が嫌で嫌でしょうがないようで、今夜もお大尽の座敷にまったく顔を見せようとしない。間へ入って言い訳をしなければいけない若い衆はひと苦労で。

「頼みますよ、花魁。助けると思って、少しは顔を見せてやっちゃもらえませんか」

「嫌だよ。私はああいう田舎者は嫌いなんだよ。どうしても向こうがグズグズ言ったら、喜瀬川は病気だと断っとくれよ」

なるほど病気で入院したと言えば、無理に会おうとは言わないはず。

「そりゃいいや。で、何の病気にします」「同じことなら色っぽい病気がいいねえ。そうだ、恋わずらいがいい。杢兵衛大尽に恋こがれて痩《や》せ細ったって、そう言いな」

さっそくお大尽の部屋へ戻ってこの旨《むね》を告げる。諦めて帰るかと思いきや、見舞いに行くから病院を教えろと切り返された。花魁が入院しても客は見舞えない決まり、と苦しい言い訳で誤魔化《ごまか》すのだが、お大尽は納得しない。恋わずらいなら自分が顔を見せれば治るはず、どうしても見舞うと大変な鼻息。そう言われては無理に駄目《だめ》とも言えず、若い衆は再び花魁の部屋へ……。

「駄目です、病院に行くと言ってますよ」

「まったくしつこいねえ。それじゃさ、喜瀬川は死んだと言っておしまい」

若い衆お大尽の部屋に戻った。「実は花魁は亡くなりまして……」

これで諦めて帰ってくれれば良かったが、今度は墓参りに行きたいから案内しろ、と言う。

「今度は墓参りに行くと言っています」「どこまでしつこいんだろう。それじゃお前、どこか適当な墓を見つくろって案内してよ。お花をどっさり飾って線香をたくさん焚《た》けば墓の文字なんか見えないよ」

しかたなく、若い衆、お大尽を伴って墓地へ趣き、目に付いた墓を指差した。

「えー、お大尽。墓はこちらで」「えらくどっさり花をそなえたな。線香も焚きすぎでねえか。喜瀬川よう。こんなことになってすまねえなあ。どれどれ、改名は、……菊寿童子《きくじゅどうし》。おい、こりゃあ子供の墓でねえか」「あ、間違えた。実はこっちが本当の墓」「どれどれ、……陸軍上等兵。おい、こっちは戦死者の墓だ。馬鹿言わねえで、きちんと教えろ。本当の墓はどれなんだ？」「へえ、これだけ墓がありますのでどれでもお見立て（注・選ぶこと）を願います」

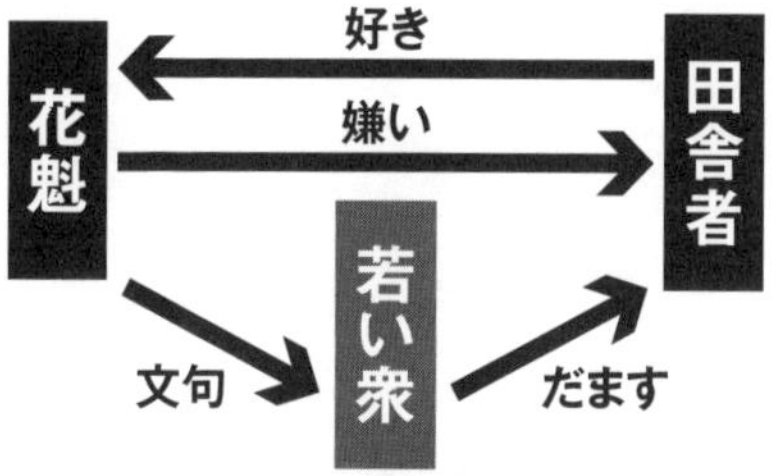

《登場人物相関図》

幾《いく》代《よ》餅《もち》

人情薄い世に生まれた、真実の物語

日本橋馬喰町《ばくろちょう》の搗米屋《つきごめや》六右衛門《ろくえもん》に奉公している清造《せいぞう》という男。ふだん寝付いたこともない丈夫な働き者なのだが、鬼の霍乱《かくらん》というやつか、二、三日前から床に伏せっている。心配した親方が医者に診せると、この病人は心に思うところがあるから、心配事を取り除いてやれば病気は治るとの見立て。恥ずかしがる清造をなんとか説得して事情を聞き出すと、堅物《かたぶつ》の清造に合わないことに恋わずらいだという。しかも相手は吉原《よしわら》で全盛を誇る幾代太夫《いくよだゆう》。人形町の具足屋《ぐそくや》という絵草子屋《えぞうしや》で、錦絵を見たとたんその絵姿に一目惚《ひとめぼ》れしたというのだ。

「へえ、錦絵を見て恋わずらい？　器用な奴だねえ。しかしなあ、そのまま放っておいても治らねえんじゃしようがない」と親方が枕元に来て清造に説いて聞かせる。

「いかに大名道具といわれる花魁《おいらん》でも、売り物買い物であることにはかわりがない。逢いたいなら向こう一年の間働いて金を貯めれば、会う算段をつけてやろう」

そう聞いて清造の病《やまい》はすっかり良くなり、前にも増して一生懸命働くようになった。月日の経つのは早いもので、それからちょうど一年、十三両二分貯めて清造さん、いよいよ吉原へ行く日。大見世（注・最高級の店）の遊びを知らないと親方は、代わりに案内人として横丁の医者・

藪井竹庵《やぶいちくあん》を付けてくれた。

「親方から話は聞いたよ。でもね清さん、お前さんは堅い人だから心配なんだ。ああいうところの花魁というものは、本当にわがままなものだ。せっかく行っても会ってくれないなんてことはザラだよ。お前さん、そこまで思いつめた人が会ってくれなかったらどうする。変な気を起こされると私も困るんでね」「もし太夫が会ってくれなかったら、そんな人だったのかと思ってこっちから嫌いになります」「ほう、いい心がけだ。分かった。安心してお前さんを吉原にお連れしましょう」

親方にすっかり身支度をしてもらい、一両二分足してもらって十五両にして、藪井先生と連れだって吉原へやって来た。

「あのね清さん。気を悪くされると困るんだが、向こうも高嶺《たかね》の花の太夫だ。いくら金を持って行っても、搗米屋の奉公人じゃ相手にしないかもしれない。そこで、お前さんを野田の醤油《しょうゆ》問屋の若旦那《だんな》という触れ込みで紹介するからね。うちには何万両もあるというようなつもりで、鷹揚《おうよう》に振舞っておくれ、いいかい」

藪井先生が馴染《なじ》みの茶屋に話を通すと、その晩に限って幾代太夫に客がなかった。しかも、どこをどう気に入られたものか、一晩ゆっく

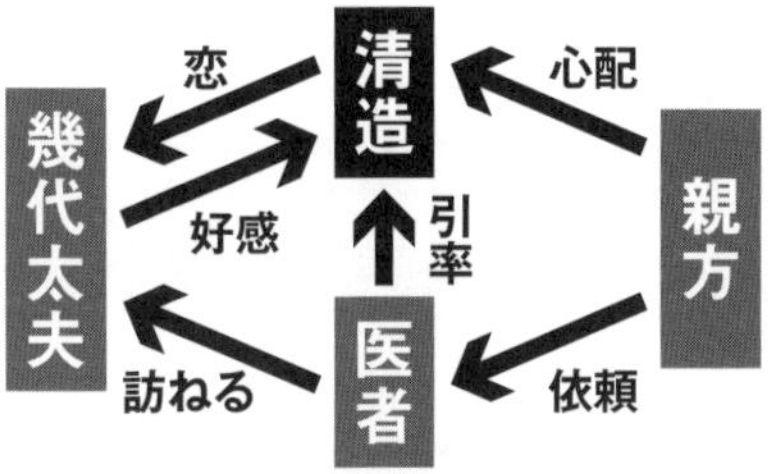

《登場人物相関図》

り過ごしてくれ、清造はもう天にも昇る心持ち。

翌朝になって幾代太夫、「ぬしは今度またいつ来てくんなます」と、これは吉原の決まり文句のようなもの。適当に応じておけばいいものだが、清造はこういうところの遊びを知らないから、真面目に答えてしまう。

「え、ええ、……一年経ったら参ります」「一年とは長いではありんせんか」「一年働かないと、来られないんです」「野田の醤油問屋の若旦那が」「いえ花魁、それ、嘘なんで。私は、本当は搗米屋の奉公人で清造と申します」と、清造はここで本当のことを洗いざらい打ち明けた。

錦絵で花魁を見て一目惚れしたこと、夢中で働いて一年で十三両二分貯めたこと、着物もすべて親方の借り物だということ、身分を偽ったのは花魁に会いたかったがためであること、自分は今日で一文無しになるが一生懸命働いて来年また来るつもりだということ……。

「ですから花魁、またこうして来ることができたら、そのときは嫌な顔をしないで、昨日のように会ってやってくださいまし」

これを聞いて幾代太夫、ポロっと涙を流した。紙よりも薄い人情の世の中で、こうして真実を打ち明けてくれるものはない。改めて清造に向き直り、自分は来年三月に年季《ねんき》が明けるが、そしたら女房にして欲しいと切り出した。驚いて口もきけない清造に、太夫は持参金五十両を渡して帰す。地に足がつかない清造さんは、フワフワして店に帰ってきた。

それからはもう「来年の三月、来年の三月」と唱えながら夢中で仕事に打ち込む。

やがてその年も暮れ、翌年の三月十五日。親方の家の前に真新しい四ツ手駕籠《かご》（注・簡素な造りの駕籠）が着いて、中から出てきたのは幾代太夫。昨日まではがらりと拵《こしら》えが違って眉を落とし歯を染め、鼠小紋《ねずみこもん》の着物に黒繻子《くろじゅず》の帯。駕籠から出たところは、まるで錦絵から抜け出たよう。藪井先生を仲人に祝言を挙げ、めでたく清造と夫婦になった。

さて、夫婦で親方の厄介《やっかい》になっているわけにはいかないので、何か商売を始めよう。いろいろ考えたあげく、元が搗米屋だから餅《もち》屋が良かろうというので両国の空き店を借り、女房の源氏名をとって「幾代餅」として商《あきな》いを始めたら、これが大評判。毎日ひっきりなしに客が押しかけるという盛況ぶりだ。幾代餅を食わない奴は江戸っ子でないというくらい。

「おう、お前もう幾代餅へ行ったか」「なんだい、その幾代餅ってえのは」「なんだ知らねえのか。本当に知らないの？　お前なんか生きる価値がない。死ね！」

「なんだよ、知らないからそう言ったんだ。死ねって言わずに教えてくれよ」「吉原にいた幾代太夫が搗米屋の奉公人と一緒になって始めたんだよ。行くと本当に幾代太夫がいるんだぜ。ポーッとしちゃってね。おれはもう、金だけ置いて餅を持たずに帰って来ちゃった」と大変な騒ぎ。

その後は、三人も子供をもうけて、末永く幸せに暮らしたという。

「傾城《けいせい》（注・遊女）に誠《まこと》なし」とは誰が言うた。両国《りょうごく》名物「幾代餅」の由来という一席。

厩《うまや》火《か》事《じ》

喧嘩の絶えない夫婦。しかし夫の本音は？

お崎《さき》は稼ぎのいい廻《まわ》り髪結《かみゆ》いだが、亭主との間に喧嘩《けんか》が絶えない。「この、おかめ」と怒鳴られれば、「なんだ、ひょっとこ」と言い返す気の強さ。「般若《はんにゃ》」と罵《ののし》られ、「外道《げどう》」と応える、まるでお神楽《かぐら》の面づくしみたいな怒鳴りあい。今日も今日とて喧嘩のあげく、亭主の兄貴分のところへ泣きごとを言いに来た。毎度のように愚痴《ぐち》を聞かされる側もたまったものではない。

「いい加減にしなよ。道楽者だからよせと言ったのに、お前がどうしても一緒になりたいと言うから世話したんじゃないか」「それはそうですけれども、今日こそは愛想が尽《つ》き果てたんですよ。兄さんは仲人なんですから何とかしてください」

聞けば、髪結いの稼ぎをあてにして亭主が酒ばかり呑《の》んで遊んでいるという。なるほどそれは男が悪い。別れたほうがいい、と言えば、今度は「そんなにあの人のこと悪く言わなくてもいいじゃありませんか」と亭主を擁護して逆に食ってかかる。何が何だか分からない。

「私が稼いであの人の面倒を見るのは構わないの。惚《ほ》れた人だもの。でも私は随分年上なんだから、この先お婆ちゃんになって仕事もできなくなったら……。いつか捨てられるかと思うと心配なんですよ」「そうか、それなら亭主の気持ちを試すいい方法を教えてやろう。これは孔子《こうし》という唐土《もろこし》の有名な学者、それに麹町《こうじまち》のさるお殿様の話だ」

「モロコシの役者？　幸四郎《こうしろう》の弟子かしら。それに生意気ね、サルの殿様なんて」「いいから黙って聞きな」

孔子という人は厩《うまや》に火事のあったとき、焼け死んだ愛馬よりも使用人の身を案じた。使用人たちは主人の深い思いやりを知って感激したという。

これとは逆に、麹町の殿様は女房よりも家宝の皿を大事にしたため離縁を余儀なくされた。人間いざというときにならなければ本当の気持ちは分からない……。

「そこでだ、お前の亭主が大事にしている骨董《こっとう》の皿を割ってみろ。いざというとき、皿とお前の身体とどっちを大事にするか」「そうですねえ、うちの亭主がモロコシだか麹町のサルだか、試してみます」

さっそく家に帰って実行すると、亭主は皿には目もくれず、まっさきに女房の身体を心配した。涙を流して喜ぶお崎。

「嬉しいねえ、おまえさんはモロコシだよ。そんなに私の身体が大事かい」

「当たり前じゃねえか。お前に患《わずら》われてみろ、明日っから遊んでて酒が呑《の》めねえ」

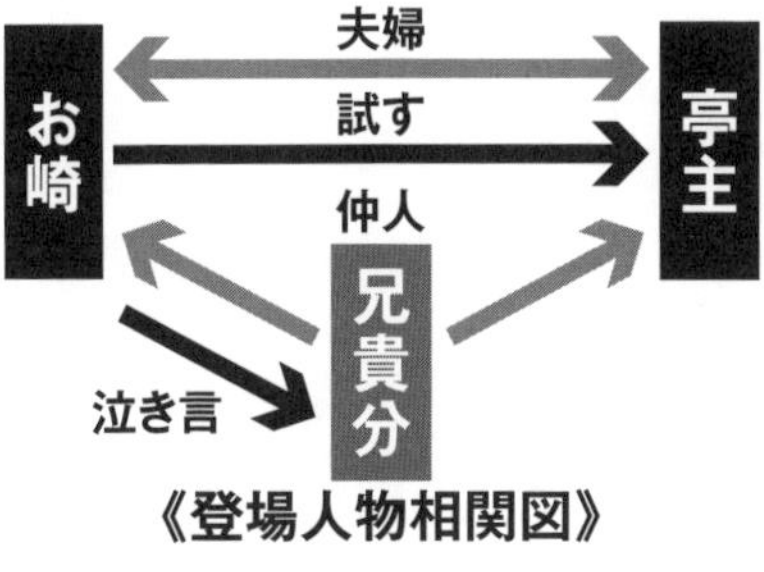

《登場人物相関図》

替《かわ》り目《め》

酔っ払いのへりくつ亭主の本音がポロっと…


上機嫌で唄《うた》など唄いながら歩いてくる酔っ払いに、俥《くるま》（注・人力車）屋《や》の客引きが声を掛ける。

「大将、お宅までいかがですか」「大将？　おれは戦《いくさ》に行ったことはねえ」

「いいえ、俥を差し上げたいんですがな」「へえ、お前ずいぶん力があるんだなあ。差し上げて（持ち上げて）みてくれ」

ふざけてばかりの酔っ払いを、それでもどうにか俥に乗せると、今度は車輪がひと回りもしないうちに降りると言い出した。何のことはない、自分の家の前で俥に乗ったのである。

あきれる俥屋に、酔っ払いの女房は何がしかの迷惑賃を手渡し、亭主を家の中に入れる。

「どうして家の前から俥に乗るの」

「どうしてって、頼まれたから乗ったんだ。そんなことより向こうがいらないっていうのにゼニをやりやがって。いくらおれが稼いでも足りないと思ったら、お前がみんな車屋にやってるんじゃねえのか」

女房相手に軽口を叩きながら、もう一杯呑《の》み直すつもりでいるらしい。

つまむものも何もないのだから諦めて寝なさいと諫《いさ》めるのだが、「けさ食べた納豆の残りが三十五粒ほどあったはずだ」とか、「糠《ぬか》漬けがないなら生でキュウリを食って糠を食って、それから頭に漬物石《つけもの》を乗っける」などと言いつつ、なおも亭主は食い下がる。

あまりのわがままに根負けした女房、「じゃ、屋台のおでん買ってくるよ」「ようよう、有難え」買いに行こうとすると、またも亭主は口うるさい。好みのネタが何だとか、外へ出るのに鏡台に向かって忍術を使うような目つきをするなとか、俺の用だけ足してればいいのだから化粧は無用、顔などなくていいとか、とにかく言いたい放題。

やがて女房は鍋をかかえて出て行った様子。すると亭主の口調がガラッと変わって本音が口をついて出る。

「しかし、つくづくいい女房だなあ。この飲んだくれの世話をしてくれて、器量だって悪くないし。あなたには過ぎた奥さんですわよって皆が俺に言うね、俺もそう思うよ。だからさ、口では脅かしてるけれど陰では詫《わ》びてるんだ。おかみさん、すみません。あなたみたいな良い女房を持てたなんて、本当にもったいないくらいで……」

ふと脇を見ると、外に出て行ったはずの女房がまだそこにいて、こっちの言うことを聞いている。

亭主は大あわてで、「いけねえ、元帳を見られちまった」

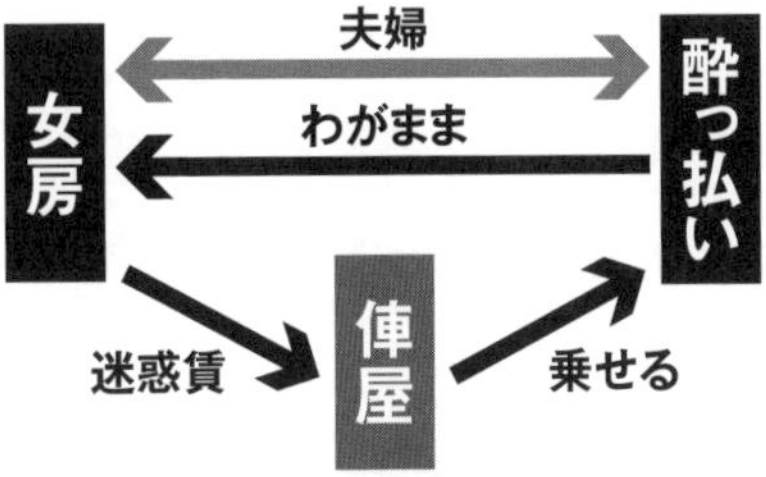

《登場人物相関図》

青菜《あおな》

お屋敷の夫婦の符牒《ふちょう》を真似してみたら…

出入りのお屋敷で仕事中の植木屋さん、今日はその家のご主人に声を掛けられ、縁側で一口ご馳《ち》走《そう》にあずかった。鯉《こい》の洗いに柳陰《やなぎかげ》（注・焼酎をみりんで割った甘い酒）の取り合わせは、暑中にあってまことに涼しげ。それに菜《な》のおひたしを取り寄せてくれるという。

「奥や、植木屋さんに菜をお持ちしなさい」

ご主人が声を掛けると、次の間から襖《ふすま》を開けた奥様の返事が妙なもので……。

「旦那《だんな》様、鞍馬《くらま》から牛若丸《うしわかまる》が出でまして、その名を九郎判官《くろうほうがん》」

言われたご主人も不思議がる様子はなく、「そうか、それなら義経《よしつね》にしておきなさい」と、これまた妙な応え方をしている。

やりとりの内容がさっぱり分からないので訊ねてみると、「菜《な》は食《く》ろうてしまった」という意味で「名は九郎《くろう》判官」、「それなら、よしておけ」という意味で「義経にしておけ」という、屋敷内符《ふ》牒《ちょう》だった。話を聞いた植木屋さんは感心することしきり。自分でも真似がしてみたくなった。

さっそく家に帰って女房に符牒を覚えこませたところまでは良かったが、貧乏長屋のことで次の間などあろうはずがない。仕方がなく女房は押入れに隠した。もちろん柳陰はないので、ありあわせの酒で済まし、鯉の洗いは鰯《いわし》の塩焼きで代用することに。

たまたま通りかかった友達を呼び込んで、慣れない上品な口調で喋《しゃべ》ってはみるのだが、まるで上《う》手《ま》くいかない。鯉は鰯で、酒は安酒というように道具立てが違っているのに、お屋敷で聞いたとおりに真似てしゃべるものだから、まるでトンチンカン。しかも、肝心の青菜をすすめると大嫌いだからいらないと言う。

いやがる相手をなだめ、「絶対に食べさせないから」とどうにか話を進め、女房へ声を掛けるところにまでこぎつけた。

「これよ、奥や」

その声をきっかけに飛び出してきた女房、暑い押入れに隠れていたものだから、身体じゅう汗だらけで、頭からは湯気が出ている。お屋敷の奥様とは似ても似つかぬ有様だ。びっくりしている客に目もくれず、覚えたての符牒をまくし立てた。

「旦那様、鞍馬から牛若丸が出でまして、その名を九郎判官義経」

あんまり勢い込んだので、亭主が言うはずの「義経」まで言ってしまった。さあ、亭主は返す言葉がない。

「ん？　義経……、うーん、そうか、それじゃ弁慶《べんけい》にしておきな」

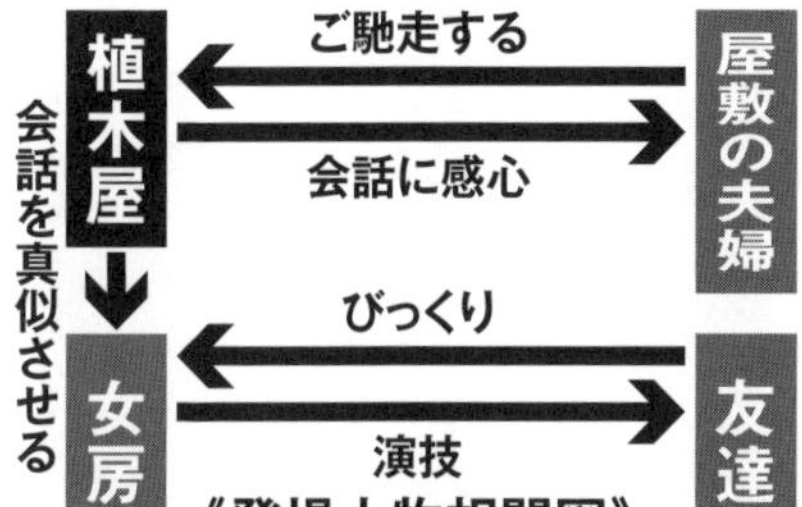

《登場人物相関図》

鮑《あわび》のし

鮑は夫婦円満のあかし？

腹が減って息もできないという甚兵衛《じんべえ》さんに泣きつかれ、しっかり者の女房がアイディアを出した。今夜、大家さんの家で婚礼がある。隣家で五十銭借りて祝いものを買い、大家のところへ持っていくと一円のお返しがくるはず。それで借金を返し、残りの五十銭でお米を買おうという算段だ。

隣家に頼むと、ここでは首尾よく五十銭借してくれた。

次に向かうのは近所の魚屋。女房から「尾頭《おかしら》付きを買って来るんだよ」と言いつかったものの、鯛《たい》は高くて手が出ないし、他に頭のあるものといえば魚屋の親父ぐらい。仕方なく鮑《あわび》を三杯買って帰ってきた。尾頭つきではないが、何もないよりはマシ。続いて口上《こうじょう》の稽古《けいこ》が始まった。

「承《うけたまわ》りますれば、お宅の若旦那《だんな》さまにお嫁御さまがおいでになるそうで、おめでとうございます。いずれ長屋から繋《つな》ぎ（注・祝儀）が参りますが、これはそのほかでございます」

世の中をついでに生きてるような甚兵衛さんのこと、こんな長ったらしい口上を覚えられるわけがない。仕方がないので切れ切れに教えようとするのだが、「受け取りもらいますれば」だの「いずれ長屋からツナミが参ります」だの舌が廻らず喋《しゃべ》れない。

とにかく行ってしまえばどうにかなるだろうと大家の家へ。案の定、口上の出来は散々。しかし祝いものを出せばどうにかなる……、と思いきや、先方は大変な剣幕で怒り出した。「磯の鮑の片思い（注・一方通行の恋愛の例え）」といって縁起が悪いというのだ。

結局、目的の一円ももらえず放り出されてしまう。

そこへ折よく通りかかったのは長屋の吉兵衛《きちべえ》さん。同情して知恵をつけてくれた。

「もう一度、大家の家へ鮑を持って行け。それで、こう聞くんだ。お前の家では祝いものについてきたのしをはがして返すのか、ってな。のしは頂いておきますと言うに違いねえ。のしってものはな、鮑から作るんだぞ。それも仲のいい夫婦が拵《こしら》えなきゃできないという話だ。その根本の鮑がどうして受け取れねえと、そう言え。一円じゃ安い、五円寄こせと言ってやれ」

とって返して再び大家の家。教わった啖呵《たんか》を威勢よく切ろうとするが、口上が言えないくらいだから啖呵の方もだらしがない。それでも鮑の根本ということを聞いた大家は感心して、こんなことを尋ねてきた。

「ところでのしを書くとき杖《つえ》をついたような『乃』の字を書くが、あれは一体何だ」

訊かれた甚兵衛さん。「あれは鮑のおじいさんです」

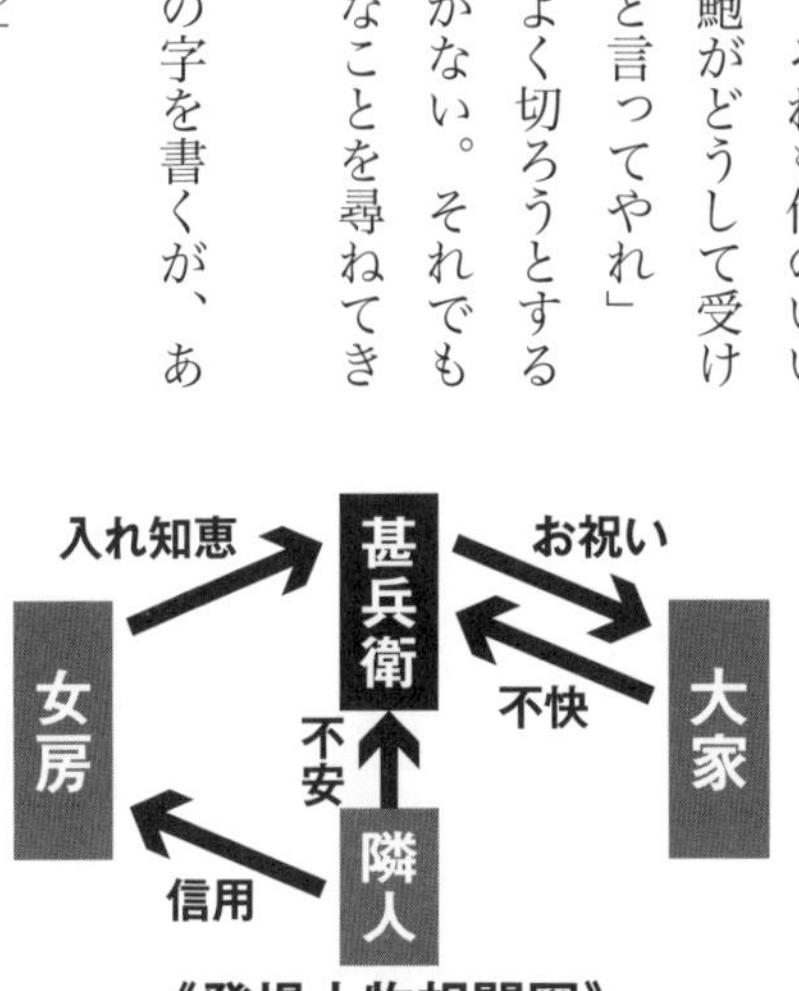

《登場人物相関図》

短命《たんめい》

亭主を長生きさせる女房とは？

横丁のご隠居の家へやって来た八五郎《はちごろう》。

「これから伊勢屋《いせや》の葬式に行くんですが、旦那《だんな》が死ぬのはこれで三度目でしてね」

そう聞かされてご隠居はびっくり。

落ち着いてよく聞いてみると、こういう話だ。伊勢屋には美人の娘があり、店の跡取りに婿《むこ》を取った。が、しばらくしてこの婿が身体をこわして死んでしまう。仕方なく次の婿を取ったが、その婿も身体をこわして死に、三度目の婿も同じように死んでしまった。それで三度死んだ、というわけ。

店は番頭に任せていて心配ないので、暇はあり放題。夫婦仲は良すぎるほど良い。それなのに、こんなに気の毒なことが続くのはどういうわけか。

「そりゃ、女房が美人で若すぎるというのが短命のもとだ。考えてもごらん、女房が美人で暇がありゃ、ナニが過ぎるだろう」と隠居が教えるのだが、鈍感な八五郎にはさっぱり意味が通じない。

「過ぎる？　食い過ぎですか」「女房が美人で食い過ぎるわけがない。まあ、その、つまり寝すぎってやつだ」「寝過ぎねえ……。そうか、寝てばかりだと身体がなまるか」

「いや、その寝るのとは違うんだ。都々逸《どどいつ》にもあるだろう。『ひとり寝るのは寝るのじゃないよ、枕担《かつ》いで横に立つ』ってやつだ」

「はあ、立って寝てたから疲れたのかな」

「分からないかねえ。『何よりもそばが毒だと医者が言い』って川柳にもあるだろ」「へえ、蕎麦《そば》が身体に悪いのかね」と、まるで要領を得ない。

「いいかハチ公、お前が旦那になったつもりでよく考えるんだ。飯を食うにもお嬢さんと差し向かいだぞ。飯をよそってもらって茶碗を受け取りゃ、手と手が触れる。白魚《しらうお》を五本並べたようなきれいな指だ。顔を見れば、ふるいつきたくなるような美人。あたりを見れば誰もいない。ここでお前、飯を食うか、おい。……な、短命だろう」

「あ、触るのは手ばかりじゃなく、もっと下の方とかそういうのもあり?」「ありあり」

ここまで説明されてようやく事態がのみこめた八五郎。礼を言って隠居の家を辞し、弔《とむら》いに行く支度をするため家に戻ったが、ふと思いついて、女房に飯を盛らせた。

「よし、その茶碗をこっちへ手渡してみろ。ふんふん、なるほど手と手が触れるな。隠居の言うとおりだ。それでもって顔を見ると……。ああ、おっかあ、俺は長生きだ」

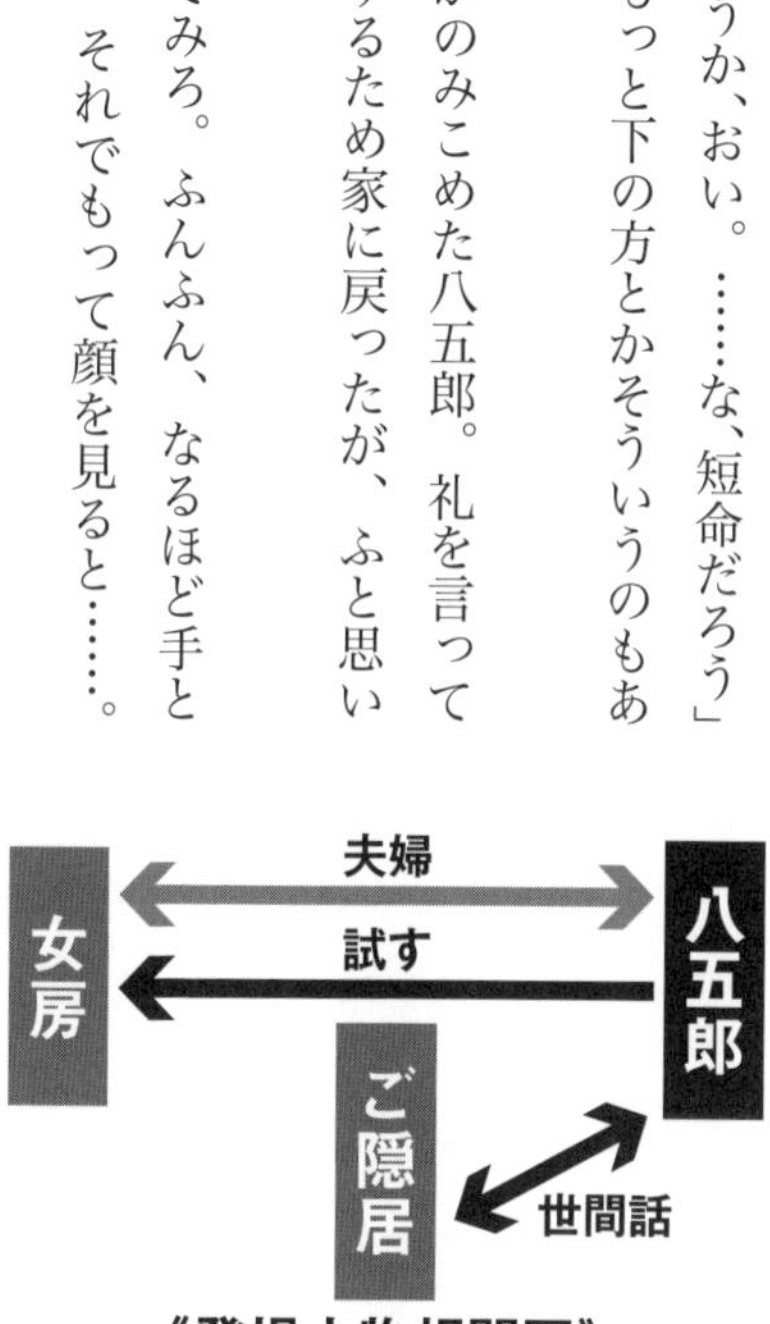

《登場人物相関図》

明《あけ》烏《がらす》

若旦那の遊郭デビュー物語

日本橋田所《たどころ》町三丁目、日向屋《ひゅうがや》の若旦那《だんな》・時次郎《ときじろう》は、二十歳になろうというのに女遊びひとつ知らない堅物《かたぶつ》。初午《はつうま》のお祭（注・二月最初の午の日の祭礼）を見物した帰り道で、町内の源兵衛《げんべえ》と多助《たすけ》に行き会い、浅草雷門《あさくさかみなりもん》の裏手にある霊験あらたかなお稲荷様へ参詣《さんけい》に行かないかと誘われた。

じつは二人の言う「お稲荷様」とは、吉原遊郭《よしわらゆうかく》のこと。あまりに堅い息子を心配した父親が、源兵衛と多助に頼んで遊びに連れ出してもらおうと仕組んだことだった。

なんの疑いもなく参詣に行くつもりの息子を見て、父親は大喜び。服装《なり》が悪いと御利益がないから上等の着物に着替えろ、お賽銭《さいせん》もたんまり用意してやれと、あくまで参詣の話に調子を合わせて支度をさせ、今日は初めてのお参りだからお籠《こ》もりをしなくてはいけない、と諭して送り出した。

源兵衛と多助も用心しながら時次郎を連れ廻すのだが、吉原と気づかれぬようにするのがひと苦労。お茶屋を「巫女《みこ》の家」ということにしたり、その家のおかみを「お巫女がしら」と呼んでごまかしていたうちは良かったが、花魁《おいらん》を目の当たりにすれば、いくら堅物でもここがお稲荷さんかそうでないかということぐらいは分かる。

怒って帰ろうとする時次郎。しかし、ここで帰られてしまっては元も子もない。なんとか足止めしようと、とっさの機転で源兵衛が、出まかせの規則をでっちあげた。

「吉原の大門《おおもん》には番人がいて、客の風体を帳面に付けるのが決まりだ。三人で入ったのに一人で出ようとすれば怪しまれて捕まって、縄で縛られますよ。それを承知なら一人でお帰りなさい」

これを聞いて時次郎は真っ青。一緒に帰ってほしいと泣きながら懇願するが、二人の方は、信じ込ませればこっちのもの。泣こうがわめこうが帰らないと頑張って、とうとう一泊させることに成功した。

さて、時次郎は同衾《どうきん》なしで泊るものと思いきや、この家のお職（注・店の最高の花魁）で浦里《うらざと》という絶世の美女がみずから申し出て相方に付き、この堅物も、大変ケッコウな「お籠もり」を済ませた。

さて、その翌朝。昨夜はあれほど嫌がっていたのにいっこうに蒲団から出てこない若旦那。いつまでも、花魁とデレデレしている。ちっともいいことのなかった源兵衛と多助、この様子を見て怒るまいことか。

「あっしたち二人は先に帰りますよ」

言われた時次郎、ニッコリ笑って、「あなたがた、先に帰れるものなら帰ってごらんなさい。大門で縛られます」

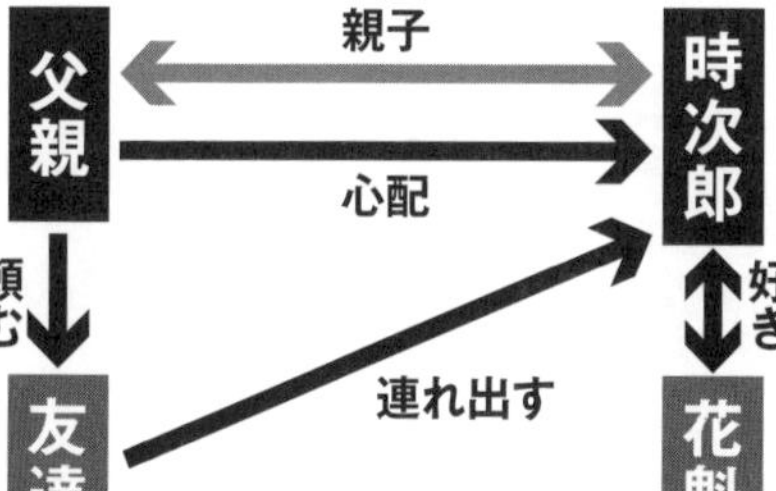

《登場人物相関図》

紙《かみ》入《い》れ

愛人宅に財布を忘れた間男は…


ふだん何かと世話になっている旦那《だんな》のおかみさんから手紙が来たので読んでみると……。「今夜は旦那が帰らない。寂しくっていけないから、新《しん》さん、泊りに来てください」との色っぽいお誘い。

小間物屋の新吉《しんきち》、これを見てすっかり悩んでしまった。おかみさんと妙なことになってしまえば、旦那の手前ただでは済まない。けれども、おかみさんをしくじるというのも気まずい。

「どっちにしても、黙っていては相手に悪いから」と妙な理屈をつけて、夜になるとノコノコ出かけて行った。さあ、迎える方では、相手が来てさえしまえばこっちのもの、年増女の手練手管《てれんてくだ》で新吉をその気にさせてしまう。

ところが、二人で布団に入った途端、表の戸をドンドン叩いて、なんと帰ってこないはずの旦那が帰ってきた。新吉は大あわてだが、こうなると度胸が据《す》わるのは女の方。着物や何かをすっかり揃《そろ》え、裏口から新吉を逃がしてなんとか事なきを得た。

ほうほうの体《てい》で家に帰った新吉。何はともあれ、旦那に見られなかったのは良かったと安心するのも束の間、向こうの家へ紙入れ（注・札入れ）を忘れてきたことに気づいて青くなった。

紙入れには、おかみさんからの手紙が入っている。しかもあの紙入れは旦那から貰ったものなので、誰が忘れたかは一目瞭然だ。もう夜逃げでもするしかないのか。

しかし、旦那があの紙入れに気付かなければ、逃げる必要はない。明日になって、旦那が気づいているかどうか様子を見てから逃げても遅くはないか……。

翌朝、おそるおそる顔を出すと、うまい具合に旦那は気づいていない様子。それどころか、いつもと様子が違う新吉を気遣《づか》い、悩みがあるなら相談しろとまで言ってくれる。

「じつは、間男《まおとこ》（注・不倫のこと）に行った先で紙入れを忘れて、見つかるとたいへんなことに……」

新吉がそう話していると、奥からおかみさんが出てきた。

そして新吉に目配せし、「そういうことなら心配ないと思うわよ、新さん。亭主の留守に若い男を引っ張り込んで遊ぶような女なら、その辺に抜かりはないさ。紙入れはきっと隠してありますよ。そうよね旦那」

言われた亭主は感心した様子で、「ん？　……そうか。そう言われてみりゃそうだな。安心しろ、大丈夫だよ。それにな、自分の女房を寝取られるような間抜けな亭主だ。たとえ紙入れを見つけたとしてもそこまでは気がつくめえ」

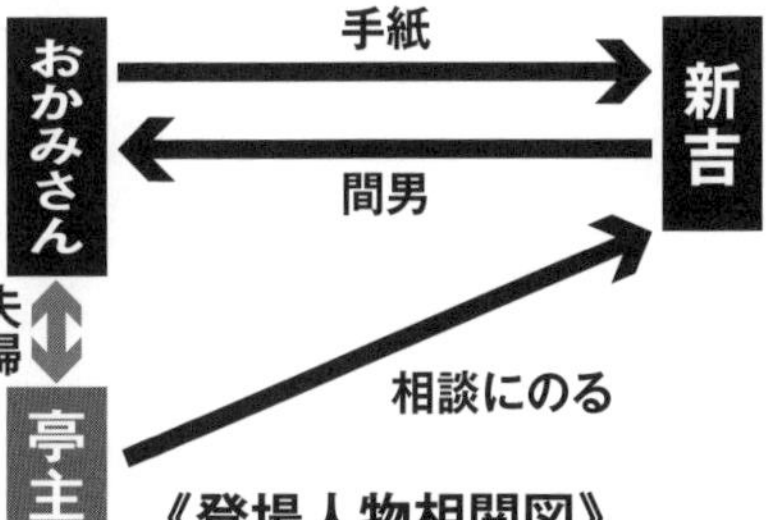

《登場人物相関図》

お直《なお》し

女房に客を取らせた亭主が嫉妬して…

若いうちは売れた花魁《おいらん》も、年を取ると客がつかなくなり、お茶を挽《ひ》く（注・一人も客がつかないこと）夜が多くなる。そんなときに同情してくれる男の親切にほだされるというのもありがちで、店の若い衆と花魁が妙な仲になってしまった。店の主人はそういう仲には敏感なもの。「花魁、どういう気だい。朋輩《ほうばい》（注・同僚）でそういうことになるのは御法度《ごはっと》と、知らないはずはあるまい。まあでも、そうは言ってもできちまったものは仕方ない。花魁もその年齢じゃよそへ住み替えるのも無理だろう。証文巻いてやる（注・借金を棒引きにする）から、あいつと一緒にうちで働きな」

小言は言うものの温情のある主人のおかげで、二人は晴れて夫婦に。

昨日までの花魁が「おばさん（注・遣り手）」として働き、同じ店で亭主が客を引くというのだから、金の出てゆく行き場がない。二人で稼ぐうちに、少しは暮らしも楽になった。

ところが、余裕が出ると気が緩むというのも人間で、以前は働き者だった亭主が、小金を手にしたとたん博打《ばくち》に夢中になる。

亭主が仕事を怠けるから、女房だって店にいづらいというので辞めてしまう。博打の方は下手《へた》の横好きで、しまいには貯めた金もすっかり使い果たしてしまった。

「どうするんだい、こんなことになって」

「おれが悪かった。もう目が覚めた。これから真面目にやるつもりだが、こうなっちゃ元の店には戻れねえ。ついては、お前に頼みがあるんだが……」

亭主の頼みとは女房に再び客を取らせること。いやがる女房だったが、どうにか口説いて蹴転《けころ》の店（注・最下層の女郎屋）で働くことになった。

亭主が客を引き、女房が相手をする。線香一本が燃える時間がひと座敷で、それ以後は延長ということになる。このとき亭主が「直してもらいなよ」と合図をし、女房が客に知らせる仕組み。

さて、商売を始めて最初の客。できるだけ時間を引き延ばそうと、女房は客に気をもたせることを言う。ところが外で聞いている亭主は妬《や》けて妬けて仕方がない。線香が尽《つ》きてもいないのに「直してもらいなよ」と何度も話に水を差そうとする。

ようやくその客が帰った後は二人で大喧嘩《げんか》。しかし、こんな嫌な商売をするのもお前さんと一緒にいたいからだ、俺が妬けるのもお前が好きだからだと本心が分かればすぐに仲直り。二人が仲良くやっていると、さっきの客が戻ってきて中を覗《のぞ》き、「おう、直してもらいなよ」

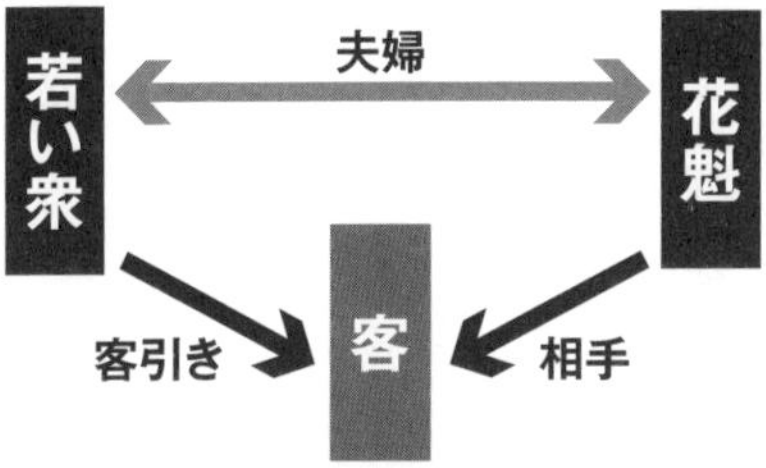

《登場人物相関図》

宮戸川《みやとがわ》

幼なじみが一組の布団を前に…

将棋に夢中になって帰りが遅くなり、締め出しを食ってしまった半七《はんしち》。ふと向かいの家を見ると、幼なじみのお花《はな》が。

「私も締め出し食べちゃったんです」「なんです、食べたというのは」「だって女が食ったなんて乱暴でしょ」「そんなのは乱暴でいいんです。まあ、仕方がない、私は今夜はおじさんの家に泊まります」「私もその家に泊めてもらえないかしら」「とんでもない。あの伯父さんは何でも早呑《の》み込みするんだから、こんな夜更けに二人で泊めろといえばすぐ誤解されますよ」「いいじゃありませんか。誤解されても」「馬鹿なことを言っちゃいけません。私は行きますからね」

半七が歩き始めると、お花も後をついてくる。ついて来られちゃ大変と、駆け出して振り切ろうとするが、あいにくお花の方が足が速い。とうとう二人で小網《こあみ》町からおじさんの家まで来てしまった。

親戚内から『おいそれのおじさん』と異名をとるほど何につけても早合点のおじさんだけに、こんな二人を見ては黙っていない。男っぷりが悪いわけでもないのに碁将棋なんぞで締め出しを食っている堅物の甥《おい》を普段から心配していたが、今日はとびきりの美人を連れてきたから大喜び。

「ああ、そういうことか。分かった分かった、皆まで言うな。二階へ上がって寝ろ」と、まるで半七に口をきかせない。

二階へ上がってはみたものの、ひと組しかない布団を前にモジモジするばかりの二人。いつまでそうしているわけにもいかないので、布団の真ん中に線を引き、ここから出ないという約束で一緒の布団に入った。

そのうち空がピカッと光ると、大きな雷がゴロゴロ……

「半ちゃん、私、雷が嫌いなんですよ」

「なんです、お花さん。そんなこと言って、こっちへ来ないでくださ い」

やがて雷の音がカリカリと変わったかと思うと、近くへ落ちたと見えて、ズシーンという衝撃。あまりの恐さにお花が半七の懐へ飛び込むと、髪の油と白粉の匂いが半七の鼻にプーンと入った。

思わず我を忘れた半七が、お花の背中に手を掛けてギューッと抱きしめる。着物のすそが乱れて燃え立つような緋縮緬《ひぢりめん》の中から、お花の雪のように白い足がスーッ……と、ここで本が破れていて、後の続きは分からないという、お花・半七なれそめの一席。

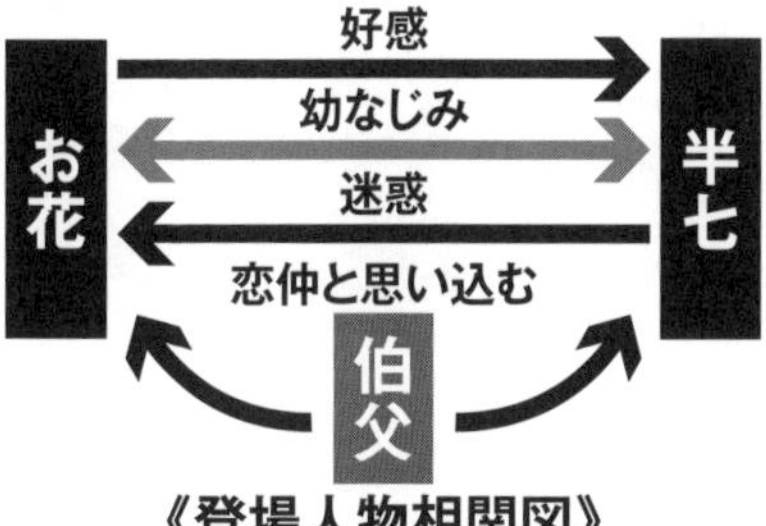

《登場人物相関図》

崇《す》徳《とく》院《いん》

割れた鏡は恋の歌？

さる大家《たいけ》の若旦那《だんな》、気の病《やまい》で床についたきり、食べる物も喉《のど》を通らない。心配した大旦那に頼まれ、店に出入りの熊《くま》さんが様子を聞き出したところ、若旦那の病はなんと古風なことに恋わずらい。二十日ほど前、上野の清水《きよみず》さん（注・寛永寺の清水観音堂）を参詣《さんけい》した折、茶店で会った「水のしたたるような美人」に一目惚《ぼ》れしてしまったのだという。あんまり見とれたもので、名前を聞くのも忘れてしまった。手がかりといえば、お嬢さんが書いてくれた短冊が一枚だけ。

「これがその短冊ですか。『瀬《せ》を早み岩にせかるる滝川の』……。短けえ都々逸《どどいつ》だ」

「都々逸じゃないよ。これは崇徳院《すとくいん》さま（注・崇徳天皇）の歌で、下の句は『割れても末に逢《あ》はむとぞ思ふ』。今は別れ別れになっても末には一緒になりましょうという意味だ」

若旦那の部屋を下がった熊さんから様子を聞いて、大旦那の喜ぶまいことか。お嬢さんを探して一緒にしてやれば恋の病は治る。悪いが、乗りかかった船と諦めて、探してもらえないか、と持ちかけた。首尾よく探し当てたら、いま住んでいる三軒長屋を褒美《ほうび》にやると切り出され、熊さんも大いに奮起して探しにかかった。

が、いくら歩き回ってもそれらしいお嬢さんに出っくわさない。それもそのはず、「この辺に水の垂れている女の人はいませんか」と聞いて回っているというのだから、見つかるわけがない。そんなことでは三軒長屋がフイになってしまうと気を揉《も》む女房に叱《しか》られ、熊さん今度は例の歌を唱えながら、人の多く集まる場所を探すことにした。

行く先々で「瀬をーはやぁみぃー」とやりながら、風呂屋を二十軒、床屋を三十六軒も回るのだが、どうしても見つからない。しまいには剃《そ》る髭《ひげ》もなくなって床屋で休ませてもらっている。

と、そこへ常連らしい鳶頭《かしら》が入ってきた。床屋の親方と話すのを聞くともなく聞いていると、出入りのお店《たな》でお嬢さんが恋わずらいをしているという話。崇徳院の歌を渡した若旦那を想っているが、どこの誰だかわからない。探した者には褒美が出るが、なかなか見つからず困っているらしい。

さあ、熊さん夢中で鳶頭につかみかかった。鳶頭も驚いたが事情を聞いて熊さんをお店に連れて行こうとする。

こっちが先だ、いや是非《ぜひ》うちへと二人で揉《も》み合ううちに、床屋の鏡を割ってしまった。

「困るよ、鏡がなくちゃ商売にならない」

「なーに親方、心配するな。割れても末に買わん（逢はむ）とぞ思ふ」

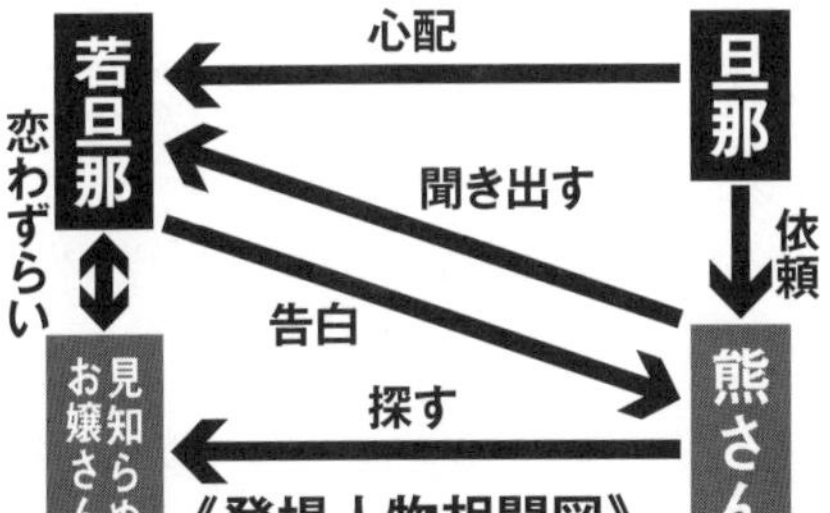

《登場人物相関図》

三《さん》枚《まい》起《き》請《しょう》

嘘の約束をされた三人の男が…

唐物屋《とうぶつや》の伊之《いの》さんが吉原の喜瀬川《きせがわ》という花魁《おいらん》から起請《きしょう》（注・神仏に誓って書いた誓約文）をもらった。『年季《ねん》が明けたらあなたさまと夫婦になること実証也』としてある。伊之さんからそれを見せられた棟梁《とうりょう》は……。

「お前さん、こんなものをもらって喜んでるのかい。そんなに欲しけりゃ、もう一枚やろうか。じつは私もまったく同じ起請を持ってるんだ」と、喜瀬川花魁からの起請を取り出した。こちらも同じ文句で『年季が明けたら夫婦になる』と、はっきり書いてある。

「あっ本当だ。あの女め、嘘の起請を書きやがって。ちくしょう騙《だま》された」

「うん、そうだ。けど、私も今まで騙されてたってことだな。この歳まで独《ひと》りでいるのはその女と約束があったからなのに」

二人で話しているところへ、やはり同じ町内の経師屋《きょうじゃ》の清《せい》さんが入ってきた。

「どうしたんだい。女に騙されたって？　ふーん、起請があるの。見せてごらん。どれどれ、えーっと、……おい、この喜瀬川ってのはむかし品川にいた女じゃないか」「ふふ、そうだ。もう一枚起請が出るかな」「何を言ってやがんでぇ」

結局、清さんも喜瀬川からの起請を大事に持っていたことが分かり、騙され連中はこれであわせて三人と相成った。

「ひでえことをする女だ。ねえ棟梁、なんとかして懲《こ》らしめてやる方法はないかい」

相談の結果、伊之さんと清さんが座敷の押入れの中に隠れ、棟梁一人ということにして喜瀬川を呼び出した。なんにも知らずノコノコやって来た喜瀬川に、棟梁が切り出す。最初のうちこそ何だかんだと言い訳をしていたが、押入れから二人に出てこられては、どうにもならない。もう謝るしかなかろうと詰め寄る三人だが、敵もさるもの。こんなことをされて謝るタマではない。

「女郎は客を騙すのが商売だよ。騙されたからって文句を言われちゃかなわないね」と逆に開き直ってきた。本当にどこまで底意地が悪いんだか分からない。

「おい、喜瀬川、おれたちは騙されたのをグズグズ言うんじゃねえ。お前の騙し方が癪《しゃく》に障《さわ》るから言うんだ。ものの例えに『嫌で起請を書くときは熊野《くまの》で烏《からす》が三羽死ぬ』（注・起請誓詞を奉納する紀州熊野権見のお使いが烏だったことから、こう言われた）というぞ。罪なことをするな」

「あらそう、それなら嫌な起請をどっさり書いて世界中の烏を皆殺しにしたいねえ」「そんなに烏を殺してどうするんだい」

「朝寝がしたいんだよ」

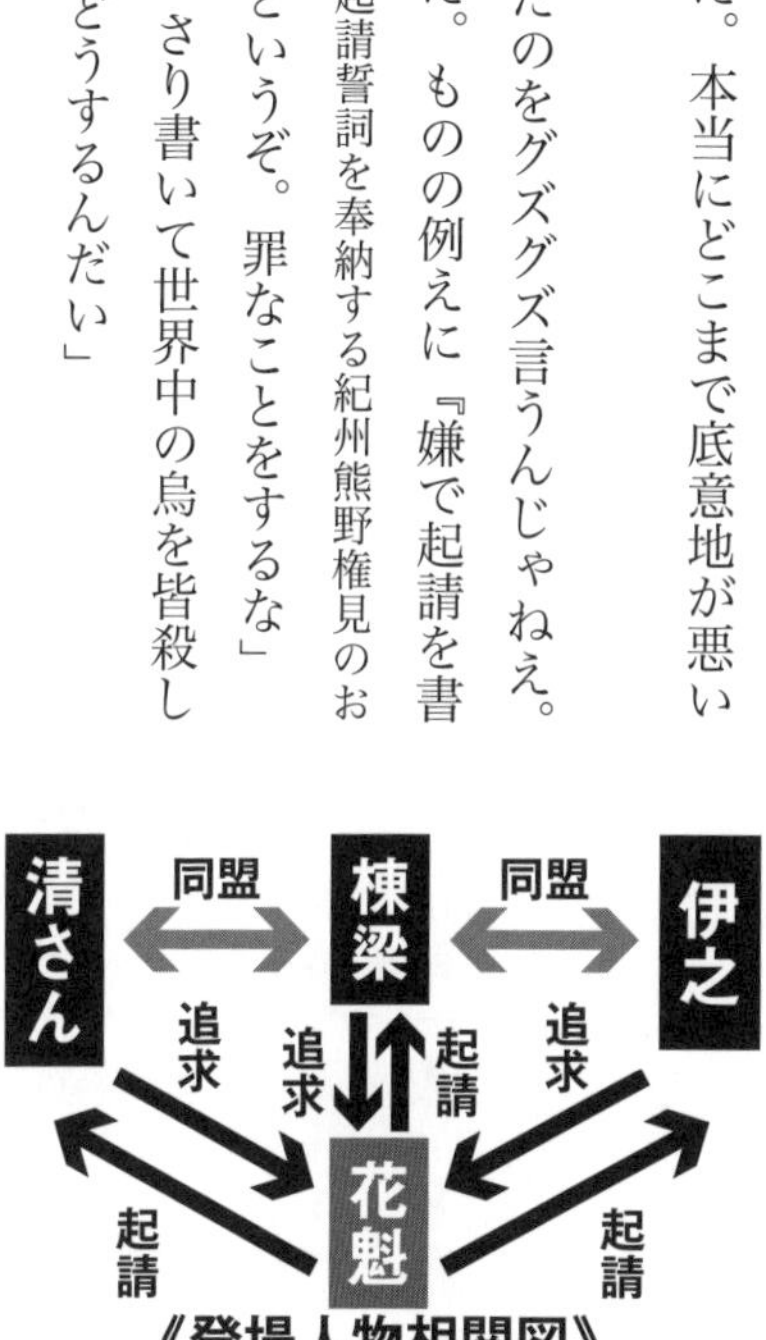

《登場人物相関図》

品《しな》川《がわ》心《しん》中《じゅう》

心中に誘われ裏切られた男は…

品川新宿《しながわしんしゅく》の女郎《じょろう》お染《そめ》。寄る年波には勝てず、近頃は客がつかなくなって移り変えの金も工面できない。ほかの女たちから蔑《さげす》まれるのはいかにも口惜《くや》しいと、なんと心中を思い立った。

同じ死ぬにも心中なら浮名が立って色っぽいし、金に困って死んだと言われずに済む、との自分勝手な思いつきだ。さっそく馴染《なじ》み客がズラリと書いてある手帳を出して心中相手を物色すると、目に留まったのは貸本屋の金蔵《きんぞう》。

「あら、金ちゃんはいいね。この人は女房子も親もないし。それに助平《すけべえ》で大食らいときてるんだから、ロクなもんじゃない。あれなら死んでも惜しかないよ。そうだ、心中の相手、金ちゃんに決ーめたっと」

思いのたけを筆に言わせて金蔵のもとへ。ふだん恋焦がれている女から相談というのですっ飛んできたのを、お染はうまくたらし込み、すっかりその気にさせてしまった。

「じゃ、二人で一緒に死のうじゃねえか」「本当かい。あの世で一緒になれるんだね」「おうよ。蓮《はす》の台《うてな》で所帯をもとう」と、まるで雨蛙みたいな了見。

二人で店の裏木戸を出たものの、いざとなると金蔵は尻込みして海に飛び込めない。ぐずぐずして誰かに気付かれては面倒だ。

「お前さん、悪いけど先に行っとくれ」

栈橋から金蔵を突き落とし、続いて自分も飛び込もうとしたときに店の者に止められた。なんと、お染の窮状を聞きつけた別の馴染客が金を持って部屋に来て待っているという。金ができさえすれば、死ななければいけないことはないのだ。

「ごめんね金ちゃん。金ができたら死にたくはないんだよ。悪いけど私、生きることにしたわよ。いずれ向こうに行くから恨まないでよ。それじゃね、失礼」

世の中にこんな失礼な奴はない。金蔵の方はというと、あまりにも水を飲んでしまい、苦しいので足を突っ張ると、品川は遠浅だから膝《ひざ》のところまでしか水がない。なんのことはない、奴《やっこ》さん、横になって溺《おぼ》れていたわけ。

何にせよ死なずに済んだのだが、帰る場所に困った。死ぬつもりだったから、家は引き払ってある。よんどころなく、ふだん世話になっている親分の家へ行くことに。間の悪いときは仕方のないもので、親分の家では博打《ばくち》の真っ最中。金蔵が表から戸を叩くのを、手入れと間違え、上を下への大騒動。そんな中でも、武士とはたいしたもので、ひとり座ったまま微動だにしない。

「さすがお侍さん肝《きも》が据《す》わってますな」と、親分が感服すると、その侍《さむらい》が言う。

「いやいや褒《ほ》めてくださるな。拙者《せっしゃ》すでに腰が抜けております」

付《つ》き馬《うま》

勘定を踏み倒された客引きは…

吉原で客引きの若い衆が通りすがりの男に声をかけた。するとその男が言うには、「遊びたいのはやまやまだが、懐に金がないんだ。吉原を素見《ひやか》すのに文無しで来るのも野暮《やぼ》な話だが、実はこの先の茶屋に貸してある金があってね、それを取り立てる使いで来ただけなんだよ。しかし、君んとこにはいい娘が多いねえ。どうだい、ひとつ相談だが、私が今夜ここへ厄介《やっかい》になる、明日の朝、誰かがひとっ走り使いに行って私の貸し金を取り立ててくる、その金でもって勘定《かんじょう》を払うことにして君の家に厄介になろうと思うが、それじゃ駄目《だめ》かい」

若い衆もさすがに少し考えたが、遊ぶ気でいる客をみすみす逃すのももったいない。すぐ近所で金の工面ができるなら心配もあるまい、と判断して店へ上げることにした。

その晩は芸者をあげてドンチャン騒ぎ。一夜明けて若い衆が顔を出すと男はもう起きていて、昨日はずいぶん面白い遊びをさせてもらったと上機嫌。勘定書きを出しても、あれだけ呑《の》んで食って騒いだのにずいぶん安いと、少しも嫌な顔をしない。

「それでね、今朝になって気付いたというのは、私がうっかり印判《いんばん》を忘れてきちまったんだ。借金のことだから、印判がないと向こうだって金を出さないよ。そこで考えたんだが、私は何度も使いに行ってるから、顔さえ出せば印判なんぞいらないんだ。そこでね、誰か一緒にその家まで付いて行ってもらって、そこで貸し金を受け取ったらすぐに勘定を払うということにしたいんだが、誰か行ってくれないかなあ。迷惑賃に多少のことはさせてもらうんだが」「ええ、そういうことでしたら手前が」「ああ、君一緒に行ってくれる？　有難い。それじゃ君には何か後でおごろう」と欲をかいた若い衆、男と一緒に付き馬（注・勘定取り）として店を出た。これが災難の始まり。

さて目当ての茶屋に出向くと、朝が早いだけにまだ閉まっている。夜の遅い商売だから無理もない。貸した金を返してもらうんだから遠慮はいらないようなものだが寝てるところを叩き起こして取り立てるというのも気の毒だ。時間つなぎに朝湯にでも行こうよ。と、男はずんずん歩いて行ってしまう。

若い衆も仕方なく付き合って、しかも男は今のところ懐に一文もないときているんだから勘定も若い衆が立て替えなきゃならない。湯から上がると今度は朝飯、これも若い衆が立て替える。

「あの、お立て替えもようございますが、こう続いては手前の財布《さいふ》も空になるんで」

「何を言ってるんだよ、いくら借りても後で倍にして返そうってんだから心配しちゃいけないよ。決して悪いようにはしない」と男は相変

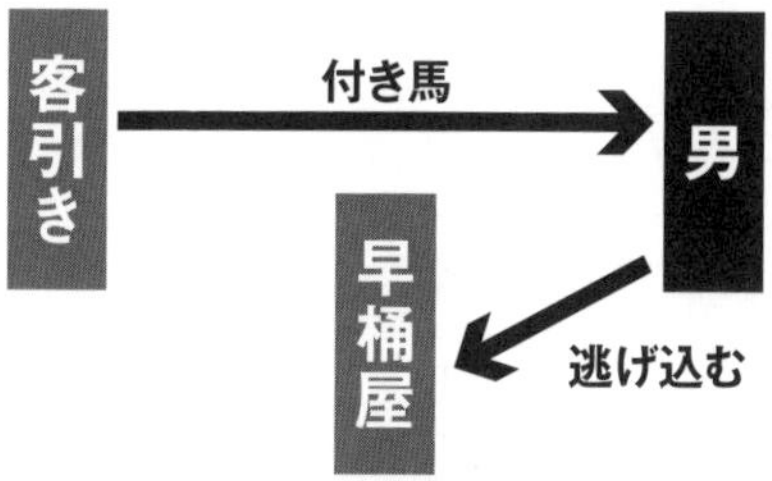

《登場人物相関図》

わらず調子のいいことを言いながら、若い衆に口をきかせない。

気持ちが良いから少し歩こうと、さらに歩いてやってきたのは雷門《かみなりもん》。ここまで来ると、さすがの若い衆も男に詰め寄った。

「あんた、一体どういうつもりだい。大門《おおもん》の中で用が足りるってえから私はついてきたのに、ここはもう雷門じゃないか」

ところが、男の方では至って涼しい顔で「君ねえ、そう青筋を立てて喋《しゃべ》るもんじゃないよ。何も私が君を騙《だま》そうっていうんじゃないんだから。じつはね、この先に私の伯父《おじ》さんの家があって、そこで金は用意してもらえるんだが、伯父さんの商売というのが早桶屋《はやおけ》（注・棺桶屋）なんだ。君たちは縁起商売だから、そういう家で用立てた金なんざ嫌がるかと思って考えていたところなんだよ」

「ほうほう、そういうわけで。いえ、嫌がるなんてことはありません。むしろ縁起が良いと思うぐらいで《物事のハカがいく》と申しましてな」「えらいねえ、話をそらさない。気に入ったよ。じゃ伯父さんの家へ行こう」と若い衆、ここでも言いくるめられた。

「ほら、あそこに見えるのが伯父さんの家だ。必ず金は用意してくれるが、馬を連れてきたのを見られると都合が悪い。悪いが君、ここで待っててておくれ。通りの向かい側なんだから様子がはっきり見えるだろう。心配は要らないよ。伯父さんが金を拵《こしら》えてくれることになったら呼び入れるから」

というので、男は一人で早桶屋へ。ところがこの家、伯父の家でもなんでもない。まったく見ず知らずの早桶屋。ここへ入った男、表の若い衆に聞こえる大きな声で、「おじさーん、どうも。しばらくでございましたあ」

いきなり知らない男が大声を上げて入ってきたから早桶屋の親方は驚いて、「なんですあなた、そんな大きな声でなくとも聞こえますすよ。静かにお話しなさい」「そうですか、では小さな声で……」と男は急に声を落としたかと思うと、表にいる若い衆を指差しながら、「実はあれの兄が昨晩死にまして。もともと図体が大きい上に腫《は》れの病《やまい》。並みの早桶に入らないいんですよ。図抜け大一番小判型というのを拵えていただけませんか」

もともと注文に合わせてすぐ作るのが早桶屋の商売だから、親方気軽に「ああ拵えますすよ」と答えた。すると男はまた大声で、「拵えてくださる、ありがたいっ」

ここで表の若い衆を呼び入れ、「聞いたろ、おじさんが拵えてくれるそうだ。じゃ、私はこれで、あとはよろしく」と言い残してどこかへ消えてしまう。残った二人、どうも話がかみ合わないので不思議がるが、やがて早桶ができあがるに至って騙されたことに気づいた。

「あの方は甥《おい》っ子さんじゃないんですか。おじさんって言われて答えてたけど」「まるっきりの他人だよ。だけど、おじさんって言われりゃ返事くらいするよ。おばさんと言われたわけじゃねえんだもの。仕方がない。早桶の手間賃は諦めるから、材料代だけ払って持って帰ってくれ」

「材料代も何も、あっしはもう文無しだ」「文無し？ おい奴《やっこ》。吉原《なか》まで馬に行け」

名人列伝

十代目金原亭馬生《きんげんていばしょう》

《昭和3年生〜昭和57年没》

落語通を唸らせるいぶし銀の芸

本名・美濃部清《みのべきよし》。昭和3（1928）年、東京・笹《ささ》塚《づか》生まれ。父は五代目古今亭志ん生《ここんていしんしょう》だが、当時はまったく芽が出ず家計は火の車。長男の清も苦労の連続だった。

一時は画家を志すものの、昭和18年、父に入門。むかし家今松《やいままつ》の名でいきなり二つ目として初高座を踏む。真打や二つ目の不安定な生活を嫌った先輩たちが、固定給をもらえる前座として寄席に居座り、若手が前座修行をする余地がなかったのである。

売れっ子になっていた父の影響もあり、落語家としての船出こそ順調だったが、志ん生が満州に慰問に行ったきり消息を絶つと状況は一変。仲間うちから激しいいじめにあったという。

しかし、くじけず精進を続けた今松は、昭和22年に戦後最年少の19歳で真打に昇進。翌々年には馬生《ばしょう》を襲名する。それでも少数ではあったが、親の七光りだという悪意と嫉妬に満ちた声も聞こえ……。馬生のたゆまぬ努力と臥薪嘗胆《がしんしょうたん》の思いはまだ続く。

そして時は流れ昭和40〜50年代、志ん生や文楽《ぶんらく》が世を去った後、圓生《えんしょう》や小《こ》さんなどの大先輩を相手に一歩も引かず、大看板となり古今亭一門を率いる馬生の姿があった。江戸の粋を現代に伝える端正な高座姿と流麗な語り口は、落語通をもうならせる「いぶし銀」の魅力にあふれていた。

昭和57年、54歳という若さで早世した十代目馬生。歴史に、もしはないが、若くして名人の域に達したこの努力の人が父親のように長生きしていたら、落語界の地図は現在と違うものになっていたかもしれない。女優の池波志乃は実娘。

第七章

一度は聴きたい大ネタ

井戸《いど》の茶《ちゃ》碗《わん》

正直者は行ったり来たり。小判はいったい誰のもの？

麻布《あざぶ》茗荷谷《みょうがだに》に住む屑屋《くずや》の清兵衛《せいべえ》さん。いつものように裏長屋を流していると、身なりは粗末《そまつ》だがどことなく上品な娘さんに声を掛けられた。案内に付いていくと、そこは千代田卜斎《ちよだぼくさい》という浪人の家。その家の主人から「これを買ってもらいたいのだが」と一体の仏様を出された。

ところがこの清兵衛さん、目が利かないから、ふだんから紙屑《かみくず》しか商《あきな》わないことにしている。そう言って断るのだが、先方はなかなか承知をしてくれない。長雨続きで商売にも出られず、食うものにも困る有様。いくらでもいいから買ってくれと頭を下げられ、とうとう根負けしてしまった。

「じゃ、こうしましょう。私、いま二百文持っております。仏様は一旦、二百文でお預かりする。で、それより高く売れましたら、儲けは折半ということに」

仲間内から正直清兵衛と仇名《あだな》されるだけあって、他人の弱みにつけこんで儲けようとは、これっぽっちも思っていない。「では、お預かりして参ります」

仏様を鉄砲ザルに入れて商売に戻る。やがて白金《しろがね》の細川家のお窓（注・見張り窓）下まで来ると、この仏像が高木作左衛門《たかぎさくざえもん》という若侍の目にとまり、三百文で買い上げられた。

さて、屑屋が帰った後で、高木が仏像を磨いていると、台座の紙が剥《はが》れて中から出てきたものがある。調べると、これが小判で五十両という大金。あまりのことに驚いたが、この高木という侍も実に清廉《せいれん》な人間で、金を着服しようなどという気はさらさらない。

「金は持ち主に返したいが、元の持ち主は屑屋しか知らんな。仕方がない、あの屑屋が来たら聞くことにしよう」

待ち構えているところへ通りかかった屑屋さん、高木から事の次第を聞かされる。

「面白い話ですねえ。では、この金は先方へお届けしましょう。暮らしも楽じゃなさそうだったから、さぞ喜ぶことでしょう」

さっそく千代田が住む裏長屋に出向き、金を返そうとするが……。

「その金は我が家の先祖が、子孫困窮《こんきゅう》の折に役立てるつもりで隠した金であろう。そのような深い志も知らず、仏像を売り払うような不心得者に、その金は与えられるべきではない。仏像は売ったのだから、金も買った人のものだ。先方で何と言ったか知らんが、拙者《せっしゃ》も武士のはしくれ。刀にかけても受け取るわけには参らん」

そう言われては無理強《じ》いもできない。屑屋さん、高木の家に金を持って帰る。ところがこれを聞いて今度は高木が怒った。

「仏像は買ったが中の金まで貰う筋合いはない。向こうが刀にかけて

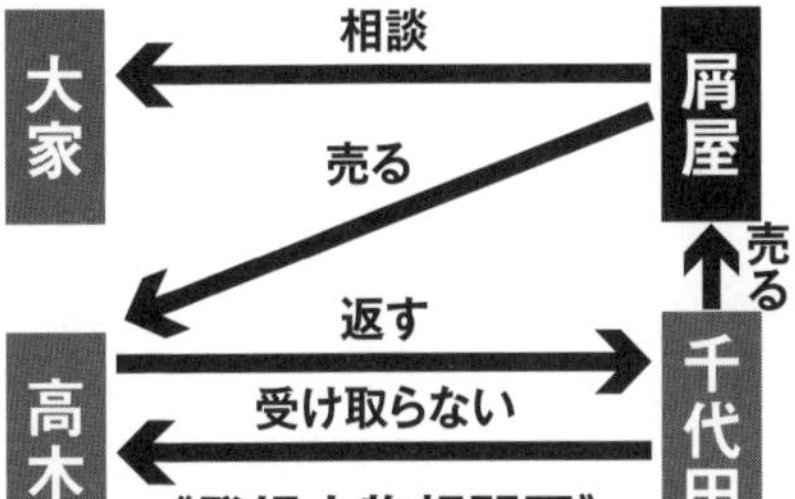

《登場人物相関図》

も受け取らんというなら、拙者も刀にかけて……」

頑固者の間へ挟《はさ》まって困った屑屋さん。裏長屋の大家に相談すると、大いに感心して、「これは今時ない美談だ。では私が間へ入ってまとめましょう」

さっそく高木のところに出向き、「五十両の金を三つに割って、二十両を高木さま、二十両を千代田さま、残りの十両を骨折り賃として屑屋にやるということでいかがでございましょう」と持ちかけると、高木は承知をしたが、その後に出向いた千代田の方はどうしても首を縦に振らない。

「では、こういたしましょう。形ばかりの品を何かこちらから高木様へお渡しください。さすればそれを二十両で売ったことになります。いかがでございましょう」

世話になっている大家にそこまで言われては千代田も意地を張るわけにいかない。

「では、これという品もないが、朝夕に湯茶を飲む茶碗を高木氏にお譲りしよう」と、めでたく一件落着と相成った。するとこの話が、細川家で評判になり、やがてお殿様のお耳にまで入った。

「余の家来にそのような正直者があるのは誉《ほま》れである。高木とやら、目通り許す」

直々のお呼び出しが掛かる。その折は茶碗も持参いたせとのお申し付けがあり、高木作左衛門「畏《おそ》れながら」と差し出すと、お殿様の目の色が変わった。

目利きの者を呼んで調べさせると、これがなんと井戸の茶碗という名品であるとの鑑定。一国一城にも換えがたき品であるというので、高木作左衛門に三百両を遣《つか》わして茶碗はお殿様がお取り上げになった。さて、この三百両をどうするべきか。またまた困ってしまった高木は、例によって千代田と折半にするしかなかろうというので再び屑屋を呼び出し……。

「五十両で刀にかけて受け取らないんだから、今度は確実に断られますよ……」と必死で断る清兵衛を、無理やり千代田の家へ使いに行かせた。

「そういうわけで、いつのまにか百五十両になっちまったんですが、黙って受け取ってはいただけないでしょうか」

びくびくしながら申し出ると、なぜか今度は千代田も物分かりよく承諾した。

「その金はありがたく受け取ろう。そのかわり、先方に譲りたいものがある。ここにいる娘だ。亡き妻が口やかましく躾《しつ》けたおかげで、どこへ出しても恥ずかしくない娘に育った。高木氏が娶《めと》ってくれるなら、仕度金として百五十両受け取るが、どうだろうか。もらってくれるか」「もらいますとも。こんな美しいお嬢様はめったにいませんよ。なんだったら、あたしがもらいたいくらいだ」

さあ、屑屋さんは急いで高木のところへ戻り、千代田の思いを告げる。

「そうか。千代田氏、考えおったな。なるほど、さような御仁《ごじん》の娘なら間違いはなかろう。その息女、妻として迎えようか」「もらってくれますか、そりゃ良かった。今は粗末な身なりをしてますがね、百五十両も仕度金があるんだ、磨きをかけてごらんなさい。いい女になりますよ」

「いや、磨くのはよそう。また小判が出るといかん」

へっつい幽霊《ゆうれい》

欲の皮が突っ張るのは
あの世も同じ

道具屋で竈《へっつい》（注・かまど）を買った客が、その晩遅く表の戸を割れるように叩いて品物を返しにきた。わけを聞いてみると、なんと竈から幽霊が出るという。信じられないような話だが、とにかく道具屋では三円で売った竈を半値の一円五十銭で引き取った。

あらためて店へ並べておくと、品物がいいせいか、すぐに売れてしまう。ところが今度の客も、夜になると表の戸をドンドン叩いて返しに来る。これが何度か続いた。毎日毎日、品物は減らなくて一円五十銭ずつ儲かるんだから、道具屋は大喜びだが、しばらくすると幽霊の噂《うわさ》が立ちはじめ、他のものがぱったり売れなくなってしまった。しかたなく、女房と相談の末、決して返品しないという条件で、一円の金をつけるから誰か貰《もら》ってくれないか、という話になった。これを聞きつけた遊び人の熊《くま》さん。

「面白い話をしてやがるね。幽霊なんぞは怖くねえし、竈と一円は御の字だ」

たまたま通りかかった若旦那《だんな》を片棒に頼んで道具屋へ行き、竈と金を貰い受けた。二人で担いで家まで運ぼうとするのだが、若旦那はフラフラして頼りない。よろける拍子に脇にぶつけて竈の角を欠いてしまう。すると、その割れ目から白い塊のようなものが出たからびっくり。

「熊さん！　幽霊の卵が出た！」「そんなバカな。しかし、それにしても、こうなっちゃ使い物にならねえな」

欠けた竈は若旦那の家の土間に置かせてもらい、二人で熊さんの家へ行って、白い塊を調べることにした。恐る恐る開けてみると、中から出たのは三十円という大金。

「へえ、驚いたねえ……。あの、熊さん、金はたしか山分けの約束だったね」「分かってるよ。こんなことなら一人で引きずってくりゃよかった」

愚痴《ぐち》は言うようなものの、片棒を頼んだときの約束だから仕方がない。金はぴったり二つに割って、ひとり十五円と五十銭。若旦那はこれを貰うと大喜びで吉原に出かけて行った。もともと道楽のために勘当されて貧乏長屋にいるような人だから、派手に金を使う。持っていた金も翌日の夕方までに使い果たし、無一文になって長屋に帰ってきた。一方、熊さんの方はといえば、こちらは博打だ。金を二倍にも三倍にもしようとするのだが、こちらも悪銭身につかず。やっぱり無一文になって帰ってきた。

若旦那は熊さんの金をあてにして待っていたのだが、二人とも無一文ではどうしようもない。諦めて寝ようと布団に入って、昨日の女のことかなんか思い出していると、土間に置いた竈の隅から火が出てい

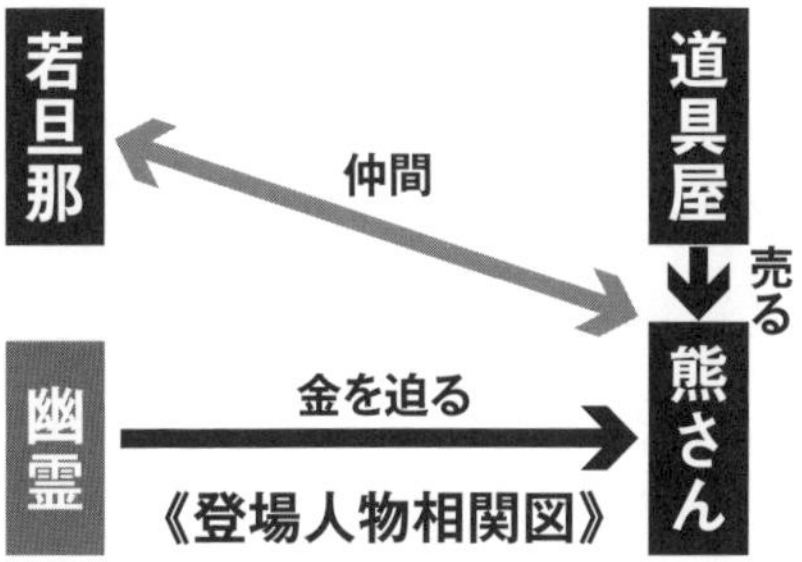

《登場人物相関図》

るらしい。何だろうと思ってよく見ると、さも恨めしそうな顔をした幽霊が、「金ェ、返せ」と出てきたからたまらない。大きな声を上げて、若旦那その場に卒倒してしまう。その声を聞きつけて飛び込んできた熊さん、若旦那から話をきいて事情をつかんだ。

「そうか、幽霊が金を返せと。よしよし、おれに考えがあるから。今夜はうちで寝ればいいや」

翌日、熊さんは朝早いうちに出かけて、若旦那の実家に行って三十円の無心をしてきた。

「幽霊の金を使っちまって、返さねえと命が危ねえと言ったんだ。いや、親ってものはありがたいね。勘当した息子でも命のこととなると黙っていられねえ。すぐに三十円用意してくれた。これをな、幽霊が出てきたら叩き返してやろうじゃねえか」

竃は自分の家へ運んでおき、夕方になると三十円を前にして幽霊を待った。ところが、そう威勢良く待たれていると出にくいものか、幽霊なかなか出てこない。

「何をしてやがる。早く出ねえか、おう」

脅《おど》かされて、幽霊オズオズと出てきた。「ええ、お待ちどおさま」「変な出方だね。恨めしいとかなんとか幽霊らしく出たらどうだい。それじゃまるでソバ屋の出前だよ」

別に恨みがあって出るのではないから恨めしいとは言えない、と幽霊の弁明。

「恨みがないなら、どうして出るんだよ」「それが親方、聞いてくださいよ」

この幽霊、もとは左官の職人だったらしい。もっとも、それは表向きで、実際は博打《ばくち》うちの渡世人。ある賭場で大当たりをして大金を手に入れ、それを商売物の竃に塗りこんで隠したのが例の三十円だという。

「ところが当たってるときは恐ろしいねえ。その晩、フグにまで当たっちまった」

自分のような悪さをした人間は、死んだって極楽に行けるはずはないが、地獄の沙汰《さた》も金次第。そこで竃の金を出してもらおうと枕元に立つのだが、幽霊の姿を見ると誰も恐がって話ができない。熊さんは恐がらないので、初めて話ができたという。

話は分かったが、熊さんの方でもせっかく手に入れた金だ。丸ごと返す気はない。

「どうだい、おれと山分けにしてくれるなら、この金を返そう。嫌なら出るとこへ出て話をつけようじゃねえか」

そんなことを言われても、幽霊じゃ出るとこへなんぞ出られない。渋々ながら、山分けで納得し、十五円の金を受け取った。

「ところでな、幽ちゃん。金が半端なのが気になるなら、賽《せえ》ッ粒《つぶ》（注・サイコロ）でどっちのものか決めるか?」

熊さんが水を向けると、もともと好きな道だから幽霊も我慢ができない。有り金すべてを賭けて「勝負」と開いてみると、中から出てきたのは熊さんが張った半《はん》の目。

「ああ、半か。悔しいなあ。親方、済まねえが、もう一丁入れてくださいな」「そんなこと言ったって金がねえだろ」「あはは、心配いりませんよ。あっしも幽霊だ、決してアシは出しません」

大工調《だいくしら》べ

溜まりに溜まった店賃と悪口

政五郎棟梁《まさごろうとうりょう》の下で働く大工の与太郎《よたろう》。ここのところまったく仕事に出てこない。心配した棟梁が長屋を訪ねてみると、与太郎はのん気に家で寝転がっている。聞けば道具箱がないとか。さては商売物を質に入れて酒でも飲んじまったな、と叱《しか》る政五郎だが、与太郎は悪びれもせず、質に入れたのではない、取られたのだという。それも、夜中に盗まれたとか留守のうちに持っていかれたのではなく、昼のうちに目の前で堂々とやられたというから話が分からない。

「すると、相手の顔を見てるんだな」「見たどころじゃねえや、今日も井戸端で会ったんだよ」

どうも様子がおかしいので、よくよく話を聞いてみると、道具箱を持っていたのは泥棒ではなく長屋の家主。つまり未払いの家賃のカタに持っていかれたというのだ。

雨露《あめつゆ》をしのぐ店賃《たなちん》を溜《た》める奴があるか、と小言はいうものの、大工道具がなければ仕方がない。これで道具箱を返してもらえと、政五郎が手持ちの金を与太郎に渡す。

「ねえ棟梁、これ一両だ。おれが溜めたのは、一両と八百文なんだがなあ」「足りねえのは分かってるよ。たかが八百だ、そんなものァあたぼうだろう。本来なら商売物を持って行かれたんだから、言い方によっちゃタダでも取れるんだ。でもな、相手は町役《ちょうやく》（注・町役人）。後で犬の糞でもって敵を討たれてもつまらねえ。だから、いくらかでも持って行って詫《わ》びをすりゃいいんだ。早く行って来い」

やれやれ、これでやっと道具箱を返してもらえるだろうと待っていると、しばらくして与太郎が手ぶらで帰ってきた。

「やっぱり八百足りねえって言うんだよ。だから、八百くらいはアタボウだって言ったんだけどね。そうしたら真っ赤になって怒っちゃって……。向こうじゃアタボウが流行ってねえらしいよ」

どうやら政五郎との楽屋話を、家主の前ですっかり話してしまったらしい。

「バカ、あたぼうだの犬の糞だの言われりゃ、誰だって怒るに決まってるじゃねえか。仕方がねえ、おれが出向くしかないか」

こんなことなら最初から自分で行くんだったと愚痴《ぐち》をこぼしながら政五郎、与太郎を連れて長屋の家主の家にやってきた。

迎え入れる側の家主、政五郎の顔を見ると上機嫌で家に呼び入れたが後ろに与太郎がいるのを見て急に顔色を変えた。それもそのはず、「あたぼう」だの「犬の糞」だのと、陰へまわって与太郎に吹き込んだ尻押しはこいつだったかと気付いたのだから、面白かろうはずがない。

「棟梁、そういうことだったのかい」

それからはもう政五郎が与太郎の非礼を詫びようがどうしようが、

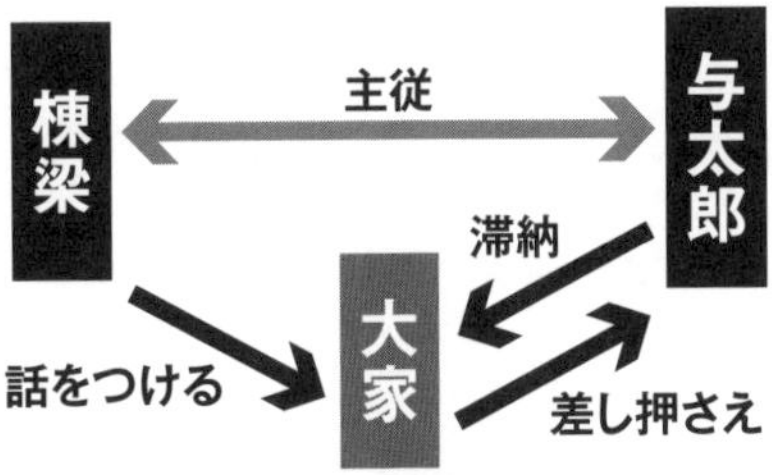

《登場人物相関図》

まったく聞く耳を持たない。残りの金を持ってこないうちは意地でも道具箱を返さないの一点張り。

棟梁の方でも、本当のことを言えば八百くらいの金は何でもないんだが、自分が口を利いていながら話がまとまらないのは、目下の者の手前どうも具合が悪い。ここはひとつ、あっしに免じて道具箱を渡してやってくれませんか、と頭を下げるのだが、家主の方では、今や憎い政五郎に恥をかかせてやりたい一心だから、ひたすらそれを突っぱねて、逆にネチネチといやみを言ってくる。

我慢《がまん》に我慢を重ねていた棟梁だが、終《しま》いにはさすがに腹に据《す》えかねた。

「もう頼まねえや、この丸太ン棒!」「なんだ丸太ン棒ってのは」「血も涙もねえ野郎だからそう言ってんだ。手前ェは今じゃ大家だの町役だの呼ばれてふんぞり返ってるがな、昔の姿を忘れたのか、この大バカ野郎! 以前《まえ》を思い出して、赤くなったり青くなったりするなよ」

さあ、これからポンポン威勢のいい啖呵《たんか》を切って、話し合いは物別れ。こうなったら出るところへ出るしかないと願書をしたため、お畏《おそ》れながらと奉行所に訴えた。

しかし、負ける道理はないと思えばこそ訴えた棟梁だが、いざお白洲《しらす》に出てみると雲行きが怪しくなってきた。願い人が与太郎だから、話が思うように進まない。

「与太郎、そのほう店賃を溜めながら家主に悪口を向けたというが、何かの間違いであろう」

お奉行がうまく水を向けてくれるのだが、バカ正直だから何でも話してしまう。

「本当に言ってやったんですよ、エヘヘ」

これではどうにも救いようがない。残り八百文を返して道具箱を返させるしかなかろう、とのお裁《さば》きが下りてしまったから、棟梁は顔に泥を塗られたようなもの。それだけに、勝った家主の方では大喜び。さっそく八百文を取り立てて再びお白洲へ。家主に金が渡ったことを奉行に申し上げ、お裁きどおり一件落着……と思ったその時。奉行が家主に不思議なことを尋ねた。

「ところで家主は質株《しちかぶ》（注・質屋の営業権）を所持しておるか」

思いもかけない言葉をかけられ、家主はドギマギしてしまって答える声も小さく、「へえ、質株は……、持っておりません」

とたんに奉行のやさしい口調が一変。

「なにっ、質株なくして質物を取るとは不届き至極。本来なら重き咎《とが》めなれど、この度は願い人が店子《たなこ》ゆえ、科料にて許す。これなる与太郎に家主から二十日間の手間賃《てまちん》を払いつかわせ」

勝ったと思っていた家主は逆転敗訴。一方の棟梁にしてみればこんな気味のいい話はない。近ごろ大工の手間賃は高くなったとかなんとか調子のいいことを並べ二十日で二百匁《もんめ》（注・三両二分）という値段をふっかけた。大喜びで白洲を後にしようとする政五郎へ、奉行が目配せをしながら話しかけた。

「八百のカタに二百匁は儲かったであろう。さすが、大工は棟梁（細工は粒々）……」

棟梁が応えて、「へえ、調べ（仕上げ）をご覧じろ」

富《とみ》久《きゅう》

せっかくの当たりくじも火事で焼けては…

酒の上で贔屓《ひいき》の旦那《だんな》をしくじって以来、裏長屋でくすぶっている幇間《たいこもち》の久蔵《きゅうぞう》。往来で知り合いの隠居に声を掛けられ、売れ残りの富くじを買うことになった。

「鶴の千五百番、と……。いい番号ですねえ。これ本当に千両、当たりますか」「バカだね、当たると分かりゃ自分で買うよ。でも、当たるよう祈っててあげよう。いい年を迎えるようにね」

暮れも押し迫って借金だらけの身で、たった一枚の富に一分《いちぶ》は大金だが、そこは独り者の気散じ《きさん》（注・気楽な様子）。元来が呑気《のんき》な男で、いざとなれば人間どうにでもなると思っている。家に帰って富札を神棚に供えると、いつものように安酒を一杯あおって布団にもぐりこんだ。

その夜半、目を覚ますと誰かが表の戸を叩きながら久蔵の名を呼んでいる。

「久さん、起きな。いま半鐘を打ってる。石町《こくちょう》が火事だ。お前、石町に旦那がいるんだろう、すぐ行けよ。詫《わ》びが叶《かな》うぞ」

火急の際に駆けつければ、一度しくじった旦那も出入りを許してくれるだろうというので、わざわざ町内の者が教えてくれているのだ。これぞ天の助け、ありがてえってんで飛び起きると、久蔵さん韋駄天《いだてん》走りで石町に駆けつけた。

「旦那、お騒々しいことでございます」「お、久蔵か。よく忘れずに来てくれた。いい心がけだ。出入りは許してやるぞ」

思いどおり詫びが叶って、火事もどうにか収まった。旦那はじめ店の者も大喜び。久蔵も火事見舞いに届いた酒を飲ませてもらって、いい気持ちで座敷で横になった。

ところが、しばらくすると、またもや半鐘の音。今度は浅草三間町《あさくささんげんちょう》辺りが燃えているらしい。

「おい久蔵や、起きな。お前の家の近くが火事だ。すぐに行かなきゃいけないよ」「三間町？　そりゃ大変だ。じゃ、これから行ってきます」

火事と喧嘩《けんか》は江戸の華《はな》とはいえ、一晩のうちに掛け持ちなどはしたくないもの。折しも師走。夜風はこの上なく冷たく、酒で温まった身体もすっかり冷え切ってしまう。犬に噛まれそうになったりしながらやっとのことで久蔵が自分の長屋にたどり着くと、なんと家は丸焼け

火元は隣の糊屋《のりや》の婆さんだという。

「ちくしょう、あの婆ァ。普段から爪の先に火を灯すように暮らしていやがって。きっとその爪の先の火から火事が出たんだ」

魂も抜けたようになって、悄然《しょうぜん》として旦那の家に戻ってきた。旦那の厚意で、しばらくの間は家に置いてもらい、小遣《づか》い付きの居候《いそうろう》とい

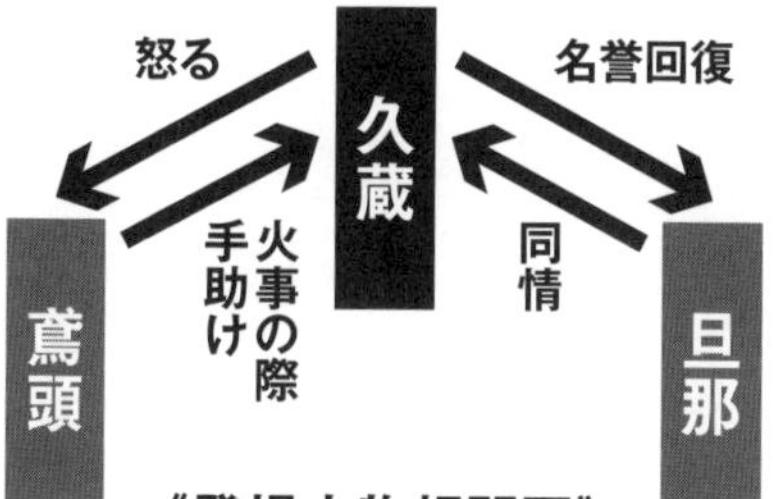

《登場人物相関図》

う結構な身分になれはしたものの、ほうぼうへの借金は残ったまま。喰《く》うに困ることはないにしても、まさか借金まで旦那に肩代わりしてもらうわけにはいかず、先の見込みが立たないまま悶々《もんもん》と年を越さなければならぬ身の上になった。ぼんやりしながら街を歩いていると、人が大勢バラバラ駆けて行く。通りがかりの人に聞いてみると、椙森《すぎのもり》神社で富を突くのだという。

「ああ、そういえば俺も一枚買ってあるんだ。他にすることもないし、行ってみるか」

境内に着くと、もはや黒山の人だかり。千両当たったら何を買おうなどと口々に好きなことを言いながら騒ぎ合っている。やがて「本日の突き止め」という声とともに、一番富千両の当たりが告げられると、なんとそれは久蔵が買った「鶴の千五百番」。

聞いた途端に驚いて腰を抜かしてしまい、周りにいた人に担いでもらって社務所まで来ると、そこにいたのは久蔵に富札を売ってくれた隠居だ。

「おい久さん、良かったね。札を出しな、すぐに確かめるから」

そう言われて初めて気がついた。富の札は大神宮様《だいじんぐうさま》の神棚へ入れたのだから、火事で焼けてしまったのだ。

「なんだって、火事で焼いた？　おい久さん、何てことをしたんだい。札がないんじゃ一銭も貰えないよ」「そんなバカな……」

がっくりしてトボトボ歩く久蔵。どこをどう歩いたものか、しばらくすると後ろから声をかけた者がある。振り返って見ると町内の鳶頭《かしら》だ。

「おい、久蔵。どうした、元気がないな」

それはそうだ。こんな仕打ちをされて、元気の出るやつがいるわけがない。

「お前、火事のとき家にいなかったろう。俺ァたまたま通りかかったから、若い者に言いつけて布団やなんか出してやったぞ。あとで取りにこいよ」

そう言われても、頭を占めるのは、貰《もら》えるはずだった千両のことばかり。まともに返事をする気力もない久蔵に、鳶頭は思い出したように付け加えた。

「ああ、そうだ。大神宮様の神棚のいいのがあったな。あれも出しといてやったから取りに来いよ」

そう聞いて久蔵の目の色が変わった。思わず鳶頭の首を締め上げながら必死の形相で詰め寄る。

「お宮があるか、返せ泥棒《どろぼう》」「おい放せよ。返すって言ってるじゃねえか。何が泥棒だ、まったく」

急いで二人で鳶頭の家に行き神棚を空けると、果たしてそこに富札があった。まさしく鶴の千五百番、千両富の当たり札だ。

「鳶頭、すみません。泥棒なんて言っちゃって。じつはこれ、千両当たってるんです」

そう打ち明けられて鳶頭も機嫌を直した。

「そうか、分かった。そんな大金だ、気が変になるのも分かるよ。それにしても運のいい野郎だな。この暮れへきて千両か。久蔵、どうする」

「へえ、大神宮様のおかげで、ほうぼうへお祓《はら》い（払い）をいたします」

笠碁《かさご》

碁敵は憎さも憎しなつかしい

近江屋《おうみ》の旦那《だんな》と相模屋《さがみ》の旦那は、絶好の碁敵《ごがたき》。相模屋が近江屋の店を訪ねて盤《ばん》を囲むのがいつものならいだが、珍しいことに碁を始める前に近江屋が切り出した。

「どうですか、相模屋さん。今日はひとつ二人とも待ったなしで打つというのは」「そりゃいい。私たちは待ったが多すぎますよ。これじゃ上達しません。ときには碁を打つんだか、待ったを打つんだか分からないことがある。待ったなしで結構です」

二人ともご機嫌で対局が始まったが、いくらもたたないうちに近江屋がやっぱり待ったを言いだす。相手は面白くない。

「決めたことだから待ったなしでやりましょう。大体あなたが言い出したんだから」

やんわりたしなめられて渋々納得したものの、考えれば考えるほど口惜しい。

「お願いだ、一手だけ。一手だけだから」と言われて、相模屋も譲るわけにはいかない。頼むから待ってくれ、いや待てないの応酬が続き、とうとう口論に……。

「三年前にあなたは私から借金をしたね」「そんな古いことを……。あのお金はきちんと返したじゃないですか」「いや、期限までに返せなかったでしょう。あなたは待ってくれと頭を下げたろう。

あのとき私が待たないって言ったかい」

昔話まで持ち出されたほうは、そんなことを言うならなおさら待てないと怒る。

「お前みたいなバカは、二度と来るな」「来るもんか、こんなヘボの家に」

いい年配の旦那ふたりが、わずか一つの石のことで喧嘩《けんか》別れ。絶交状態になった。とはいえ「碁敵は憎さも憎しなつかしい」。二、三日もすると相模屋さん、もう近江屋に行きたくなってきた。そのころ大店の旦那というものは、店は奉公人に任せているから何もすることがない。そのうえ雨が続いたものだから退屈で退屈で……。とうとう編笠《あみがさ》を頭にかぶって家を出た。

一方の近江屋はといえば、こちらも相模屋に来てもらいたくてしかたがないが、意地があるから使いも出せない。そこへ、店先に編笠姿で身体を小さくすぼめてウロウロする者があるので、よく見ると、これが相模屋だ。しばらくは牽制し合っていたが、二人ともそうそう我慢はできずに……。

「そんなとこで何やってんだ、ヘボ」「何だと、このザル（注・碁の下手な人）め」「なに、ザルかどうか試してみるか」

悪口を叩きながらも、本心がわかればわだかまりはすっかり消えてしまう。さっそく相模屋を呼び入れて盤を囲むことに。

「さあ、やりましょう……。おや、盤に水が垂《た》れるね、雨漏りかな。どうしたんだろう……。あっ、なんだお前さん、まだ笠をかぶったまんまだ」

黄金餅《こがねもち》

欲張り坊主が餅にくるんだものは…

乞食坊主の西念《さいねん》が患《わずら》っているというので、隣に住む金山寺味噌《きんざんじみそ》売りの金兵衛《きんべえ》が見舞いに行った。欲しいものはないかと尋ねる金兵衛に西念は、餡《あん》ころ餅《もち》を一貫《いっかん》ほど買ってくれと頼む。それはいいが、見舞いなんだから金はお前が出せとか、餅を置いたらすぐ帰れとか勝手なことばかり言うので、金兵衛もムッとしながら自分の家に戻った。

「しみったれな坊主だね。一貫の餡ころ餅を独り占めする気だ。どんなふうに食うんだか、節穴から見てやろう」

覗かれているとは知らない西念、しばらく餅を前に考えていたが、やがて着物の下から汚い胴巻き（注・腹に巻きつける財布）を取り出したかと思うと、中の金を餅にくるみはじめた。

「なんだ？　カネモチとかいう洒落《しゃれ》かな」

しかし、これをやおら飲み込みはじめる。どうやら貯めこんだ金に気が残って死ねないらしい。あっけにとられて金兵衛が見ていると、最後の餅を喉《のど》に詰まらせて西念が苦しがりだした。

驚いた金兵衛、とんでいって背中を叩《たた》いたりさすったりするが、あえなく息をひきとってしまう。

「もったいねえことをしやがる。どうにかトコロテンみてえに金を取り出す工夫はねえかな。そうだ、焼場へ持っていって骨上げのとき頂いちまおう」

　西念の死んだことを伝えると、さっそく大家がくやみにやってきた。そこで金兵衛、金のことは隠したまま仏の遺言だからと出まかせを言って、弔《とむら》い一切を自分が仕切ることに決めてしまう。何にも知らない長屋の連中は少しも疑わず、下谷《したや》の山崎町から麻布絶口釜無村《あざぶぜっこうかまなしむら》の木蓮寺《もくれんじ》まで西念の死骸をかついで運んでくれた。知り合いの破戒僧《はかいそう》に「金魚ぉ、えー、金魚ぉ」などといういい加減なお経を読んでもらい、長屋の連中を帰してしまうと、今度は死骸《しがい》を金兵衛ひとりで別の焼場まで運ぶ。

「すぐに焼いてくれねえか。ただし、仏の遺言だから、腹のところは生焼けで」

　順番があるからすぐには焼けない、明日の朝までには焼いておくと言われ、仕方なく新橋で一杯やっているうちに夜が明けた。そして焼場へ戻って、手拭いにくるんで持っていた鯵《あじ》切りの出刃《でば》包丁を西念の骨に突きたてると、果たして腹の辺りから金が飛び出した。

「おお、これだこれだ。骨は犬にでもやっちゃえ、あばよ」

　後日この金で餅屋を出し、たいそう繁盛したという。名物「黄金《こがね》餅《もち》」由来の一席。

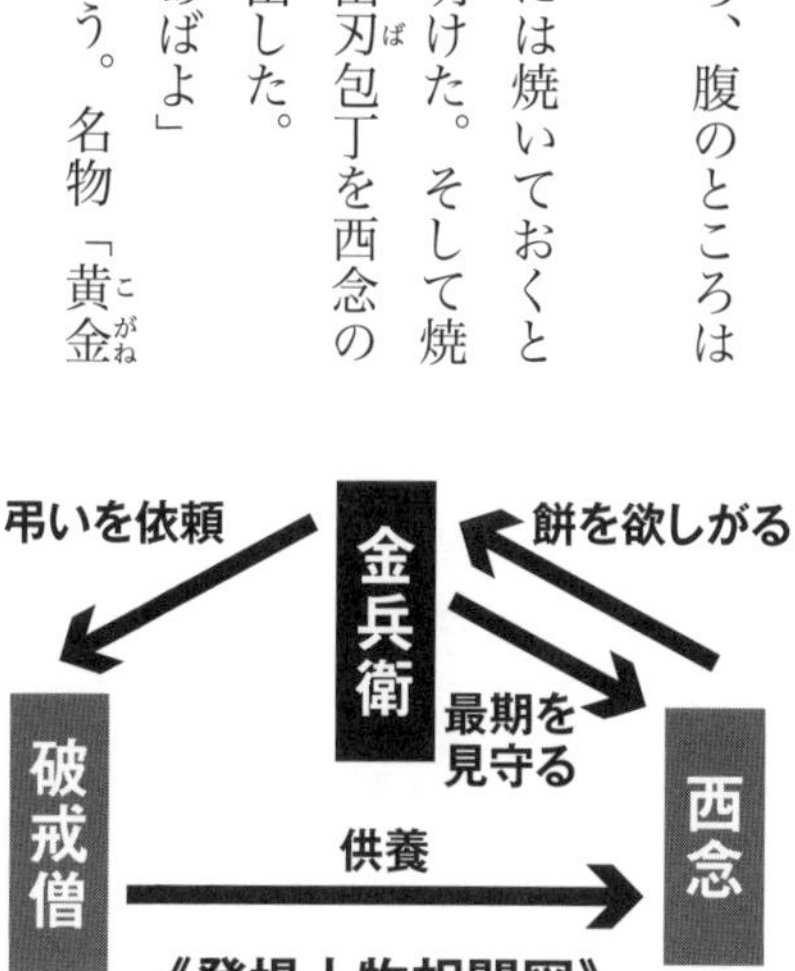

《登場人物相関図》

宿《やど》屋《や》の富《とみ》

まさかまさかの大当たり！

日本橋馬喰町《ばくろちょう》にある一軒の宿屋。この家へ上がった客が語る身の上というのが普通ではない。家の蔵には何万両という金がうなっていて、三百人の番頭が数えていまだに数え終わらない。大名や商人に貸すのだが、利息をつけて返して寄こすから増えてしまって困る。泥棒《どろぼう》が入ったが、千両箱を八十個しか持って行かなかった……。

人のいい宿の主人はすっかり信用し、「大したもんですなあ。そういうことでしたら、お願いがあるんですが、これをお引き受けいただけないでしょうか」と、取り出したのは今日が当日だという富札《とみふだ》。言われた客は面倒くさそうに懐を探り、一分の金を出して宿の主人に与える。

「札は買うよ。でも金が増えても困るな。そうだ、当たったらお前に半分やろう」

大喜びで宿の主人が部屋を出て行くと、部屋から見送った客が溜息《ためいき》をついて呟く。

「なけなしの一分をとられちゃった」

なんのことはない。一文無しの大ボラふきなのである。この宿屋には悪いが、しばらく逗留《とうりゅう》して勘定は踏み倒すしかなかろうと、とんでもないことを考えている。

さて、この男。行くところもないので宿を出て湯島《ゆしま》の境内に入る。富は付き終わって当たりが張り出されていたが……。

調べてみると千両の一番富は子《ね》の千三百六十五番。さっき買った富の札だ。

「あ、あた、あた、当たったぁ」。あまりの大声に近くにいる人も驚く。

「なんだ？　どうかしましたか」「う、うるせえや、あ、あた、あた……」

急に大金が転がり込んできたと思うと身体が震えて止まらない。宿へ戻り、寒気がするからと布団をかぶって寝てしまった。宿屋の主人も家の仕事を済ませて湯島の境内にやってきた。

当たりを調べると、客に売った富札がなんと千両富に……。

「あ、あた、あた、当たった」「おい、今日はおかしな人が多いね。またあたあた言ってるよ。どうしました」「な、なんでもないです。あ、あた……」

半分くれるというのだから五百両だ。これもガタガタ震えながら宿へ帰ってくると、「お客様、起きてください。千両当たりましたよ。半分くれるという約束でしたね」「うるさいねえ、私は具合が悪いんだから静かにしておくれよ……。なんだ、お前、下駄《げた》をはいたまま上がってきたな」「あ、すいません。何がなんだか分からなくなっちゃって脱ぐのを忘れました」「いやだねえ、貧乏人は。たかが五百両で取り乱すんだから。出て行きなさい」

そんなことを言わずに起きてくださいと、宿屋の主人が布団をめくると、その男も草履《ぞうり》をはいたままの姿。

宿屋《やど》の仇討《やあだう》ち

妻と弟の仇、覚悟せよ?!

神奈川宿、武蔵屋《むさし》という宿の前に立った万事世話九郎《ばんじせわくろう》と名乗る一人の侍《さむらい》。

「昨日は相州《そうしゅう》小田原宿、むじな屋と申す宿屋に泊りしところ、親子の巡礼《じゅんれい》が泣くやら、駈け落ち者が夜っぴて話をするやら、とんと寝かしおらん。今宵《こよい》は狭くてよいが静かな部屋に案内してもらいたい」

伊八《いはち》という宿の者が部屋へ案内すると、間の悪いことに、隣の部屋に入ったのが威勢のいい江戸っ子三人。芸者を呼んでドンチャン騒ぎをはじめたから、侍はたまらない。伊八を呼んで苦情を申し入れる。

さすがの江戸っ子も、相手が侍では文句も言えない。静かに話でもしながら寝ようと布団に入る。ところが相撲の話になるとじっとしていられずドタンバタンと……。

隣の侍、またしても騒がしくて寝られない。伊八に苦情を申し入れる。江戸っ子三人、叱《しか》られて再び静かにさせられる……。

そのうち源兵衛《げんべえ》が、今度は気をつけてと静かに話し出したのは、三年前のできごと。石坂段右衛門《いしざかだんえもん》という侍のご新造《しんぞ》（注・妻のこと）と深い仲になったが、それが主人の弟に知られてしまい、手討ちにされそうになった。危ういところを逃げ出し、追ってきた相手は返り討ち。足手まといになるというのでご新造まで殺して逐電《ちくでん》をした。三百両盗んでふたりも殺し、まだ捕まらないという話だ。

これに興奮した仲間は、「へえ、驚いたね。本当の色事師《いろごとし》だ。イヨッ、源兵衛は色事師、色事師は源兵衛、テンテレック、テレックツ」とまたもや大騒ぎ。隣の侍、三たび伊八を呼んだが、今度は少し様子が違う。

「拙者《せっしゃ》、万事世話九郎と申したのは世を忍ぶ仮の名。まことは石坂段右衛門と申す」

なんと、妻と弟を討たれた本人だという。隣の部屋へ行って伊八がそのことを告げると、三人の驚くまいことか。なにしろ源兵衛の言うには、今のはまったくの作り話。仇《あだ》討ちなど人違いだ、と説明するのだが、侍は聞く耳をもたない三人とも宿の者に監視され、一睡もできず青くなって夜を明かす。侍の方は肝《きも》が据《す》わったもので、大いびきをかいて寝てしまった。

ぐっすり眠ったと見え、朝になって侍は御機嫌うるわしく宿を後にしようとする。

伊八があわてて仇討ちの話をすると、「あ、あれか。はは、あれは座興《ざきょう》だ。いや、許せよ」

「座興？　なんでまた、そんな嘘を」「なに、あれくらい申しておかんとな、拙者の方が夜っぴで寝られん」

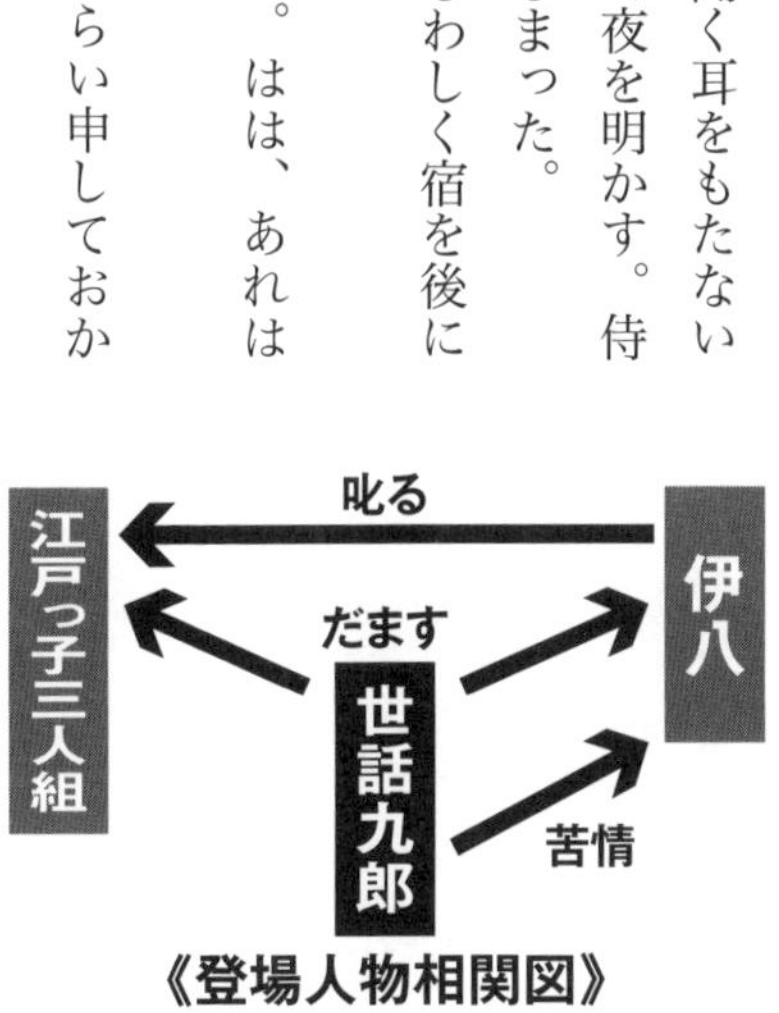

《登場人物相関図》

火《か》焔《えん》太《だい》鼓《こ》

商い下手の道具屋が見つけたお宝

道具屋の甚兵衛《じんべえ》さん、人は好いのだが商売の方はまるで頼りない。平清盛《たいらのきよもり》のシビンとか岩見重《いわみじゅう》太郎《たろう》の草鞋《わらじ》とか、妙なものばかり仕入れては損をする。逆に売らなくてもいい火鉢《ひばち》は向かいの旦那《だんな》に売り、寒くなると出向いて暖《だん》をとる始末。女房はイライラして文句ばかり。

「旦那がぼやいてたよ。火鉢とお前さんと一緒に買っちゃったみたいだって」

今日も市で売れ残りの太鼓《たいこ》を押し付けられてきて、お決まりの小言だ。

「そんなもの一分で買って、一文にだって売れやしないよ。本当に商売が下手だね」

口論ではかなわない甚兵衛さん、小僧を呼んで、太鼓の埃《ほこり》をはたかせることにした。ところが、小僧が埃をはたくと不思議に太鼓がドーンと鳴る。しばらくすると、その音を聞きつけて侍がやってきた。

「わが殿がお駕籠《かご》でご通行の折、太鼓の音を耳にし、その太鼓を見たいと仰せになる。屋敷まで持参いたせ」

甚兵衛さんは大喜びするが女房は冷静。

「バカだね。お殿様は実物を見てないんだろ。そんな汚いの買うわけないよ。かえって怒られて、さんざんひどい目にあうよ」「そうか……。やっぱりやめるかな……」「お前さんはすぐ弱気になるねえ。こうなったんだから、行かなくても怒られるだろ。まあ、万が一お買い上げになるかもしれない。ただ、商売が下手なんだから儲けようとしちゃダメ。元値の一分で売るんだよ」

厳しく言われ、オドオドしながら屋敷に向かうと、なんと三百両の値がついた。

「あの、三百両ってのは、どんな三百両でしょうか。もう何がなんだか……」

甚兵衛さんは卒倒せんばかり。

「落ち着け。小判で三百枚である。あれは火焔太鼓《かえんだいこ》（注・火焔模様の太鼓）といって、世に二つというような銘器だそうだ。金を落とさず帰れよ」

ご家来の忠告を背中で聞き、大金を懐にフワフワしながら夢心地で家に帰る。

「ああ、一分で売らなくてよかった。女房のやつ、いつも商売が下手だって馬鹿にしやがって。三百両を見たら腰を抜かすぞ」

最初のうちこそ信用しなかったものの、三百両を見せつけられた女房は、本当に腰を抜かして柱につかまりながら……、「儲かるねえ、お前さん。今度から音のするものに限るよ」「それじゃ、半鐘《はんしょう》でも買って叩くか」「いいや、半鐘はいけないよ。オジャンになるから……」

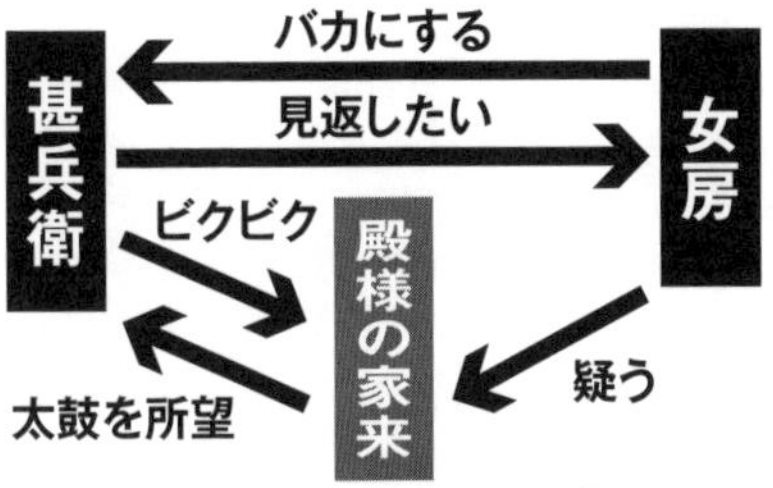

《登場人物相関図》

寝床《ねどこ》

素人義太夫ほど怖いものはない

面倒見がよく、困った者には金も貸してくれる神様のような大店《おおだな》の旦那《だんな》。唯一の欠点は、下手な義太夫《ぎだゆう》を語ることで……。

今日も義太夫の会だというので旦那は大張り切り。店の者が長屋を廻って触れて歩いているが、旦那が面倒を見ている長屋の店子《たなこ》連中はそれぞれに理由をつくってなんとか逃れようとする。

提灯《ちょうちん》屋は開業式の注文がどっさり入って手が離せない、金物屋は無尽《むじん》（注・頼母子講《たのもしこう》のこと）、小間物屋はおかみさんが臨月、豆腐屋はガンモドキと厚揚げを百二十も作っていて大忙し、鳶《とび》の頭は翌朝早く成田に行かなければならない……。以前には旦那の義太夫が直撃して失神した人や、外国に亡命してしまった人もいたというから必死で断っている。

「で、早い話、誰が来るんだ」「その……、誰というのは来ないんで」

長屋の者が駄目《だめ》なら仕方がない。店の者に聞かせよう、と言い出す旦那。ところが、店の者もそれぞれ二日酔い、脚気《かっけ》、胃けいれん、神経痛、眼病《がんびょう》と、仮病をつかって出てこようとしない。

いくら察しの悪い旦那でも、さすがに気が付いた。

「わかった。私の義太夫が下手《へた》だから皆で逃げてるんだ。そんなら義太夫はやめだ。そのかわり、長屋一軒残らず店立て《たなだ》（注・借家を追い出すこと）だよ」

カンカンになって、ひとり息巻いている。店立てとなると穏やかではない。店の者が長屋をもう一度廻り、店子を連れてきた。

「ええ、旦那。長屋の皆さんが義太夫を聞きたいと集まっていらっしゃいますが」

はじめのうち駄々《だだ》をこねていた旦那だが、本心は義太夫を語りたくってしかたない。なだめたりすかしたりしているうち、だんだん機嫌が直り、しまいには、「それほど聞きたいなら、みっちり語ろう」と、すっかりヤル気に。まるで子供だ。長屋の連中は仕方なく、料理や菓子を慰《なぐさ》めとして我慢している。旦那は大熱演。しばらくすると客席が静かになった。感じ入って聞いているのかと見ると、どいつもこいつも横になって寝ている。またもやカンカンに怒り出す旦那。ところが……。

「おや、このさなかに一人だけ泣いてる奴がいるな。おお定吉《さだきち》か。お前は見込みがあるぞ。義太夫のどこが悲しかったんだ」

旦那が尋ねると、定吉は今まで旦那が義太夫を語っていた床を指差して「あそこでございます」「あそこ？　なぜあそこが悲しいのだ」

「あそこは私の寝床なんでございます」

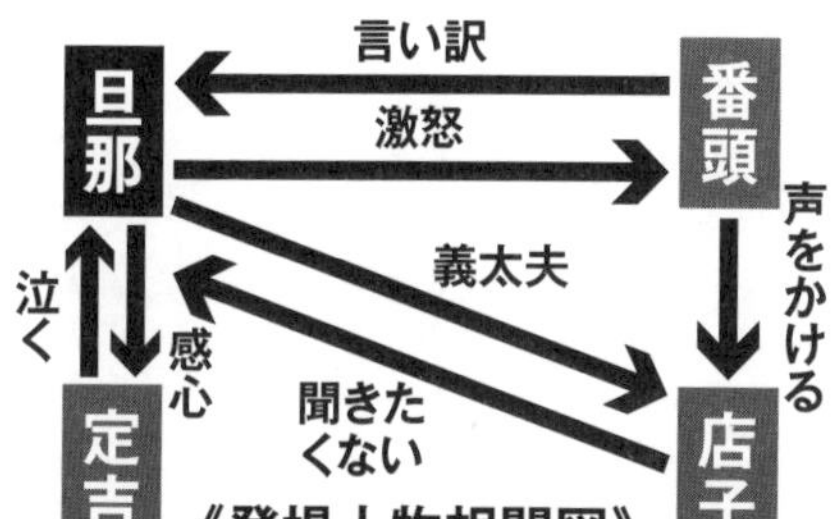

《登場人物相関図》

名人列伝

三代目古今亭志ん朝《ここんていしちょう》

《昭和13年生～平成13年没》

切れ味鋭い江戸弁で一世を風靡

本名・美濃部《みのべ》強次《きょうじ》。昭和13（1938）年、東京・駒込《こまごめ》生まれ。父は五代目古今亭志ん生《しんしょう》、兄は十代目金《きん》原亭馬生《げんていばしょう》という落語家一家のプリンスとして、19歳のときに鳴り物入りで前座修行をスタート。生まれながらの才能と稽古熱心さで、すぐさま頭角を現す。

入門から約2年で二つ目に昇進。3年後に24歳の若さで真打になる頃には、すでに誰もが認める人気者になっていた。

同世代の立川談志《たてかわだんし》、三遊亭圓楽《さんゆうていえんらく》、春風亭柳朝《しゅんぷうていりゅうちょう》（柳朝のかわりに橘家圓蔵《たちばなやえんぞう》が入ることも）とともに、若手落語家の四天王に数えられて売れに売れた志ん朝はドラマ出演も果たし、テレビやラジオ、舞台等でも活躍。マルチタレントとしても一時代を築く。

その一方で常に古典落語と向かい合い、決して本業をおろそかにすることはなかった。父の「躍動感」と兄の「粋」を同時に体現した芸風は、江戸落語の持つ多彩な魅力を余すことなく伝える超本格派。

見事な切れ味の江戸弁を駆使した語り口は、マネのできない志ん朝だけの至芸であったと、人間国宝の柳《こ》家小さんをもって語らしめたほど。

平成13年、六代目志ん生を襲名することなく志ん朝は世を去った。訃報を聞いた落語ファンの驚きと嘆きはいかばかりだったか。『大工調べ』の胸をすくような啖呵《たんか》、親子で十八番にして『火焔太鼓《かえんだいこ》』、スリルと爆笑が入り混じった『船徳』、『宿屋の富』の何ともいえない高揚感……。享年63歳。

高座に上がっただけで江戸の香りが漂った不世出の天才の、あまりにも早すぎる死だった。

第八章

愛すべき
ダメ人間たち

湯屋番《ゆやばん》

男ならば一度は夢見る湯屋の番台

道楽が過ぎて勘当されてしまった若旦那《だんな》。出入りの棟梁《とうりょう》の家にやっかいになっているが、居候《いそうろう》も長くなってくると、おカミさんが黙っていない。タダ飯ばかり食べてぐうたらしている若旦那に我慢《がまん》できず、このままなら私が出て行くと訴えた。

こうなったら棟梁もおだやかではない。やんわり若旦那に奉公に出ることを勧める。根っからの道楽者のこと、なかなか首を縦に振らなかったが、勤め先が湯屋《ゆうや》と聞き、俄然《がぜん》やる気になってきた。番台に座れば、堂々と女湯が覗《のぞ》けると思ったのである。

かくして働くことになった若旦那……。

「棟梁がおっしゃっていた若旦那ってのはあなたですか。いや、よく来てくれました。なにしろ人手が足りないので、すぐにでも外回りに行っていただきましょう」

「いよっ！　外回りね。あたしゃ外回りが大好き。なにしろ居候でずっと部屋に閉じこもってたでしょ。もう外で回りたいのなんの。犬っころみたいにグルグル回りますよ。ではお得意先へ行って、接待がてらに旦那衆を吉原《よしわら》へお連れしましょう……」「あの……。なにか勘違《かんちが》いしていらっしゃるようですな。湯屋の外回りってのは、風呂を沸《わ》かすための廃材や木くずを集めてくるんですよ」

仕事の内容を聞いたとたんに態度を変える若旦那。

「えっ？　ゴミ拾いですか。いや、それはやめときましょう。そういうのは音羽屋《おとわや》（注・尾上菊五郎。またはその一門の役者）はやりません」「当たり前ですよ。歌舞伎の役どころで、湯屋の外回りなんて聞いたことがない」「ねえ……、番台をやらしてくださいよ」「番台ですか。あれはなかなか難しいんですよ。まずお金を扱いますし、湯あたりで具合の悪くなった人の介抱もある。中には盗みをする者もいますから、そういうのを上手く捌《さば》けないといけないんです」「そこをなんとかお願いします」「お願いっていってもねえ……。なんでそんなに番台がやりたいんですか」「なんでって……。もう、分かってるくせに。ずるいぞ」「ずるい？　わけが分かりませんが、では、私はこれからご飯を食べますんで、その間だけ番台に座ってもらいましょうか」

「いよっ！　そうこなくちゃいけません。どうぞゆっくりなさって。なんなら帰ってこなくてもいいですよ」

念願かなって番台に座った若旦那。しかし、男湯は大賑《にぎ》わいなのになぜか女湯には誰もいない。

「どうなってるんだろうねぇ……。男ばかりだよ。いやだねぇ。男の裸なんぞ汚くて見ていられないや……」

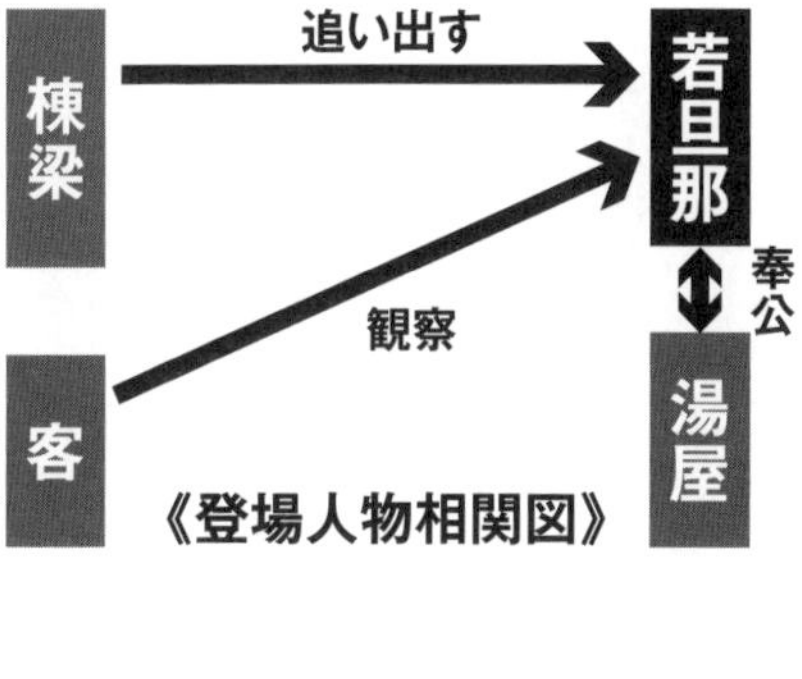

すっかり落胆したものの、無人の女湯を眺めながら、若旦那の妄想がムクムクとふくらみはじめる。

……しかし、これから毎日ここに座っているんだ。そのうち必ずあたしを見初《みそ》める女が出てくるよ。そうだな、お妾《めかけ》さんかなんかだね。でもって、しばらくして偶然あたしが家の前を通りかかっちまうんだ。フフフ……。向こうは恋焦《こ》がれてる身だから絶対にこの機会を逃さない。ちょっと上がっておいきなさいなんてね。でもあたしゃ一旦は断る。いえ、お客様のお宅に上がりこむなんて……ってな具合だ。それでも相手は食い下がるね。いいじゃないの、上がっておいきなさい、いいえご勘弁を、上がって、いいえ、上がって……。

すると、脱衣所にいた男湯の客が、「おい、ちょっと番台を見てみねぇ。なんだかブツブツ言いながら、自分の手を引っ張ったり戻したりしてるぞ。あいつ大丈夫かな……。でも面白いから見てようか」

すっかりひとり芝居に没頭する若旦那は、皆が見ているのにさっぱり気付かない。

……それではってんで、女の家に上がる。すると、昼間からひとりで一杯やってたとみえて、酒《さけ》肴《さかな》が用意してあるんだよ。おひとつどうぞ。へい、ではお言葉に甘えまして……。猪口《ちょこ》がひとつしかないから、杯洗《はいせん》の水ですすいで、それじゃご返杯《へんぱい》。さしつさされつしていると、この女、すごいことを言うよ。あら、今あたしはお猪口を洗わなかったのよ、あなたご存知でお飲みになったのかしら。口づけしたも同じよ、なんてね。そう言う女の目が実に艶《つや》っぽくて弱っちゃう。いや、本当に弱った……。

「見ろよ。番台のやつ、顔を真っ赤にして弱ってるぞ。何を考えてるんだか」「うん、なんだか俺もドキドキしてきた」「バカ、お前が興奮してどうすんだ」

ヤジ馬を尻目に妄想は続く。……しかしなんだね、このままじゃ進展がないよ……。そうだ、雨に降ってもらおうか。遣《や》らずの雨だ。雨がザーザー降って、雷がゴロゴロピシャーン。女は驚いて気を失っちまう。一大事だってんで、あたしが水を口に含んで、口移しで飲ませて……。

「おい、今度は自分の腕に吸い付いてやがるぞ。あれ、お前どうした。鼻の頭から血が出てるじゃねえか」「興奮して、軽石《かるいし》で顔をこすっちまった」

……女が正気に戻る。いや、もしかしたら気絶したのも芝居かもしれないね。とにかくあたしに体当たりでしがみつくんだ。怖い、もっと強く抱きしめて！　あたしは間違いが起きちゃいけないから逃げようとするけど、女も必死だからね。もう凄い力でグイグイ引っ張って……。ああっ！

「見ろ、あいつ番台から落っこちたぞ」

大騒ぎしている若旦那。そこへ客がひとり怒ってやってきた。若旦那が番台でひとり芝居に夢中になって注意を怠《おこた》っていたので、下駄《げた》を盗まれたというのである。カンカンになっている客に若旦那少しも動じず、「大丈夫です。そこにある別の下駄を履いてお帰りなさい」「じゃ、この下駄の持ち主はどうする」「へい、順々に履《は》かせていって、最後は裸足で帰します」

らくだ

脅し、脅され、踊らされ…弔い出すのも一苦労

図体《ずうたい》が大きくてノソノソしているから、らくだというあだ名で呼ばれている男。日頃から行ないが悪く、長屋では鼻つまみ者扱い。今日は兄弟分で、丁《ちょう》の目の半次《はんじ》という、見るからにガラの悪い男が訪ねてきたが……。なんとらくだは夕べに自分で捌《さば》いたフグに当たって、コロリと死んでいた。

そこへ通りかかったのが屑屋《くずや》の久六《きゅうろく》。半次から事情を聞くと……。

「へぇ、らくださんが死んだんですか。こりゃ驚いた。フグもよく当てましたな」「フグに感心するんじゃねえ。これから弔《とむら》いだ。金がかかるから何か持っていけ」

「いや、ここにはお引取りするような物はないんですよ。この前もなにか持ってけ、持ってかないと殴るぞなんて凄《すご》まれましてね。仕方がないからお金だけ置いてきたんですよ……。しかし、まあ、死んだ人には罪はねえっていいます。少ないですが、これでお線香でも買ってください」

「ほう、銭を出すか。そりゃ感心だ。あ、感心ついでにちょっと頼まれてくれ」「勘弁《かんべん》してくださいよ。家じゃ女房子供が腹を空かせて待ってるんです。稼がないと釜の蓋《ふた》があかねえって」「なんだ、頼みが聞けねえのか。そうか、生きていたくねえか。そんなに死にてえのか！ 優しく言ってるうちに聞きやがれ」「ヒーッ、待ってくださいよ……。わかりましたよ。何をすればいいんですか」

「長屋の大家に、らくだがくたばったって知らせに行け。つきましては通夜をいたしますと。大家さんはお忙しいでしょうからお越しいただかなくても結構ですが、いい酒を五升ほど、それから煮しめを山盛りにしてお届けくださいと言ってこい」「あの、お言葉ですが……。無理だと思いますよ。なにしろ店賃《たなちん》さえ払っていませんでしたからね。かなり評判が悪いんです」

「そうか。じゃ、断ったら死骸のやり場に困ってるから、ここへ運んできてカンカンノウ（注・文政期の流行歌）を踊らせるって言え。いいな。あ、ちょっと待った。天秤《てんびん》棒《ぼう》をこっちへ貸せ。いいから貸せ。逃げるといけねえ」

商売道具を取り上げられた屑屋の久六。しぶしぶ大家を訪ねると……。

「なに？　らくだが死んだって。フグで。そうかいそうかい。フグもよく当ててくれたねえ。こりゃめでたいや」

しかし、はじめは喜んでいたが、通夜の話を聞くと態度は豹変。らくだはまったく店賃を払わない。催促に行ったら殴られそうになった酒どころか水一杯やる気はないと、ひどく怒っている様子である。カンカンノウの話をすると、死体が踊るなんて珍しいから見たいもんだと言い放った。

らくだの家へ帰り、かくかくしかじかと事情を話す久六。すると半

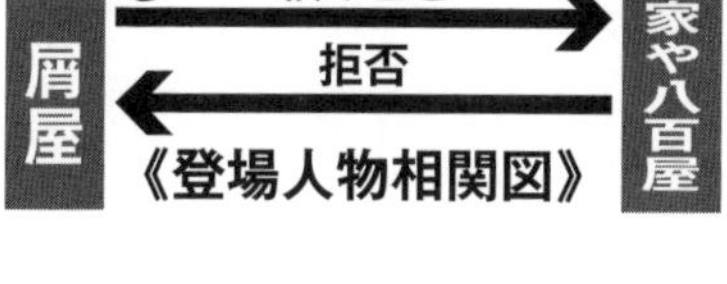

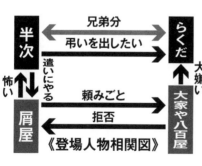

《登場人物相関図》

次は……。

「おう、上等だ。じゃ今から行くから、死体を担《かつ》ぐぞ。こっちへこい」「いや、勘弁してください。早く商《あきな》いに出て稼がないと、釜の蓋が……」「うるせえ。優しく言ってるうちに……」

仕方なしに死体を背負った久さん。大家が住む家の前までやってくると、

「おう、大家、よく見とけよ。さあ屑《くず》屋、カンカンノウを歌え」「へ、へい……。カンカンノウ〜」

これには大家もびっくり。すぐに酒も煮しめも届けると、真っ青な顔で承知した。これで解放されると思った久六だが、「おう、ついでにもうひとつだ。そこに八百屋《やおや》があるだろ。棺桶がわりにするから、菜《な》漬《づ》けの樽《たる》を借りてこい」「勘弁してください。釜の蓋《ふた》が……」「うるせえ。優しく言ってるうちに……」というわけで八百屋へ。

「らくだが死んだっていうのかい。本当かい、屑屋さん。人を喜ばしといて嘘だっていうのはなしだよ。そうかい。生き返らないように頭でも潰《つぶ》しておいたほうがいいよ。ガッハハハ、こりゃ目出《めで》てえ」

こちらも上機嫌。でも、やはり樽なんか貸さないとはねつけた。

「冗談じゃない。なに、カンカンノウかい。面白いじゃないか。え？　大家のとこでやったって！　ちょっと待っとくれ。貸す、貸します。持っていってください」

首尾よく持ち帰ると、すでに大家から酒とつまみが届いていた。無理やり酒をすすめる半次に、では一杯だけと、飲み始めた久さんだったが……。

「ああ、もうそんなに注いじゃいけません。釜の蓋が……。ヒック、もう結構。あ、あらら、また注いじゃって……。ヒック、いい酒だねえ。大家よっぽど驚いたね。こんないい酒を持ってきて。ヒック、久しぶりに飲むからしゃっくりが止まらねえや。ん？　おい、酒がねえよ」

酔いが回って目が据《す》わってきた。なにをかくそう、とんでもない酒乱なのである。

「おい、早く注げよ。なめんじゃねえぞ。ただの屑屋だと思うなよ。おとなしくしてりゃいい気になりやがって、おう、屑屋の久六を知らねえか！　もっと注げぃ、もっとだもっとだ。ケツを上げろぃ。バカ、お前のケツじゃねえ、徳利《とっくり》のケツだ」

五升の酒をすっかり飲んで泥酔したふたり。死体を樽に入れて焼場まで行ったはいいが、いざ着いてみると底が抜けていて中は空っぽ。そういえば橋の辺りから軽くなったと、あわてて引き返す。すると、案の定、橋のたもとに人が転がっていた。

「拾ってきたよ。さあ、焼いてくれ」

しかし、いざ火屋《ひや》(注・火葬場)に入って火を点けると、樽から人が飛び出てきた。さては生き返ったかと思ったが、とんでもない。死体と間違えて、路上で寝ていた酔っ払いを運んできてしまった。

「熱い、熱いっ……。一体ここはどこなんですか」

酔っ払いが訪ねると、久六が「おう、火屋だよ」「火屋ですか……。なら火屋(冷や)でもいいから、もう一杯」

親子酒《おやこざけ》

酒飲み蛙の子は、やっぱり酒飲み蛙

度が過ぎるほど酒好きな商家《しょうか》の旦那《だんな》。悪いところは息子にも遺伝してしまったようで、こちらもうわばみと言われるほど。これではいかんと一念発起したふたりは、揃《そろ》って禁酒を誓う。ところが息子が出かけた夜、どうにも我慢《がまん》できなくなった親父は、女房が止めるのも聞かずに飲みはじめた。最初は一杯だけのつもりだったが、もう一杯、もう半分と飲んでいるうち、いつしかベロンベロンに。そこへ息子が帰ってきたから大変だ。今から床をとって寝るわけにもいかず、なんとか座り直したが……。

「お、おかえりぃ。ヒック」

酔っているのは一目瞭然《りょうぜん》。ところが、「ウィーッ……。お、お父っつあん、た、ただいま帰りましたぁ。ウィッ」

なんと、帰ってきた息子もフラフラ。

「おや、なんだぁ、お前、よ、酔ってるな。い、一体どうしたんだ。ヒック」「お、お得意さんとこで、商談が終わったら、一杯飲んでけって言うんだよ。ウィッ」

「お前ぃ、それですぐ飲んじまったのか。この、バ、バカ息子が。ヒック」「冗談言っちゃいけねぇや。ちゃんと断りましたよ。ウィッ。お、親子で禁酒を誓ったんで、今は飲めませんと」

「な、ならなんで赤い顔をしているんだ」「そうしたらね、俺の酒が飲めねえなら、もう出入り禁止だってやんの。デキンだよデキン。デメキンじゃねえよ。ウィッ」

「そ、それで飲んだか。ヒック」「冗談じゃねぇや。ウィッ。出入り禁止ですか。でも、お、親と誓い合ったことです。命にかえても飲めませーんって。こう言ってやったんだ。ウィッ」

「なら、どうしてそんなに酔ってんだぃ」「ウィッ。い、命にかえても飲めないって言ったら、偉いって感心されてね。その心意気に一杯やりたいっていうから……」

一杯という約束が気がつけばやはりベロンベロン。親父と同じだ。

「な、なにをやってんだ、このバカ息子」「な、なんだよ、お父っつぁんだって、すっかり酔ってるじゃねえか」

「ああ、情けない。ヒック。あ、あれ？　この野郎、頭がふたつあるぞ。いや、みっつだ。あ、ドンドン増える」

酔いが回って目があやしくなった親父。「ヒック。お、お前みたいな頭がたくさんある化物には、うちの身代《しんだい》（注・財産のこと）は譲れねえ」

「なぁに、俺だってこんなグルグル回る家なんかいらねえや」

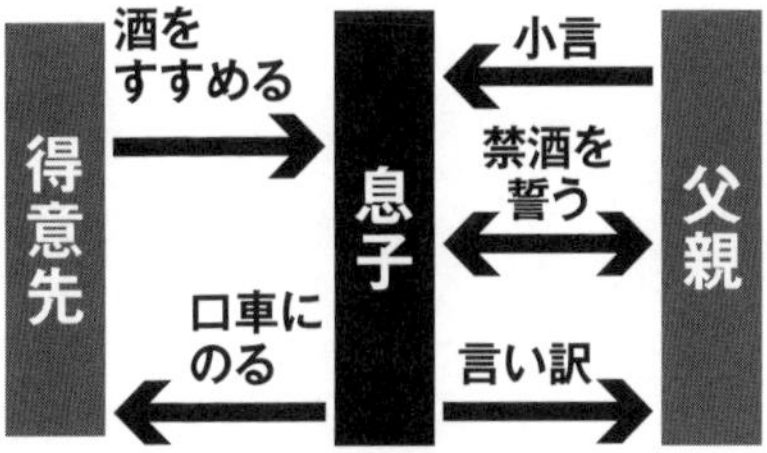

《登場人物相関図》

禁《きん》酒《しゅ》番《ばん》屋《や》

やめろと言われると、よけいにどうにかしたくなる…


　酒の上での不祥事が続き、怒ったお殿様は藩士全員に禁酒を命令。城下には番屋《ばんや》が設けられ、飲酒や酒の配達を取り締まった。しかし、我慢《がまん》のきかない者もいる。近藤某《こんどうなにがし》という酒豪の侍《さむらい》は、金に糸目をつけぬからと、馴染《なじ》みの酒屋に配達を頼んだ。

　上得意の近藤様の頼みとあっては断れないと困っていたところ、流行のカステラの箱に入れ、お届け物という体裁《ていさい》でいけばよいという意見が出た。早速、空箱に五升の酒を入れて屋敷へ向かう。そして、番屋の前へさしかかると、役人の声が……。

「どれ。お役目じゃ。検分いたす。そのほうはどちらへまいるのじゃ」「へい、近藤様からカステラのご注文で」「聞かれましたかご同役《どうやく》（注・同僚のこと）。あの酒飲みの近藤が、カステラとはいかなることか」「あの……、ご進物《しんもつ》なんでございます」

「おお、進物か。うむ、きっちり水引がかかっておる。そうか、なら通ってよいぞ」「ありがとうございます。どっこいしょ」「待て待て。どっこいしょだと。やけに重そうであるな。ちょっと中身を見せぃ。おや、徳利《とっくり》が入っておる。これはなんじゃ」「へい、当店名物の水カステラで……」

「水カステラ……、聞いたことがない。さすればご同役、飲んでみましょう。グビグビグビ……。あっ、これは酒ではないか。嘘を申したな、この偽り者め！」

ごめんなさいってんで、店の者は逃げ帰ってくる。いよいよ困る酒屋の主人。すると今度は、油《あぶら》徳利《どっくり》に酒を入れるという案が浮上。ダメでもともと挑戦するが、なにしろ水カステラの直後だ。すぐに見破られ、「この偽り者め！」と怒鳴られて……。

「悔しいねえ。もう十升もタダで取られちまったよ。なんか方法はないかねえ」

すると今度は、植物の肥やしにする小便だといって持っていけという意見が出た。酒ではなく本物の小便を入れるという。番屋の役人に対する仕返しである。

さあ、店の者が総出で徳利に小便を入れ、いざ禁酒番屋の前へ……

「ブハハハハ、ご、ご同役。ヒック。今度は小便と申しておるぞ。町人というのは、実にたわいないものじゃ。ヒック」

役人もだいぶ酔っている様子。

「どれ、や、役目の手前、飲んでみよう。ん？　お、なにやら温かいですぞ。ワハハ、今度は燗《かん》をして持って参ったな。グビグビ……。うわっ、これはなんじゃ」

「ですから、小便と申し上げております」

「うーむ、こ、この正直者め！」

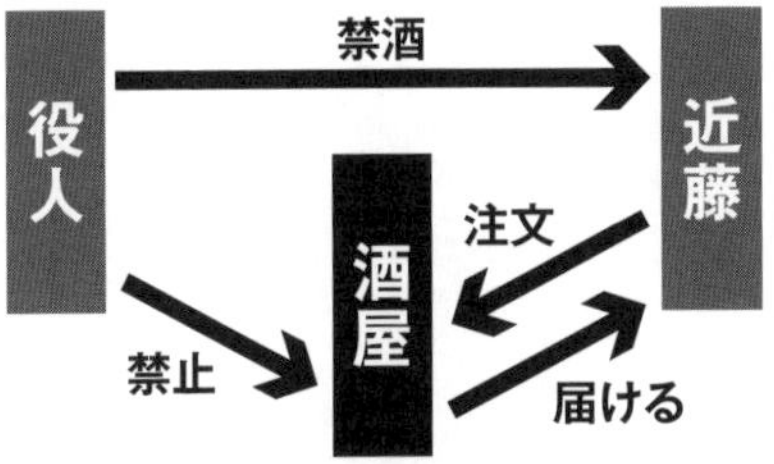

《登場人物相関図》

試《ため》し酒《ざけ》

五升もの酒を飲み干せるのか

たいへんな大酒飲みの久造《きゅうぞう》を供に連れ、知人の家を訪れた近江屋《おうみや》の旦那《だんな》。この者、五升ほどなら間違いなく飲んでしまうと話したところ、その家の主人から待ったがかかった。じつは、こちらも酒に関しては一家言持っているタイプ。五升もの酒をたちまちに飲めるわけがないという。

それでは、飲めるかどうか試してみようということになり、飲めたら主人が久造に褒美《ほうび》を、ダメなら近江屋が主人になにかご馳走《ちそう》するという約束がまとまった。

しかし、当の久造は、少し考えさせてくれと外に出かけてしまう。目をかけてくれる近江屋に恥をかかせ、散財《さんざい》までさせるかもしれないと、不安を感じていたようだが……。

ほどなくして帰ってきた久造。よくよく考えて覚悟が決まったのか、この試し酒を承知し、いざ盃《さかずき》の前に座った。

まず一杯目。美しい蒔絵《まきえ》が施された大盃に注がれた一升の酒を、息つく間もなく一気にキューッと飲んでしまう。二杯目。もっとゆっくり飲んでいいといわれた久造。朴訥《ぼくとつ》だが愛嬌《あいきょう》のある喋《しゃべ》り方で、「これはいい酒だなや、こちらのご主人さんは、こんな美味《うめ》え酒を飲んでるだか。まんず、羨《うらや》ましいことだんべ」などといいながら、やはりスイスイ飲み干してしまった。

三杯目。さすがに酔いが回ってきたようですっかり饒舌《じょうぜつ》になり、お気に入りの歌の文句などをポツポツと語りながら、やはり苦もなく飲み干した。

さあ四杯目。このあたりが一番苦しいところだ。我慢してもゲップがたくさん出てきてしまう。あまりの飲みっぷりの良さに、かえって心配になった主人が、久造の身体を案じて中止しようとするが。本人はいたってマイペースで飲みきった。

そして、五升目の盃が空になったとき、近江屋も主人もこれは凄《すご》いものを見たと大拍手。久造も旦那の面目が立ってホッとしている様子である。

「近江屋さんのいうことに間違いはなかったね。いやはや凄い……。あ、そういえばお前さん、さっき表へ出たね。あのときは何をしてたの。あ、もしかしたら酒が飲めるまじないかなんかかけてたんじゃないのかい。そうなら教えておくれ」

「いや、まじないなんかねえだよ」

「ならどうして表へ出たんだい」

「そんなにたくさん飲んだことねえからよ、ちょっくら心配《しんぺえ》になって表の酒屋で試しに五升飲んできただよ」

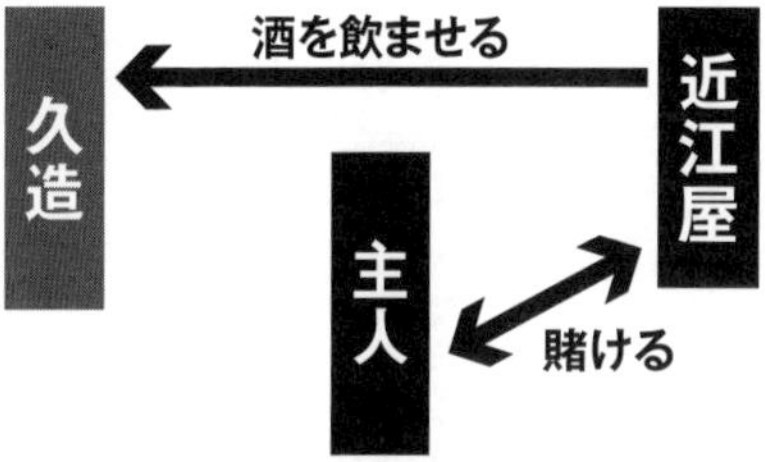

《登場人物相関図》

船徳《ふなとく》

若旦那の船頭はじめて物語

遊びがすぎて勘当され、なじみの船宿《ふなやど》の二階で居候《いそうろう》を決め込んでいる若旦那《だんな》が、ある日突然、船頭《せんどう》になりたいと言い出した。困惑する船宿の主人だったが、本人は大張り切り。船頭の恰好をして悦に入っている。そして、四万六千日《しまんろくせんにち》（注・観音菩薩が功徳を与える日）の日のこと。浅草寺の縁日《えんにち》とあって、船宿は大忙し。舟はあっても船頭が出払って、先程からお客を断っている状態だ。

「どうしてもダメかい。弱ったな。あれ、あそこに船頭が座ってるじゃないか」

若旦那に目をつけた二人組の客。あれはダメですと女将《おかみ》が断るが、舟に乗りたい一心で、本人が勝手に請け合ってしまった。しかし、客のひとりは止める女将を見て、かなり不安を感じているようで……。ともあれ、舟に乗り込む三人だったが、船頭は舟を止めてある舫《もや》い綱を解かずに出発しようとしたり、のっけから失態だらけ。

「大丈夫かな。慣れてないみたいだけど」「なぁに、しばらく乗ってなかったらしいが、じきに勘が戻るだろうよ」

しかし、その希望的観測を打ち消すように、橋の上から声がかかる。

「おーい、徳さーん。ひとりでやってんのかーい。大丈夫かーい」「おい、あんなことを言ってるぞ！」

不安は見事に的中し、道中は危険極まりない。神田川から大川へ出るところでは、舟がグルグルと三回も回った。

「おい、回ってるぞ船頭さん。回ってる」「わかってますよ。回してるんだから」「なんだよ、回してるって」「ここはいつも三回ほど回るんです」

すごい舟があったもんで……。あっちへフラフラ、こっちでグルグルしているうちに、石垣へくっついて、動かなくなった。とうに竿《さお》は流されている。すみません、そのこうもり傘で石垣を突いてくださいと頼む船頭。しぶしぶ客が突くと、傘が石の間に挟《はさ》まって、手から抜けてしまった。

「おい、傘がはさまった。戻っておくれ」「冗談言っちゃいけません。戻れるくらいなら石垣に突っ込むもんですか。文句を言うなら、あなたがやんなさいよ」

開き直った若旦那。さあ、ここからは前にもまして難所《なんしょ》が多く……。

ついに大桟橋の付近で、舟はビクともしなくなった。しかたなく浅瀬に入って岸まで歩き出す客。

「おう、船頭さん。あんたも大丈夫かい」「お願いします。岸へ上がりましたら、船頭をひとり雇ってください」

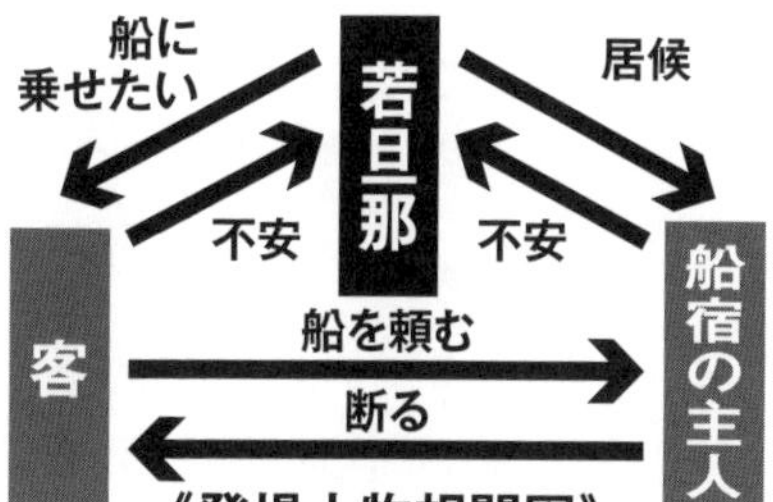

《登場人物相関図》

幇《たい》間《こ》腹《ばら》

鍼に凝った若旦那が幇間相手にやりたい放題

急に鍼《はり》に凝りはじめた若旦那《だんな》。はじめは枕や野菜に打っていたが……。

「ああ、人に打ちたいねえ。誰か打たせるような奇特《きとく》な人はいないかしら……。そうだ、幇間《たいこもち》の一八《いっぱち》がいいよ。あいつはいつも若旦那のためなら火の中水の中なんて言ってるんだから……。よし、決めた！」

決められたほうはとんだ災難で……。すぐに呼び出され、お座敷がかかったと思ってウキウキしながらやってくる。

「お、一八。待ってたぞ。さあ入れ」「嬉しいねぇ、待ってたぞなんて」

「お前、いつもあたしのためなら火の中水の中なんて言うが、あれは本当だろうね」「だろう？だろうなんて……、それは疑うときの言葉。一八、とても悲しいです。なら手始めに川へでも飛込んで……」

「いや、その必要はない。疑ってすまなかった。じつは最近凝ったものがあってね」「あ、釣りでしょう。船を仕立てて、〝若旦那世界を釣る〟なんて……。違う。なんだろう。そうか、ゴルフだ。ナイスショットなんて言った後に、大きく曲がったりして。それも違う。あ、もしや落語を……」

「うるさいよ。本当によく喋るねえ、お前は。違うよ。鍼だよ、鍼」「鍼ですか。いいですねえ。あたしもすっかり四十肩で。じゃ早速、針の先生を呼んで……。違う。ええっ、若旦那が打つんですか、それはやめましょう」「大丈夫だよ。四十肩なんてすぐ治る」「あれは冗談ですよ。まだ三十六なんですから。どうかご勘弁を」

「そうかい……。鍼一本につき十円もやろうと思ったのにねえ。いやかい……」「ちょっと待った。十円ですか……。欲しいねえ。あの、若旦那、今までに打ったことあるんですか」「もちろんあるよ。枕とか人形とか」「いや、枕とかそういうんじゃなくて」

「オイオイ、冗談だよ。ちゃんと打ったことがあるよ」「ああ、よかった。冗談きついから」

「何度か打ったよ……。猫だけどな」「猫？　人間は初めて？　いや、打たせますよ。十円だからね。あの、本なんかは読んだんでしょ。なんて本？　えっ、『ハリのある暮らし』ですか、それ鍼の本なの？」

ワァワァ言いながらもご祝儀欲しさで腹を出す一八。緊張気味に打つ若旦那だが、案の定うまくいかない。痛い痛いと騒ぎ出すと、気まずい若旦那は一八を置いて逃げ帰ってしまった。

不審に思った女将が、「一八さん、どうしたの、あら、なにそのお腹。腫《は》れちゃって……。鍼？　バカだねえ。でもお前さんも腕利きの幇間だ。いくらかにはなったんでしょ」

「それが、皮が破れて鳴《な》りません（注・太鼓の皮とお腹の皮をかけたザケ）」

家《いえ》見《み》舞《ま》い

貧乏な二人が贈った
新築祝いの品は…

兄貴分の家見舞い（注・新築祝い）になにか持っていこうという二人組。道具屋にやってきたが、お寒い懐《ふところ》具合で何も買えない。

それでも、脇に置いてあった汚いかめに目をつけ……。

「ああ、あれならタダで持っていってもらってもいいけど。なんに使うんだい。水がめ？　あぁ、そりゃダメだよ」「なんでだい、いいじゃねえかよ」「ダメだよ。見ればわかるでしょ」「なに？　ちっともわからねえけど」

「よく見なさいよ。あれは一日一度お世話になるやつ。ひとりで。しゃがんで……」「なんだよ、はっきり言えよ。あ、あれか。おい、肥《こい》がめ（注・便をためる壺）だってよ。なに、洗えばイケるって。そうだな。じゃ買っちゃおう」

乱暴な奴があるもんで、これを川で適当に洗って、兄貴分の家へ持ってきた。

「おう、よくきたな。なに、新築祝いに水がめを？　悪いなあ。さあ、上がってけ」「あの、すみません。汗をかきまして、湯に行きたいんですが、手ぬぐいを……」

「そうか、おい、ばあさん、手ぬぐいだ」「それからシャボン（注・石鹸のこと）も……」「おい、ばあさん、シャボンもな」「それから湯銭《ゆせん》も……」「なんだ、なにも持ってねえんだな」

お金まで貰って湯に行ったふたり。ほどなく帰ってくると、酒が用意してあり、冷奴《ひややっこ》をつまみに飲んでいけとのこと。

「いただきます。あたしゃ冷奴が大好きで。うん、うまい。いい豆腐《とうふ》ですねえ。ん？　お前は食べないの。え？　冷奴は水で洗うって。当たり前だろう。どこの水を使ったかって……。早く言えよ。食っちまったぞ。あの、兄ぃ、どこの水を……」「お前たちが祝ってくれた水がめだよ」

「うわっ、ペッペッペッ……。あの、あっしは冷奴を断《た》ったんでした」「そうか。断ち物を食っちゃいけねえ。じゃ、青菜《あおな》のおひたしはどうだ」

「おひたしは……。そうだな。確実に水を使うよな。あの、それも断ちました」「断ち物が多いな。じゃ、つまみじゃないが、おまんまを焼き海苔《のり》で食うってのはどうだい」

「よっ、それなら結構です。海苔はあぶるだけだし。うん、うまい、ホカホカですね……。おい、お前、また考え込んでるな。なに、炊いたのはどこの水だって……。うわっ、米を炊いた水は……、水がめですか。あ、あの、おまんまも断ちました」

さっきから水の話になるとおかしくなるってんで、かめを見に行った兄貴分。

「なんだ、ひどく澱《おり》が浮いてるな。これじゃダメだ。鮒《ふな》でも入れて澱を食わせるか」

「鮒ですか、それには及びませんよ。さっきまで鯉《こい》（肥）が入ってました」

野《の》ざらし

釣りたいのは魚ではなくて骨

長屋の隣人である浪人者、尾形清十郎《おがたせいじゅうろう》のところへ文句を言いにきた八五郎《はちごろう》。昨晩この隣人に女性の訪問客があり、話し声が気になって眠れなかったのである。普段は女に興味がないという尾形浪人だが……。聞けば昨日、尾形浪人は向島《むこうじま》で釣りをしていたが、一匹も釣れないまま日暮れに。こういうこともあるかと思って家路へと向かう。あたりに人影はない。浅草《あさくさ》で打ち出す鐘が、陰にこもって、ボ〜ンと鳴る。大川《おおかわ》では、ドブーンドブーンと波が……。

「せ、先生、あっしは怖い話は大の苦手で」

かように薄気味の悪い日もあるのかと思って歩みを速めようとすると、傍《かたわ》らの葦《あし》がガサガサッと揺れて、ついに出た！

「ヒーッ！　さ、さいならっ」「これ、八五郎殿、待ちなさい」「いや、もう限界。帰ります」「帰るのはいいが、立ち上がったときに懐に入れた、あたしの紙入れを返しなさい。まったく油断ならない男じゃ」

気を取り直してまた話を聞き進める。さきほど葦原から出たのは、一羽のカラス。尾形浪人、不審に思って葦原をかきわけて見てみると、そこにはなんと骨《こつ》があった。

「へ？　コツってなんですか」「人骨《じんこつ》。野ざらしじゃ。ああ、なんと不憫《ふびん》なと思い、その場で持参いたしておった酒を骨にかけ、短いながらも経文《きょうもん》を唱《とな》えてさしあげた。すると、その晩、夜分に向島から来たという女が訪ねてきた。恩返しというわけじゃ。だから八五郎殿。あの女はこの世のものではないんじゃよ」「そうですか。でもあれほどの女なら、あの世のもんでも構いません。あっしもこれから骨を釣りに行きます」

止める尾形浪人から竿《さお》を借りて向島へ。着くなり、大勢の釣り人にむかって「骨は釣れるか」と聞きたて顰蹙《ひんしゅく》を買うが……。

「頼むよ、骨が釣れるまで帰らねえぞ。よーし、さあこい。スチャラカチャン～」　鼻歌まじりでいい気なもんだ。

「おい、あの人。餌《えさ》をつけないで釣ってるよ……。あの、もし、餌がついてませんよ」「餌だ？　そんなもんいらねえや。こちとら骨釣りだよ。べらぼうめ」「骨だって。訳がわからないね……。あ、竿を振り回して、自分の鼻を釣ったぞ」

「痛ってって。おい、誰かとってくれよ。不親切だねえ、ちくしょうみんな笑ってやがる。針なんぞあるからいけねぇんだ」

「おい、あの人、針を取っちゃったよ」

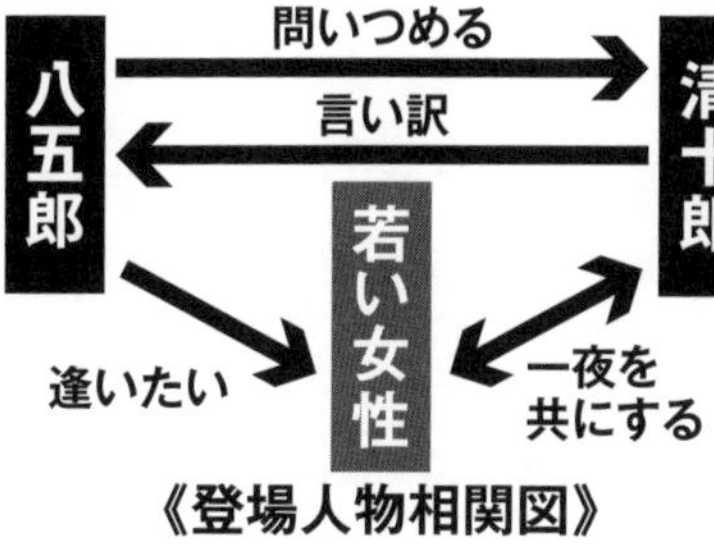

《登場人物相関図》

粗《そ》忽《こつ》長《なが》屋《や》

行き倒れの自分を自分で担ぐそそっかしい男

そそっかしいので有名な男。浅草《あさくさ》の観音様にお参りに来ると、雷門《かみなりもん》のあたりで黒山の人だかりができている。行き倒れだというので前へ出てみると……。

「あれ、生き倒れっていうけど、生きちゃいねえや。これじゃ死に倒れだな」「字が違うよ。行き倒れです。誰も故人を知らなくて困ってるんですよ。お前さんの知っている人じゃないかい」「ふーん、この男ですか。あっ、こ、これは熊《くま》の野郎だ。おい、熊、どうした」「お前さん、知り合いかい」「知り合いもなにも、長屋の隣同士だ。こいつとは、生まれたときは違っても、死ぬときはバラバラっていう仲なんです」「それじゃ当たり前だ」「当たり前の仲なんですよ……。おい熊、こんなんなっちまって……」

涙ぐみながら遺体にとりすがる男。

「お気の毒で……。あの、亡《な》き骸《がら》の引き取り手は、どなたかいらっしゃいますか」「ええ、今から当人を連れてきます」「えっ？　当人？　気が動転しているんだね。お前さん、しっかりしておくれよ」「しっかりもなにも、今朝も会ったばかりで、これから寝るって言ってましたから。朝帰りでね。夜っぴで博打《ばくち》をしてたって」

「いや、そんなことはどうでもいいが。それじゃ人違いだよ。見間違いだ。この亡き骸は夕べからあるんだから」「見間違いだぁ、冗談じゃねえ。今から当人を連れてくるから待ってろ」

長屋へとって帰した男。熊さんを叩き起こして事情を説明すると、これがまた粗忽《そこつ》な性格で、すぐに涙ぐんで……。

「そうか、お前が間違えるわけねえ。俺は死んだんだな。はかねえもんだなぁ……」

そして、ふたりで雷門までやってくる。

「おう、当人を連れてきたよ」「どうも。とんだところで死にまして」

「おいおい、変な人が増えちゃったよ」

遺体をふたりで担《かつ》ぎ、周りが止めるのも聞かず、無理やり引き取ってしまう。

「おい、熊。こうやって担ぐと、お前は意外と軽かったんだな。図体《ずうたい》はでけえのに」「そうだなぁ。でもなんか変な感じだ。まだ死んだ気がしねえんだよ」「お前はそそっかしいからな。早く死んでることに慣れなくちゃいけねえぞ」「うーん、この死体は俺なんだろ」

「そうだよ。お前じゃねえか」

「じゃ、今それを担いでる俺は、一体どこの誰だろう」

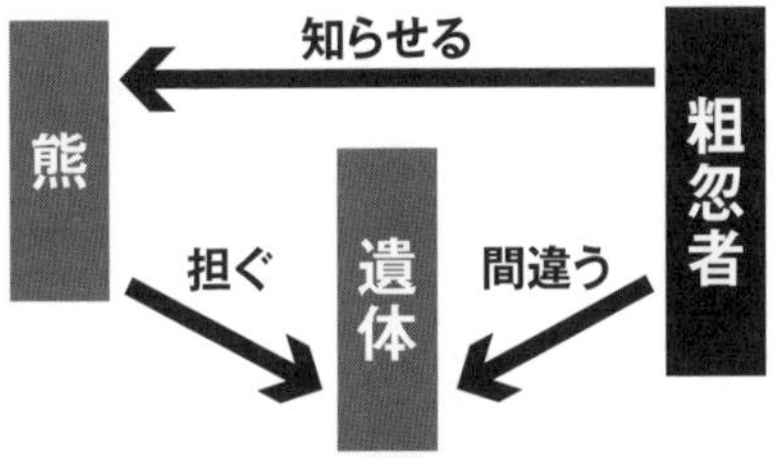

《登場人物相関図》

長《ちょう》短《たん》

せっかちとのんびりのいつもの一日

やけに気が短くて怒りんぼの短七《たんしち》と、恐ろしく気が長い長七《ちょうしち》。このふたりが竹馬《ちくば》の友なのだから、世の中は面白い。

「うーん、よいしょっと。おーい、短さん、いるぁかい。へへ、来たよ、長七だよぉ」「なにウロウロしてんだ。早く入れよ」「ああ、やっぱりいたね」「いるよ。俺んちだからよ。早く上がってきてそこへ座れよ。グズグズすんな」

会話の速さがまったく噛《か》みあわない。

「どっこいしょっと。どうも、こんちわ」「なにがこんちはだ。何かあったのか」「いやね、夕べね、小便《しょんべん》したくて夜中に起きてね。それでね……、驚いちゃった」「どうした。泥棒《どろぼう》でも入ったか」「そうじゃあねえ、空が変な色なんだ。こう、赤いっていうか、紅《くれない》色っていうか……」「まさか火事でもあったのか」「違うよぅ、あのね、変な色をして星も見えねえんだ。こりゃぁ、もしや明日は雨かと思ったら……。今日は天気がいいね」「天気かよ！　張り倒すぞ、この野郎」

イライラする短七に臆《おく》することなく、まるでペースを崩さない長七。

「さあ、茶が入ったぞ。飲め。冷めるじゃねえか。ほら、菓子も食え。腐るから」「フフフ……。

そんなすぐにゃ、腐らないよぅ。ハハ……、短さんは面白いや……」「あ〜、まどろっこしい。ほら、煙草に火がついたぞ。吸え吸え。火が消えちまう」「そうかい。じゃ一服しようかねえ。よいしょ。プカ〜〜リ。プカ〜〜〜〜リ」

口から出た煙がユラユラ揺れている。

「なんだそりゃ。煙草なんてこうやってスパスパ吸って、ポンと灰を落とすもんだ」「そうかい、じゃやってみる。スパ〜〜」「ちっとも変わってねえよ。こうやってスパッ、ポンてなもんだ。俺なんざたまに吸わねえで火種を落とすこともあらぁ」「ふうん。あの……。ま、いいや……」

「なんだよ。言いかけてやめるなよ」「でも怒るから……。やっぱり言わない」

「気になるだろ。怒らないから言えよ」「本当に怒らない？　じゃ言うあのね、さっき短さんが火を落としたとき……。火種がね、煙草盆《たばこぼん》の中に落ちなかった。あれあれ、どこへ行ったかと思ったら、袂《たもと》から煙が出てるんだ。早く消さないと……」

短七、あわてて袂をはらって、「バカ、なんでもっと早く言わねえんだ」

「ほら、やっぱり怒られた……。だから、言わねえほうがよかった」

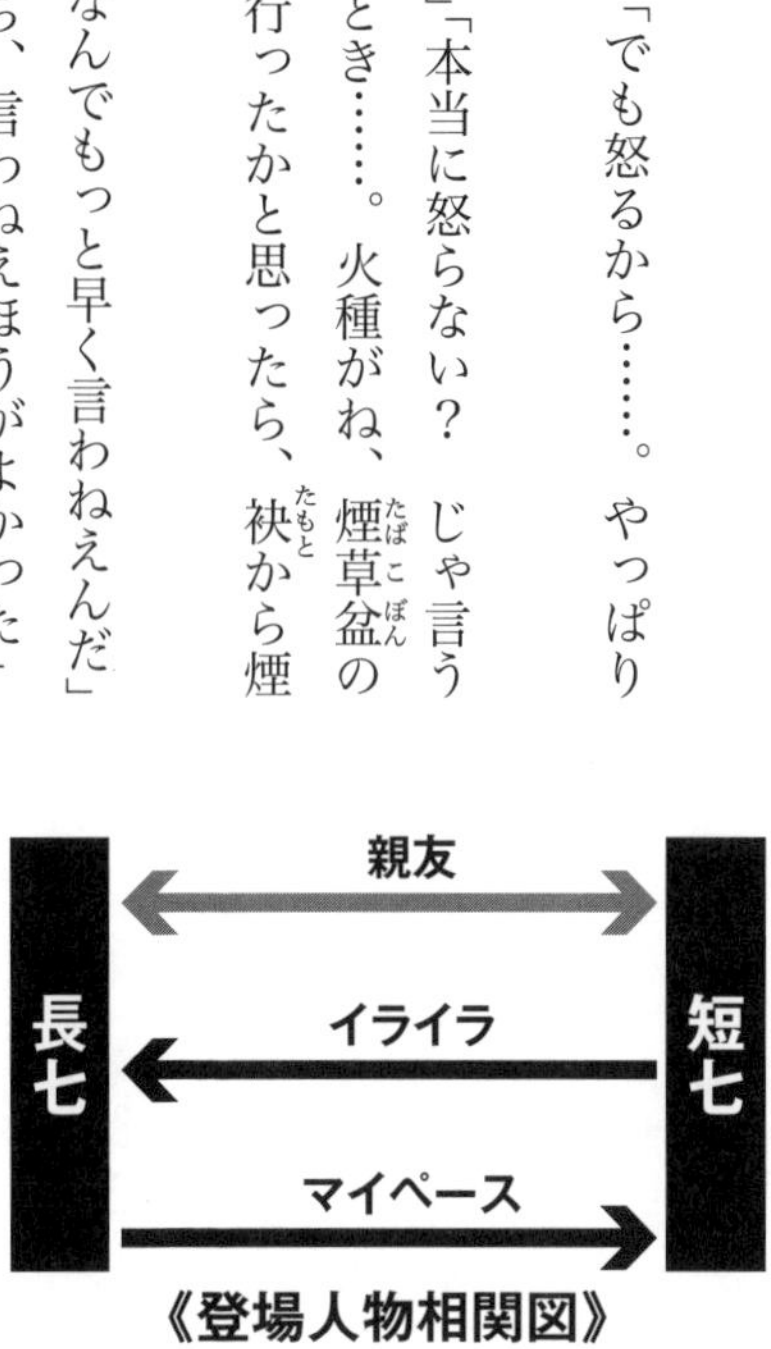

《登場人物相関図》

粗《そ》忽《こつ》の釘《くぎ》

頑張っているのに何をしても空回り

引っ越しの準備に忙しい夫婦。女房が大八車《だいはちぐるま》に乗せるというのに、亭主は箪笥《たんす》を自分で背負うといってきかない。頑固《がんこ》な男だが、それに輪をかけた粗忽《そこつ》者だから始末に悪い。ひと足先に家を出たのに、仰向《あおむ》けに倒れて亀のように起き上がれなくなったり、前にのめって箪笥の下敷きになったりと、失敗ばかりしている。とっくに新居に着いた女房は帰りを待っていたが……。

「あの、すみません、ここはどこでしょう」と、不意に表の戸を叩《たた》く者がいる。

「あらいやだ、お前さん、ここが家だよ」

やっと亭主のご帰還となった。どこを歩いたのかも覚えておらず、さんざん迷って本当に疲れたと息も絶え絶えだ。

「箪笥が重くて肩が痛えのなんの。こうして喋《しゃべ》ってても、まだ背負ってるみてえだ」「だって、本当にまだ背負ってるもの」「バカ、早く言えよ！　おお重てえ」「それよりお前さん、箒《ほうき》をかけるとこがないんだ。柱にでも釘を打っておくれ」

帰るなり用を頼まれて立腹する亭主。腹いせに、壁に思い切り瓦釘《かわらくぎ》を打ち込んでしまった。あんな長い釘を頭まで打ち込んで、きっと隣りに突き出てるはずだと怒る女房。亭主はしぶしぶ謝りに出かける。

「すみません。引っ越してきたものです」「ああ、あの箪笥を担《かつ》いでた方ですか」「へい。でね、壁に八寸（注・約二十四センチ）もある瓦釘を打ち込んじゃって、こっちに出てねえかと」「ああ、ウチには出ていませんよ」「いや、でもちょっと見てくださいよ」「いいえ大丈夫。お宅は向かいだから」

「でも、八寸もある釘なんですよ」

いくら長い釘でも向かいの家までは届かない。女房にもう少し落ち着かなければいけないとドヤされ、今度は隣りの家へやってくる。しかし、今度は落ち着きすぎて居間に上がりこみ、世間話を延々と続ける。困った相手が用向きを尋ねると、ようやく釘のことを打ち明けた

「あっ、あなた、こりゃたいへんだ」

慌てて釘先を探しに行った隣家の主人が驚いている。釘が仏像をブチ抜き、阿弥陀様《あみださま》の喉元《のどもと》から先端が出ているではないか。

「あんた見なさいよ。ひどいじゃないか」「ふーん、あそこへ打ってここへ出たか」「なにのんきなこと言ってるんだ。本当に困ったもんだねえ」「へえ、お互いに困ったもんですな」「なんであんたが困るんだよ」「だって、明日からここまで箒《ほうき》をかけにこなきゃいけねえ」

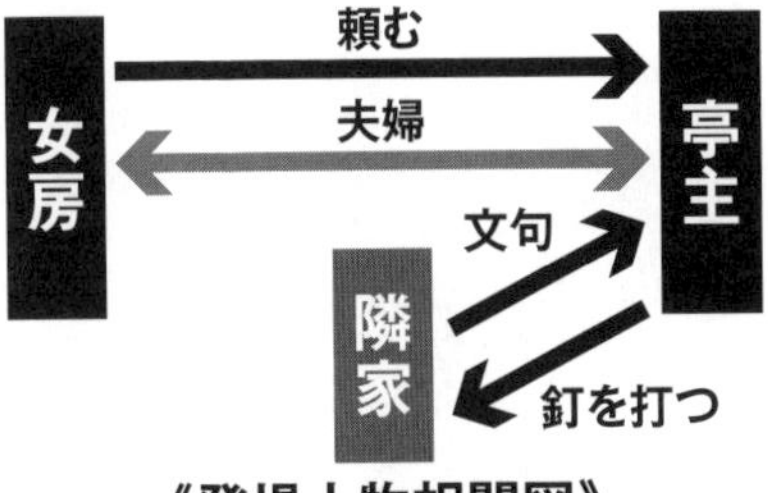

《登場人物相関図》

六《ろく》尺《しゃく》棒《ぼう》

**道楽者の若旦那
遊びが過ぎて締め出され**

道楽者で遊んでばかりいる大店《おおだな》の若旦那《だんな》。今日も深夜に家へ帰ってきたが、戸に心張棒《しんばりぼう》がしてあって家へ入れない。しかたなしにドンドン戸を叩くと、「夜分に戸を叩《たた》くお方はどなたですかな」

「あっ、まずい。親父だ……。あ、あのぅ、すみません。あたしです。孝太郎《こうたろう》です」「ああ、孝太郎のお友達でございますか。当家にもそういう名前の息子がおりましたが。素行が悪く無駄《むだ》金ばかり使うので勘当いたしました。息子に会いましたら、二度と帰ってくるなとお伝えください」「えっ、そりゃひどい」「ひどいのはどっちだ、このバカ者！　とお伝えください」

「出し抜けに勘当なんて……。そんなこと言うなら、行き場所もないので死にます」「死ぬ死ぬ言う奴に死んだためしはない。さっさと死ね！　とお伝えください」「ちくしょうめ……、だいたいあたしが生まれたのも、そっちの身勝手でしょう。それを出来が悪いから勘当とは、あまりに勝手すぎるじゃないですか」

これを聞いてとうとう怒った父親、

「うるさい！　お隣りの息子さんを見ろ。朝から晩まで懸命に働いて、おまけに親孝行だ。肩を揉《も》みましょう、腰をさすりましょうってな。端《はた》から見ていて涙が出てくらぁ。少しは見習え、このバカ息子が」「ちくしょう……、もう怒ったぞ、火をつけてやる。ほぉら、ざまぁみやがれ」

バカ息子がついにやったと思った父は、六尺棒《ろくしゃくぼう》（注・護身用に使われた長く堅い棒）を手に血相を変えて飛び出してくる。しかし、これをやりすごした息子は……。

戻ってきた旦那が家に入ろうとすると戸が開かない。ドンドンと叩くと、

「夜分に戸を叩くお方はどなたですか」

「あっ、倅《せがれ》だ。いつの間に入ったんだろう。あたしだよ、親父の幸右《こうえ》衛門《もん》だ」

「幸右衛門のお友達の方ですか……。当家にも幸右衛門という親父がいましたが、意地汚く金のことしか考えませんので、勘当いたしました。どこかで会いましたら、帰ってくるなとお伝えください」「この野郎、あたしの真似《まね》ばかり言うな」

「うるさい！　隣の親父さんを見ろ。朝から晩まで懸命に働いて、おまけに息子孝行だ。銭をやりましょう、遊びに行かせましょうってな端から見ていて涙が出てくらぁ。少しは見習え、このバカ親父が」

「ちくしょうめ……。そんなに私の真似がしたいなら、お前も六尺棒を持って追いかけてこい」

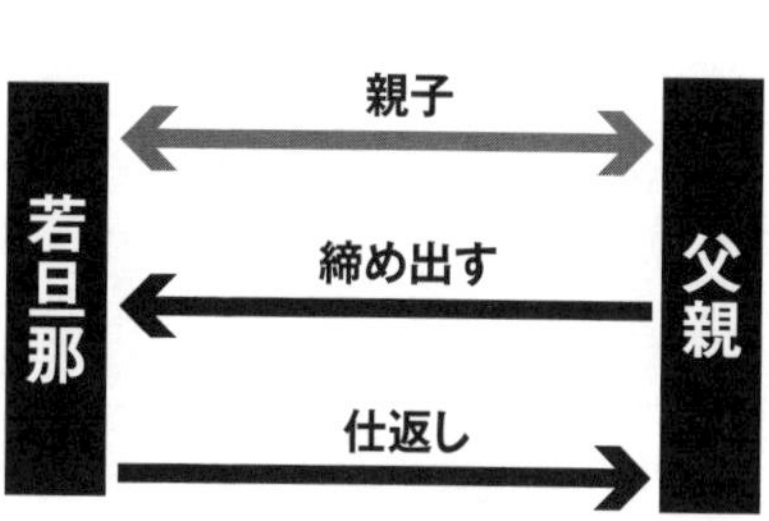

《登場人物相関図》

名人列伝

三代目桂米朝《かつらべいちょう》

《大正14年生〜平成27年没》

上方落語を復活させた大功労者

本名・中川清《なかがわきよし》。大正14（1925）年、旧満州大連市生まれ。学生の頃からアマチュア落語家として活動し、昭和22年に四代目桂米團治《かつらよねだんじ》に入門。三代目桂米朝《べいちょう》となる。

志ん生《しんしょう》、文楽《ぶんらく》、金馬《きんば》といった人気者が揃っていた関東勢とは対照的に、当時の上方落語界は演者が10人にも満たないという壊滅的な状態。この状況下で、後の六代目笑福亭松鶴《しょうふくていしょかく》など、上方落語の復興という同じ志を持つ若手とともに、米朝の奮闘の日々が始まった。

長老から教えを乞《こ》う一方、古い速記本を読み返し、歴史に埋もれていたネタを掘り起こす。『地獄八景亡《もう》者戯《じゃのたわむれ》』や『百年目』といったのちに定番となる噺は、米朝が見つけ出して現在の形に仕上げたものである。

そして、大御所が相次いで世を去るという不幸を乗り越え、上方落語界に徐々に活気が戻ってくると、後進の育成にも力を注いだ。

一門には月亭可朝《つきていかちょう》、桂枝雀《しじゃく》、桂ざこば、桂吉朝《きっちょう》といった個性的な面々が名を連ねる。正統派からも破天荒な無頼派からも慕われる米朝の懐の深さがうかがい知れよう。師の柔らかい雰囲気をストレートに受け継ぐ桂小米朝《こべいちょう》は実子である。

大家の主人を思わせる上品ないでたちと、はんなりとした麗しい語り口。マクラの「あいかわらず、お古いところを……」というひと言を聞いただけで、古き良き時代にタイムスリップしたような不思議な感覚になるという熱狂的なファンが多い。

平成8年には人間国宝に認定され、14年には演芸人としてはじめて文化功労者顕賞を受けた。

第九章

落語の風情にどっぷりひたる

花《はな》見《み》の仇《あだ》討《うち》

筋書き通りにはいかない茶番劇

花見の趣向として仇討《あだう》ちの茶番《ちゃばん》（注・座興）をやろうという話が持ち上がった。筋書きはこうだ。巡《じゅん》礼《れい》兄弟に扮《ふん》した二人が浪人役の者に煙草《たばこ》の火を借りるのがきっかけ。「ヤアヤア汝は何の誰《だれ》兵衛《べえ》よな。ここで会ったが百年目」と名乗りになる。

仇討ちが始まったとなれば花見の客は十重《とえ》二十重《はたえ》に取り巻いて大騒ぎになるだろう。充分に見物が集まったところを見計らって、仲裁に入るのが六部《ろくぶ》（注・行脚僧）に扮した男。皆が固唾《かたず》を飲んで見守るなか、背中の笈櫃《おいびつ》から取り出すのは経文にあらず、酒肴《しゅこう》と三味線。不審に思う見物を尻目に、最後は四人でかっぽれの総踊りとなる。わけが分からぬまま見守っていた見物も、ここまでくれば茶番と分かるから、「いよっ！　ご趣向、大当たり」「日本一！」と大評判になるだろうというわけ。

さっそくそれぞれに役を振り当てて稽古《けいこ》をし、決行の日を待つことになった。これで茶番が上手くいけば話にも何にもならないが、こういうことはたいてい上手《うま》くいかないもので……。

当日、六部に扮した男が花見に向かおうとすると、間の悪いことに途中で親類の叔父さんにバッタリ出会った。この叔父さんというのが、早飲み込みで相手に口をきかせない人だから、茶番などとは夢にも思わず、甥《おい》っ子に往来で説教を始めてしまう。

「この野郎、そんな恰好をしやがって家出でもするつもりか。年取ったお袋を一体どうするつもりだ」「いえ、叔父さん違うんです。これはね、花見の趣向なんですよ」

わけを話そうとするのだが、この叔父さん耳が大変に遠い。

「なにい？　サガミからシコクへ行く？」

まったく話が通じていない。それどころか、家へ来いとグイグイ身体を引っ張っていこうとする始末。連れて行かれちゃ仇討ちの仲裁に間に合わないんだが、叔父さんの強引さには逆らえない。

仕方がないからひとまず付いて行き、叔母さんに事情を話して逃がしてもらおうと思ったのだが、またしても間の悪いことに叔母さんは留守。じっくり腰を据えてお説教という羽目になってしまった。もうこうなったら非常手段に訴えるしかないと、笈櫃の中からおもむろに酒を取り出した。

「叔父さん、こんなものがございますが」「おや、仏に仕える気になったのかと思えば酒なんぞ入れてやがる。そんなことで修行ができるとでも思っているのか、とんでもねえ奴だ。しかしまあ、せっかく出したものだから一杯もらおうか」

酒好きの叔父さんにどんどん飲ませ、酔いつぶして逃げ出そうとい

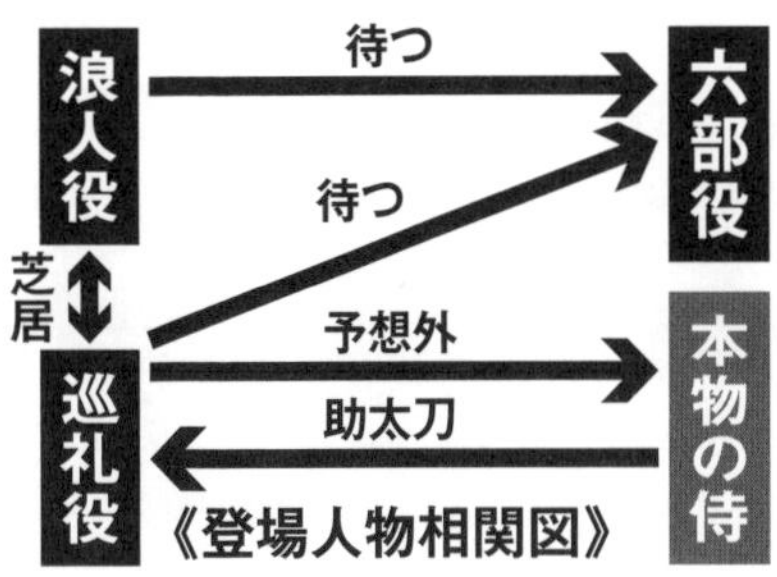

《登場人物相関図》

う魂胆だ。ところがこの叔父さん、めっぽう酒に強い。付き合って飲むうち、六部の方が先に酔っ払って、寝込んでしまった。

一方、巡礼兄弟に扮した二人。歩く道々立ち合いの稽古をしようとしたのはいいのだが、夢中になるうち往来を歩く侍《さむらい》に突き当たってしまった。しかもこの侍、べろべろの酔っ払いときているから余計にタチが悪い。武士に突き当たるとは無礼千万、打ち首にしてくれるから巡礼兄弟それへ直れと大声で脅してきた。二人は真っ青になって謝るが、武士の方ではなかなか承知をしない。と、そこへ仲裁に入ってくれたのが、酔っ払いの同役らしい侍。

「これこれ、貴公は酔うと人にからむのでいかん。ひとまず話をきいてやりましょう」

どうにか助けてもらわなきゃ命がないと思うから、巡礼兄弟ここぞとばかりに仇討ちの一件を申し立てると、このデタラメが功を奏した。

「武士の魂が忘れられたような世にあって、仇を討つため巡礼とは見上げた心掛け。そのような大望ある者たちなら見逃してやろう。敵に出会ったならば助太刀《すけだち》もしてやるぞ。さあ、行きなさい」

ようやく許してもらい、花見にかけつけた頃には、とうに約束の刻限を過ぎている。浪人役はもうカンカンだ。かねて決めたセリフで、さっそく茶番の幕開きとなる。

「卒爾《そつじ》ながら、火をひとつ、御貸しくだされ」「ささひとつ、お点《つ》けなせえ」「や、汝は何の誰兵衛よな。ここで会ったが盲亀《もうき》の浮木《ふぼく》（注・めったにない幸運にめぐり会うこと）。いざ尋常《じんじょう》に勝負勝負！」

さあ仇討ちが始まったってんで、花見の客はワーワー押し寄せてくる。

「集まって来たよ。ずいぶん大勢だねえ」

ここまでは寸法どおりで問題なかったが、困ったことに六部が出てこない。それもそのはず、叔父さんの家にいるんだから出てこられるわけがない。三人はそんなことを知らないから、仲裁が来るのをひたすら待って、汗をかきかき立ち回りを演じている。

そこへ通りかかったのが、さっきの侍。野次馬《やじ》の口から巡礼兄弟の仇討ちがあると聞いて大興奮。

「おお、これは先程の巡礼兄弟。運よく仇にめぐり会えたと見える。よし、こうなったら我々も助太刀いたそうではないか。おーい巡礼兄弟、安心しなされよ、我らが助太刀に参ったぞ」

大変なことになった。本物の武士に刀を抜かれたんじゃ、こっちの命が危ない。敵役の浪人者は一目散に逃げ出した。そうなると巡礼兄弟の方も今さら嘘とは言えないから、浪人者と一緒になって逃げ出した。見物は一様にキョトンとするばかり。

「ああ、逃げやがったよ。逃げた逃げた。おやおや、こりゃおかしいや。三人で逃げてるよ」

助太刀に加わろうとした侍も、びっくりして巡礼兄弟に呼びかける。

「おいおい、逃げるには及ばん。拙者《せっしゃ》の見たところ勝負は五分だ。五分だぞよ」

呼びかけられた巡礼、ほうほうの体で逃げながら答えていわく。

「へえ。勝負は五分《ごぶ》でも、まだ六部が参りませんから」

酢《す》豆《どう》腐《ふ》

食通もうなる、そのお味とは…

若い連中が集まって一杯やった翌日、改めて飲み直そうということになった。ところが、揃《そろ》いも揃って懐具合が寂しい。こういう場合だから、肴《さかな》を都合《つごう》するといっても頭を使わなきゃいけない。

「何かないかね、いい肴が」「あるよ。台所へ行って糠味噌桶《ぬかみそおけ》をかき回してみねえ。思わぬ古漬《づ》けがあるもんだ。こいつを細かく刻んで水に泳がせ、布巾《ふきん》で絞って覚弥《かくや》の香々《こうこ》ってのはどうだい」

なるほど、いい考えだ。しかし、これだけ頭数が揃っていながら、糠味噌桶に手を突っ込んで古漬けを出してやろうという者がない。糠味噌に手をいれるというのは、いい若い者のすることではないから無理もないことだ。皆で「親父の遺言で糠味噌を出せない」とか、「いま留守です」とか、勝手な言い訳をしてばかりいる。そこへうまい按配《あんばい》に通りかかったのは、男っぷりを売り物にしている町内の半公《はんこう》。これを騙《だま》して古漬けを出させればいい。

「おい半ちゃん。お前の好きなミイ坊が、お前を褒《ほ》めてたぞ。人に頼まれたら嫌と言えない立て引きの強いところがいいって」

そう聞かされた半公は、その気になってふんぞり返っている。

「お前、立て引きが強いんだってな」「当たり前よ。おれは人に頼まれたら嫌とは言わねえってんだ」

「そうかい。それじゃあ悪いけれども、糠味噌の古漬け出してくれねえか」

これでは半公も、糠味噌を出さないわけにいかない。

「分かったよ、畜生。だけども、糠味噌桶に手を入れるのだけは勘弁《かんべん》してくれ。そのかわり肴を買う金をおれが出すから」ってんで、糠味噌は出ないが、いくらかの金が残った。

そうこうしているうち連中の一人が、昨日の豆腐《とうふ》が残っていたことを思い出した。

「おい、あの豆腐どうした。与太郎に預けた？　大丈夫かい」

当人に聞いてみると、大丈夫なところへしまったという。

「なんだい、大丈夫なところってのは」「あのね、大きくって重たい釜《なべ》があっただろ。あれで豆腐に蓋《ふた》していたから安心」

大きくて重たい釜というのは、昨日それで湯を沸かして、酒の燗《かん》をするのに使った釜に違いない。こんな暑いさなかに、湯を空けたばかりの釜で蓋をしたら、中の豆腐が無事なわけがない。

「本当に間抜けだな、お前は。ちょっと蓋をどけて中身を見てみな。ほーら、言わないこっちゃねえ。腐ってら」「本当だ。黄色くなっちゃった。毛がポーッと生えて、シャツの裏みてえだ」

何を言っても感じないやつだから小言を言う甲斐《かい》もない。やたらな

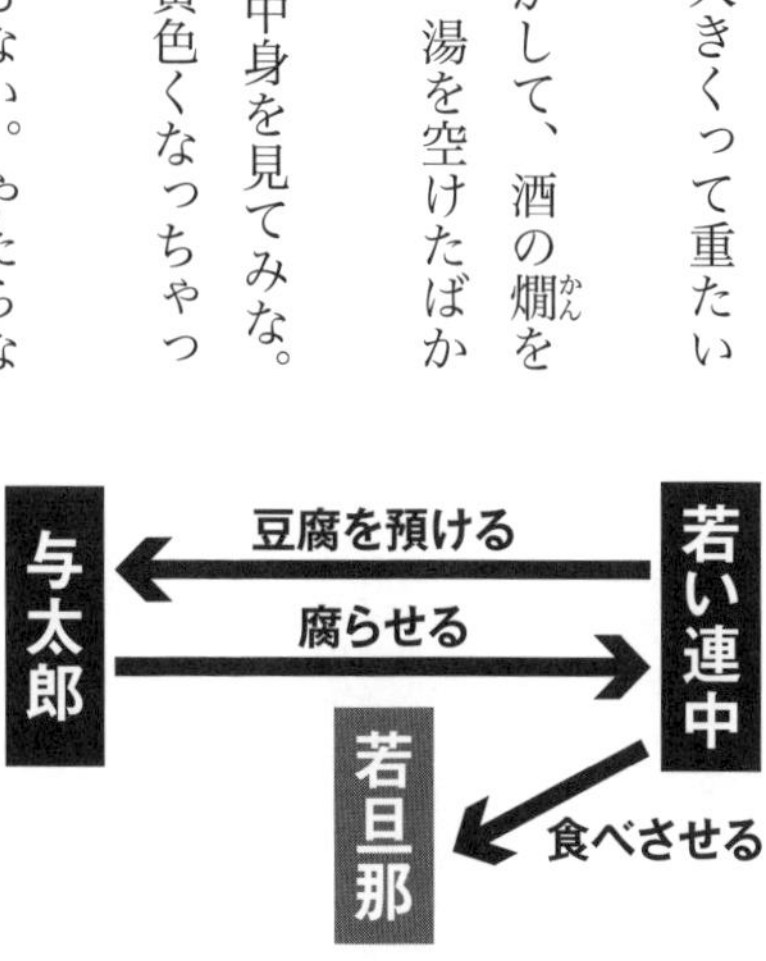

《登場人物相関図》

ところへ捨てちゃいけない、地べた三尺ばかり掘って、よく埋めておけと話していると、今度は表を横丁の若旦那《だんな》が通りかかった。通人《つうじん》（注・とびきりの粋人）ぶって、変なところから声を出すんで、皆に嫌われている人だ。

「おい、みんな見ねえ。中にあれを呼び入れてね、この腐った豆腐を食わせちまおう」

相手に悟られないよう事を運ぶんだから、余計なことを言っちゃいけない。おれに任せておけとばかり、新ちゃんが声を掛けた。

「もし、ねえ若旦那」「オヤ、こんつわ」

開き加減の扇《おうぎ》を口許に当て、男だか女だか分からないような声を出している。さっそく呼び入れ、なんだかんだとおだててその気にさせる。程よいところで食べ物の話に切り替えるという策略だ。

「あなたは御通人だから、いろんな珍しいものを召し上がってるでしょう。じつはよそからの頂き物で、あっしたちに食いようの分からねえものがあるんですがね」「はあ、拝見しやしょう」

ここで登場するのが、さっきの豆腐だ。

「これなんですがね、いかがでしょう」「オヤ、よくこれが手に入ったね」

脇で聞いている連中は、もうおかしくって仕方がない。

「よく手に入ったってえと、やっぱり食いもんですか、これは」「食いもんですか、なぞ訊ねるのは愚の極みだねえ。モチリンです」

知ったかぶって食い物だと認めさせてしまえば、もうこっちのもの。食べ方を知らないから若旦那にここで食べて欲しいと皆で頼み込む。自分が食べなきゃいけないものだと気付いた若旦那、大あわてで「夕餉《ゆうげ》の膳にするから持ち帰りたい」とかなんとか言って誤魔化そうとするのだが、そんなことで許すような連中じゃない。どうしてもこの場で食わなきゃいけないという空気をつくって若旦那を追い詰める。若旦那、もうにっちもさっちもいかなくなった。

「さいですか。では失礼をも省みず、頂くことにいたしやしょう」

箸《はし》でつまもうとするのだが、腐っているから、すぐに崩れてなかなかつかめない。

「鼻にツーンと来るね。目にもピリッと来る。この目ピリ鼻ツンなるものが、じつに結構」

何を言っても、これを食わないと帰れないと観念したものか若旦那、思い切って豆腐を口の中へ。

「ウプッ……ムム……」

やっとのことで飲み込んだかと思うと、扇を広げて自分の頭を盛んに仰ぎ、冷や汗を飛ばしながら、

「いやあ、オツだねえ」

えらいもので、最後の最後まで知ったかぶりを通し切ってしまった。

「食ったよ、おい。いや若旦那、恐れ入りました。これは一体なんてえものです？」「拙《せつ》の考えでは、酢豆腐でげしょう」「うまいね、酢豆腐なんぞは。若旦那、たんとお上がんなさい」

「いや、酢豆腐はひと口にかぎりやす」

あくび指南《しなん》

習い事にもいろいろあります

昔は町内に何軒も習い事の稽古所《けいこ》があり、「剣術指南《しなん》」とか「小唄《こうた》指南」とか看板を掲げ、それぞれ大いに繁盛したもの。そんななか、今度できたのはちょっと風変わりで、その名も「あくび指南」。黙っていても出るはずのあくびを、わざわざ教えようというのだから、一体どんなことをするものか。教える方も教える方だが金を払って教わろうという奴がいるのだから、まったく世にお調子者のタネは尽きまじということか。

ある男、友達を誘って行こうとすると、「いやなこった、あくびを教わるなんて。そんな間抜けなことに付き合えるもんか」とそっけない。

そうはいっても初めてのことではあるし、一人では心細い。そばで見ていてくれるだけでいいから頼むよ、と説得して、二人で出向くことになった。

師匠に対面して話をきくと、たかがあくびと侮《あなど》れない。思いのほか奥の深いもので、四季によってそれぞれ違ったあくびがあるのだという。

まず教わったのは夏のあくび。大川《おおかわ》の舟遊びで出るあくびという設定だ。

「おい、船頭さん。船を上手へやっておくれ。堀へ上がって一杯やって、晩には新造《しんぞ》（注・若い花魁）

でも買って遊ぼうか。舟もいいが、一日乗ってると、退屈で、退屈で、ファ……アア、ならない」

初心者向きという割には難しい。師匠が言うとおり続けて稽古をしてみるのだが、なかなか上手くいかない。

「オーウ船頭さん、船ェ上手へやってくんねえ。堀から上がって一杯ひっかけ、吉原《よしわら》へ行くってえと、馴染《なじ》みの女が出てくるってえやつだ。『お前さん、ここのところ来てくれないじゃアないか、よそで浮気でもしてるんじゃないの』なんて言われるね。『そんなことはないヨ』っておれが言うよ。するってえと女が……」

何度やっても途中から女郎の惚気《のろけ》になってしまうので、同じことの繰り返し。

さすがの師匠もサジを投げんばかりで「ずいぶん不器用なお方だなあ」

そばで見ている友達もすっかりあきれ顔。

「いい大人が二人して、何をくだらねえことをしていやがるんだ。面白がってる自分たちはいいや。見ているおれの身にもなってみろ。こっちの方がよっぽど退屈で、退屈で、ファ……アア、ならねえ」

そのあくびを見て師匠が思わず一言。

「あ、お連れさんの方がご器用だ」

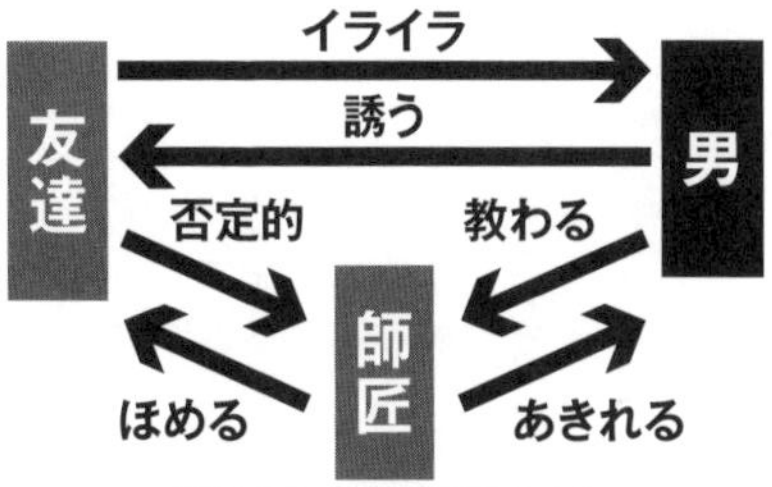

《登場人物相関図》

目黒《めぐろ》のさんま

思い出してはまた食べたい

さるお大名。急に思い立って、目黒《めぐろ》まで遠乗り（注・馬に乗っての遠征）に出かけた。昼になって弁当を所望されるが、急なことで準備をしていない。

どういうわけで弁当を用意しないのだ、と家来を責めれば誰かが腹を切ることにもなりかねない。そういうことを言ってはいけませんよと教えられて育った殿様だから、ひとり黙って空腹に耐えている。ひもじい思いで眺める秋の空はいよいよ高く、ピーと鳴きながらトンビが飛んでゆく。やがて西の空に雁《かり》の姿を見出すと、殿様ますます悲しくなって、家来に向けてつぶやく。

「これ、三太夫。あの雁は、弁当を食したであろうか」「おいたわしゅうございます」

やがて、近所の農家から美味《うま》そうな匂い。聞けば秋刀魚《さんま》を焼いているのだという。

「その秋刀魚、目通り許す。求めて参れ」

青空の下、すきっ腹で焼きたての秋刀魚を生まれて初めて食べたんだから、不味《まず》かろうはずがない。お殿様、すっかりご機嫌うるわしくご帰城になった。それからはもう頭の中は秋刀魚のことばかり。

ところが屋敷では秋刀魚などという下魚《げうお》（注・庶民が食べる安い魚）は供されない。家来からの申し出で、秋刀魚を食べたことすら口外せぬよう口止めされているから、ただただ「目黒はよい所であった」と回想にふける日々が続いた。

ある日、招待された先で「食事はお好きなものを何なりと」と言われた殿様。ここぞとばかりに秋刀魚をご所望。驚いたのは台所方で、さっそく魚河岸からとびきり活きのいいのを取り寄せた。

ところが、殿様に差し上げるものとして秋刀魚というのは小骨が多すぎるし脂も強い。思案の末、毛抜きですべての小骨を抜き、蒸しに掛けて脂をすっかり抜くことにした。

蒸し器から出てきた秋刀魚は可哀相《かわいそう》に、もうパサパサ。さすがにこんな見苦しいものをお出しするわけにはいかないから丸めて団子にし吸い物に浮かべて、ようやく「お恐れながら」と殿の御前に差し出した。

殿様の方では、例の「黒やかなる長やかなる魚」が出てくると思っていたのに、お椀《わん》が出てきた。

変に思うのも無理はない。蓋《ふた》を開けて匂いをかぐと、かすかに秋刀魚らしい香り。口に運んではみるものの、脂抜きの秋刀魚が美味《うま》いわけもない。殿様顔をしかめて家来を呼びよせ訊ねる。

「この秋刀魚、いずれより仕入れたか」「されば日本橋、魚河岸《うおがし》にて」

「それでいかん。秋刀魚は目黒に限る」

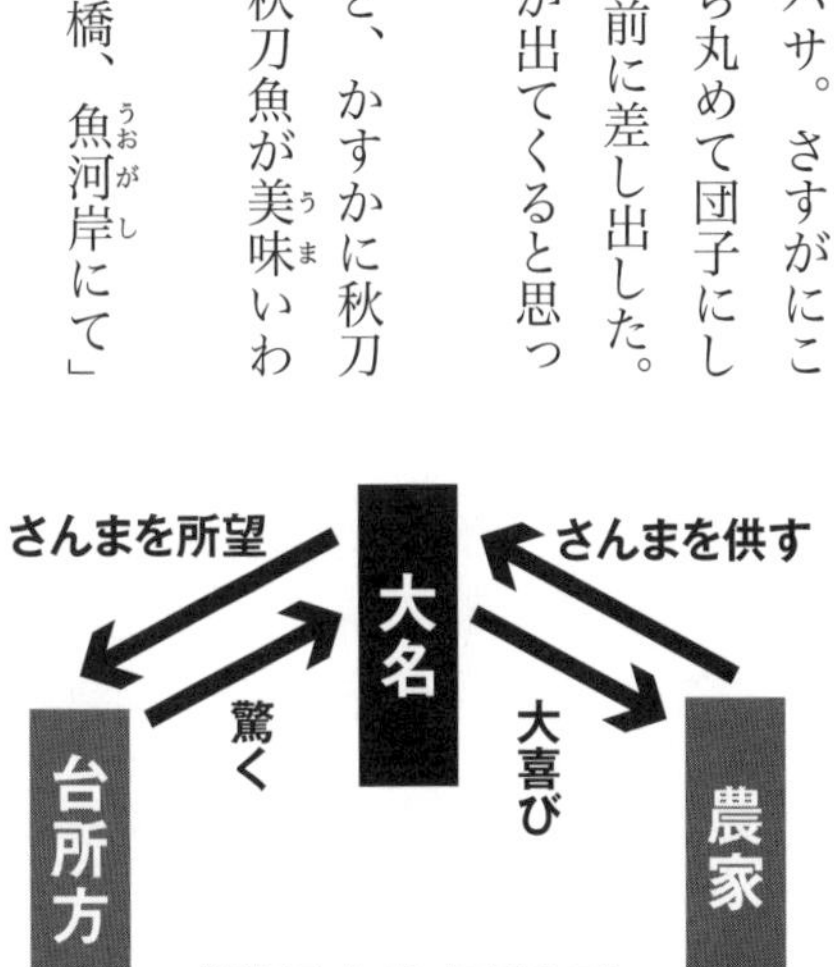

《登場人物相関図》

化物《ばけもの》使《づか》い

引越し先には…出るんです

人づかいが荒いことで有名な隠居の家では、雇う奉公人が次々と去ってゆく。

「私もほうぼうへ奉公しましたが、こちらのように人づかいが荒くちゃ、とても辛抱《しんぼう》なりかねます」

申し合わせたように同じことを言ってやめてゆくなか、権助《ごんすけ》という男だけは隠居の言い付けを見事にこなしていたのだが、その権助もまた暇を取りたいと言い出した。隠居としては面白くない。

「なんだい。人づかいが荒いからやめるって言うのかい」

「いや、そんなことではねえ。おらぁ人づかいの荒いのは、もう慣れやした。お暇をいただきてえという本当のわけは……」

権助が言うには、こんど引越す予定の家が近所で評判の化物屋敷《ばけものやしき》。そんなところへは付いてゆけないから暇を取るというのだ。

そんな馬鹿なことがあるはずがないと隠居が引き止めても権助の意志は固く、引越しの日まで勤めて暇を取ることになった。

新居にひとり残された隠居も困ったが、明日になったら口入れ屋《くちいれや》（注・斡旋屋）に次の奉公人を世話してもらえばいい、今日は早めにやすもうと部屋の片隅を見ると、見慣れない子供が座っている。

どこかの小僧が迷い込んできたのかと思うと、なんとこれが一つ目小僧ではないか。噂《うわさ》どおり化物が出たのだから、飛び上がって驚くとか逃げ出すとかするところだが、この隠居の場合そんなヤワにできていない。こりゃ良いとこに出てきてくれたとばかり、茶碗を洗わせ、布団《ふとん》を敷かせて肩まで叩かせる。

一つ目小僧だってそんな仕事に慣れているわけがないから、小言を言われつつやっとの思いで用をこなす。そのうえ、用はいくらでもあるんだから、明日はもっと早く出て来いと催促《さいそく》される始末。隠居の方では、人を雇う必要がなくなったと大喜び。

翌日待っていると、現れたのは小僧ではなく大入道《おおにゅうどう》。ところが今度も隠居はいろんな用を言い付けてこきつかう。

その翌日はのっぺらぼうの女。これにも針仕事などをやらせる。とにかくどんな化物が出てきてもちっとも驚かない。

すると、次の日に現れたのは一匹の小狸《こだぬき》。どういうことかと思ったらそれまでの化物は、この小狸が化けていたものだというのだ。感心する隠居に、小狸は涙ぐみながら暇を貰《もら》いたいと言い出した。

「私もほうぼうへ化けて出ましたが、こちらのように化物づかいが荒くちゃ、とても辛抱《しんぼう》なりかねます……」

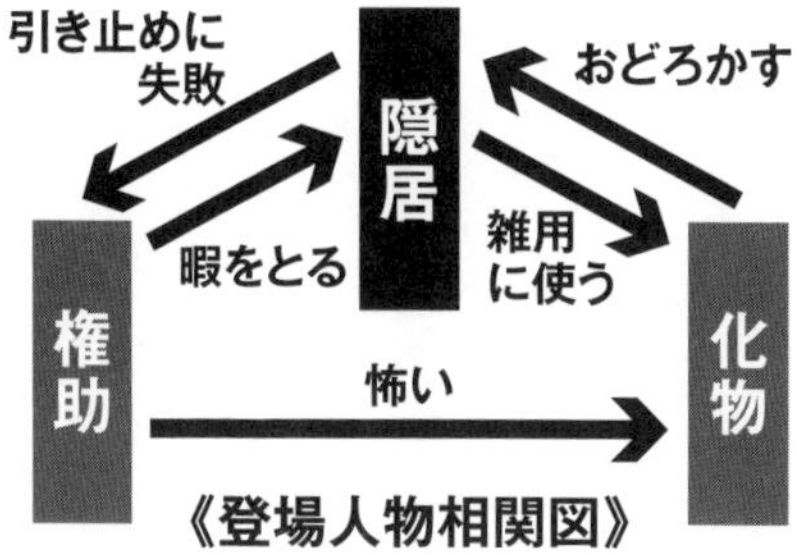

《登場人物相関図》

長屋《ながや》の花見《はなみ》

貧乏人の大宴会

大家から長屋中に呼び出しが掛かった。さしずめ店賃《たなちん》の催促だろう、というわけでまずは店子《たなこ》同士、顔を揃えて協議に及んだ。

「おい、与太郎《よたろう》。お前、店賃どうなってる。ちゃんと払ってるか」「店賃って、なんだ」「おい、店賃を知らない奴がいるよ。大家さんとこへ持ってくオアシだ」「ああ、それはまだ貰《もら》ってねえや」貰う気になっている奴がいる。他にも十八年前に長屋へ引っ越してきたとき一度だけ払ったとか、親父の代に一度払った記憶があるなどというツワモノまでいる。結局どいつもこいつも似たり寄ったりだから、謝るしかなかろう、と一同大家の家へ。

ところが大家の話というのは店賃の催促ではなく、長屋で花見に行こうということだった。酒は一升瓶に三本、卵焼きとカマボコも用意してあると聞いて一同すっかり恐縮するが、よくよく話を聞けば恐縮するほどのこともない。酒というのは、じつは番茶を煮出して水で薄めたもの。卵焼きは色の似ているところからタクアン。カマボコは月型に切った大根のお香々《こうこう》だ。

大家が乗り気なので一同仕方なく出かけることになった。とはいえ、いやいや付き合っている連中だから、バリバリ音をたてて卵焼きを喰うし、カマボコは練馬《ねりま》が本場だとか、消化にいいので千六本《せんろっぽん》に切って汁の実にするとか妙なことばかり言い出す。

「大家さん、きっと長屋に祝いごとがあるよ。湯飲みをごらん、酒柱が立ってる」

まったく大家の思い通りにはいかない。


やがて、どうにかして本物の酒を飲みたいものだと誰かが言い出すと、別の誰かがアイディアを出した。豪勢な花見をしている女連れの前で馴《な》れ合いの喧嘩《けんか》をする。巻き込まれて怪我《けが》をしちゃ大変と、酒肴《しゅこう》を放り出して逃げるだろうから、そいつを皆で頂戴《ちょうだい》しようというのだ。実際にやってみると思い通りになって、本物を飲んだり食ったり大盛り上がりの宴会になった。


ところが、逃げた花見客の一人が、この様子を見て強面《こわもて》で苦情を言いに来た。いざとなったら実力行使というわけで、手には酒樽《さかだる》を提げている。悪いのは長屋の連中なのだが、そんな理屈が通じる奴らではない。

「なんだ、おれたちとやろうってのか」と大勢で恐い目つきをする。

苦情など言ったらどんな目に遭《あ》わされるか分からない。

「いえ、別にそういうわけでは……」「だったらどうして酒樽を持ってるんだ」「酒のおかわりを持ってあがりました」

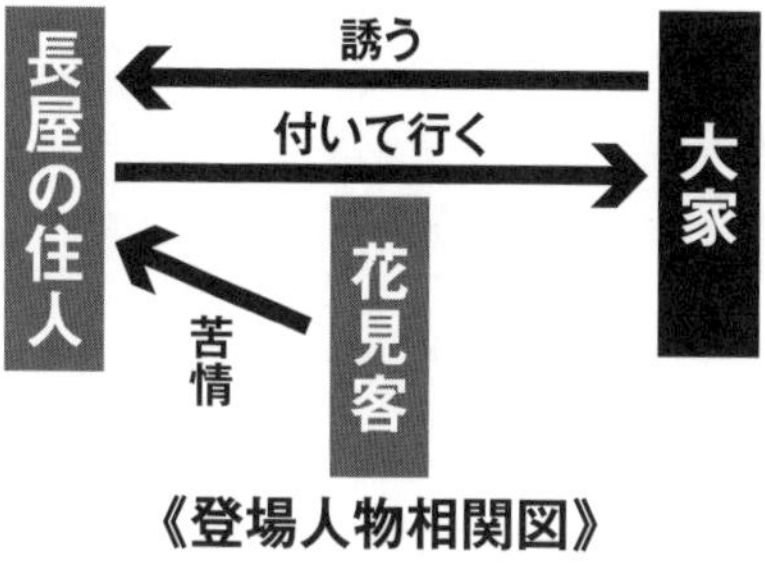

《登場人物相関図》

ぞろぞろ

お稲荷さんのご利益で商売繁盛

浅草田圃《あさくさたんぼ》の真ん中に太郎稲荷《たろういなり》という社《やしろ》があり、以前はたいそう繁盛したものだったが、ここのところはさっぱり。社の前にある一軒の茶店も、参詣《さんけい》客がないものだから、客足が遠のいて久しい。それでも茶店の老夫婦は、お稲荷様への信仰があつく、供え物などをして毎日の参詣を欠かさないでいた。

そんなある日、夕立の雨宿り客が茶店に立ち寄ったが、雨が上がって出て行ったかと思うとすぐに戻ってきた。道がぬかるんで滑ってあぶないから、草鞋《わらじ》を売ってほしいという。この茶店、駄菓子や荒物《あらもの》（注・日用雑貨）なども商う店なのである。一足だけ残ったまま、ずいぶん売れないでいた草鞋だったが、思わぬことで売り切ることができた。

しばらくすると別の客が入ってきた。この客も同じように草鞋が欲しいという。

「申し訳ないことで、一足だけあったんですが、たった今売り切れちまいまして」と、さっきまで草鞋の下がっていたところを見ると、もう一足下がっている。

どうもおかしい。たしかにさっきは一足しか残っていなかった。それがもう一足増えたというのはどういうわけか。不思議に思いながらも草鞋をグイと引っ張ると、あとから新しいのがゾロゾロッと出てくるではないか。そして出てきた草鞋を次の客に売ると、また新しいのがゾロゾロ……。次から次から限りなく新しい草鞋が出てくるようになった。

これはきっとお稲荷さまのご利益に違いない。霊験あらたかなお稲荷さまだと評判になると、参詣客も以前のように増える。茶店にも入りきらないほどの客が押し寄せて、出てくる草鞋を次々に買っていく大繁盛と相成った。この噂《うわさ》を聞きつけた近所の床屋の親方。この床屋も以前の茶店のように閑古鳥が啼《な》いていたから、普段は信心の気持ちなどさらさらないが、ここぞとばかりにお稲荷様にすがって繁盛させてもらおうと考えたのである。

「お稲荷さん、前の茶店のように私のところも客が来るように、お願いしますよ」

一生懸命になって祈願した。帰ってみると、店の前には黒山のような人だかり。すべて自分のところへ来たお客だという。これが本当にお稲荷さんのご利益なら、今の客がすべていなくなっても、次から次へとゾロゾロ新しい客がきてくれるに違いない。

親方大いに喜んで、研ぎ澄ました剃刀《かみそり》で客のヒゲをスーッと剃《そ》ると後から新しいヒゲがゾロゾロ……。

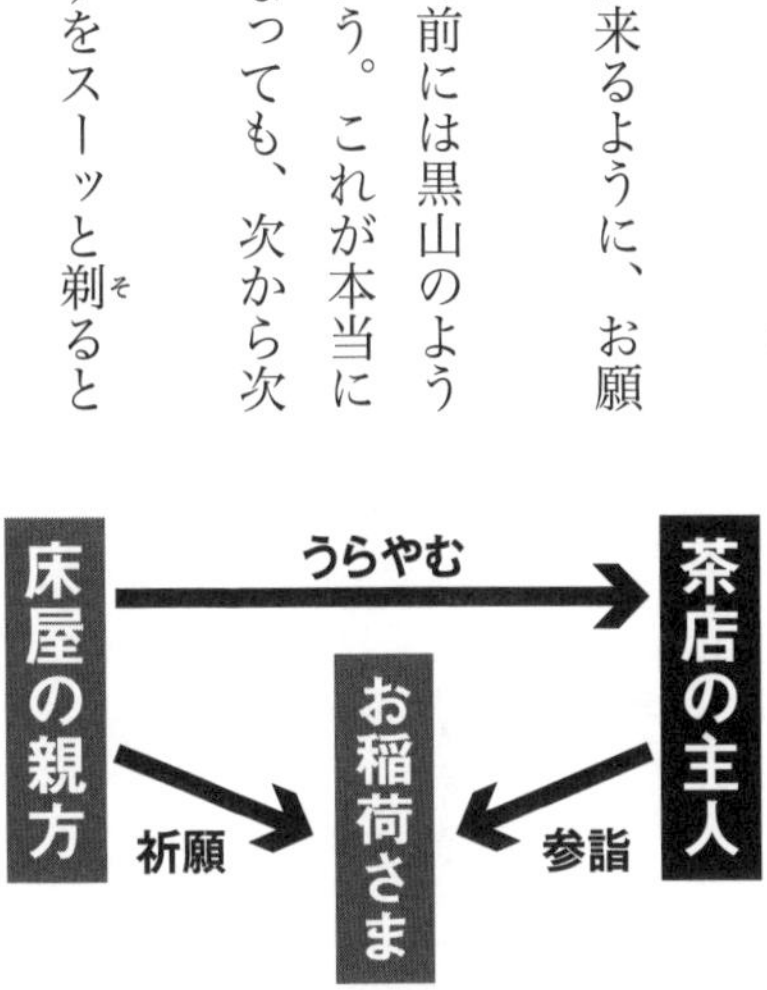

《登場人物相関図》

あたま山《やま》

頭のてっぺんから木が生えた！

ごくケチな男がさくらんぼを食べたあと、口の中に残ったタネを、もったいないってんで飲み込んでしまった。なにしろ人の身体は温かいし、水気にもこと欠かないから、しばらくすると腹の中でこの種が芽を出した。だんだん育って木になったかと思うと、ぐんぐん伸びて頭を突き破り、しまいには枝を拡げて桜の大木になった。

やがて春が訪れ、この木に花が咲くと、「あたま山の桜」と呼ばれて、世間で大評判になった。そうなると近郷近在から大勢の人が花見に押しかける。男の頭の上で飲めや歌えの大騒ぎだ。

昼間だけならまだ良かったが、夜桜としゃれこむ人が出てくるようになると、一日じゅう頭の上に人が絶えない。静かに見物してくれるならまだいいのだが、人出が多くなるにつれ、迷子になって泣き出す子供は出る、酔って喧嘩《けんか》を始める奴が出る、とうとう幹に立小便をする者まで出てきた。これではいくらなんでも我慢《がまん》がならない。

そもそも頭の上に木があるから悪いのだ。こんなものは抜いてしまえばいい。それには頭の上の人たちに立ち退いてもらわなければならないが、と男はおもむろに頭を左右に振り始める。

花見客は「それっ、地震だ」ってんで、蜘蛛《くも》の子を散らすように逃げ出し、頭の上には人っ子ひとりいなくなった。

そこでやおら桜の木に手をかけ、思い切ってグッと引き抜いた。頭の真ん中に大きな窪《くぼ》みができてしまったが、これで夜はぐっすり眠れるようになるのだから、ひと安心だ。

さて、この男がしばらくして用足しのために外出すると、帰り途《みち》で夕立に遭った。家に戻るころには、頭の上の窪みに水がたまって池ができている。

すぐに捨ててしまえばいいものを、なにしろ根がケチだから、雨でもなんでも自分の身についたものを捨てるということができない。

そうこうするうちに、ダボハゼだのフナだのドジョウだのが涌《わ》き始め、それを目当てに今度は子供が釣りにやってくるようになった。

糸が切れたと言っては泣き、隣の子と糸が絡んだと言っては喧嘩《けんか》をするというわけで、またしても頭の上が煩《わずらわ》しくて仕方がない。

子供が帰ったかと思うと、芸者や幇間《ほうかん》を引き連れて賑《にぎ》やかに舟遊びをする奴がある、網打ちをする奴があるというわけで、今度もまた眠れなくなってしまった。

これではとてもたまらない。すっかり気が滅入ってしまった男は、世をはかなんで自分の頭の池へ身を投げた。

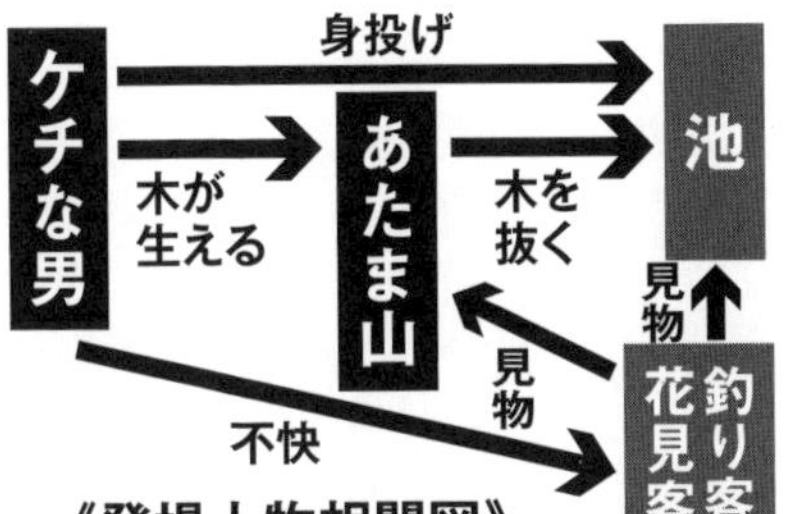

《登場人物相関図》

猫《ねこ》の皿《さら》

皿を射んとすれば、まずは猫から

骨董《こっとう》を安く買いつけ、店に卸して利を稼ぐ果師《はたし》という商売。田舎を廻って品物を安く買い叩き、それを江戸へ持ってきて高く売るんだから、結構な儲《もう》けになる。とはいえ、これといった品が常にあるとは限らない。ときには骨折り損のくたびれ儲けということもあり……。

川越宿《かわごえ》にある茶店へ腰掛けた一人の果師。掘り出し物を求めて歩き回ったが、今日はめぼしい収穫がなかった。茶屋の爺《じい》さんが淹《い》れてくれた茶を飲みながら、くさくさした気持ちでふと脇を見ると、なにやら目を引く焼き物が置いてある。近寄ってよく見ると、なんと高麗《こうらい》の梅鉢《うめばち》（注・絵高麗とも呼ばれる）という大変な皿。黙っていても三百両はする代物だ。こんな皿を何のために表に出しておくのかといぶかりながら辺りを見ると、茶屋の飼い猫らしいのが近くで欠伸《あくび》をしている。

「あの茶碗で猫に飯を食わせてるのか……。どんな茶碗だか知らないと見えるな。こいつはいいや、いっちょ親爺をだまくらかして、あの茶碗をふんだくってやろう」

将を射んとすれば、まずは馬から。皿などには何の関心もないような振りで、果師は茶屋の親爺に猫の話を始めた。

「爺さん、この猫はかわいい猫だねえ。どうだろう、この猫をゆずってくれないか」

はじめのうちは猫がいなくなると寂しいとかなんとか渋っていた親爺も、果師が三両の金を出すと言うと、喜んで譲ると申し出た。さあ、ここからが勝負どころだ。感づかれないよう事を運ばなければならない。

「ああ、そうだ。猫は、いつも食いつけた器でないと飯を食わないって話だ。せっかくだから、この器も一緒に貰っていこう」

これで皿をせしめてしまえばこっちのもの。田舎者をだまくらかすのは朝飯前だ。ところがここで親爺は語気を強め、皿だけはどうか勘《かん》弁《べん》してくれと言う。思いがけぬ展開に果師も一瞬ひるんだが、ここで引くわけにはいかない。

「いいじゃねえか。こんな汚い皿ぐらい」「いえ、駄目なんですよ、お客様。これは高麗の梅鉢といって、黙っていても三百両にはなる皿なんでございますから」

なんと茶屋の親爺は、ちゃんと知っていたのである。すっかり当てがはずれた果師、悔しまぎれに親爺に言う。

「どうしてそんな大事な皿で猫になんぞ飯を食わせるんだよ」「えへへ、この皿で飯を食わせておきますとな、猫が三両で売れますんですよ」

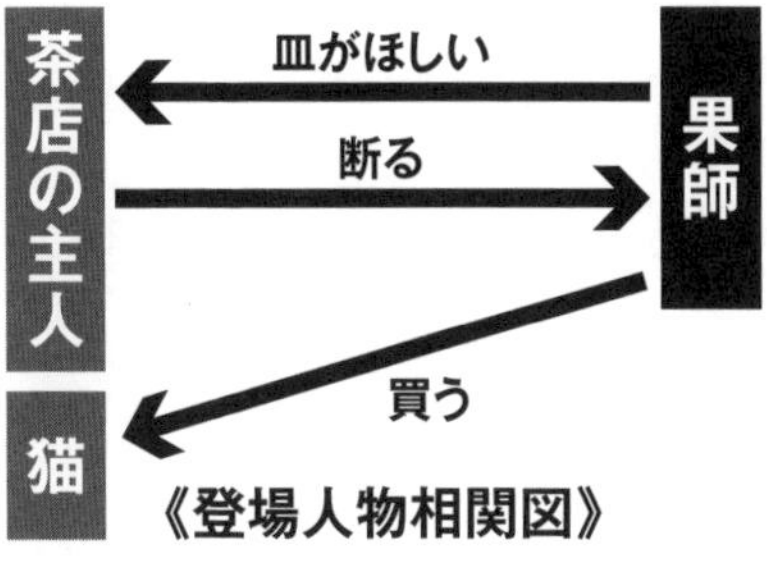

《登場人物相関図》

だくだく

何もない長屋から何を盗む？

長屋に引っ越してきたものの、何ひとつ家財道具がなく、恰好がつかない八五郎《はちごろう》。安上がりに道具を揃《そろ》える方法はないかと考え、洒落《しゃれ》半分で近所に住む絵の先生に頼み、長屋の壁に立派な家財道具の絵を描いてもらうことにした。

「面白いことを考えたもんだな。それではご近所のよしみで描いてあげましょう」

脇から八五郎がいろんな注文を出す。

「長火鉢《ながひばち》の絵の上に鉄瓶《てつびん》を描いてください。ああそうだ、せっかく鉄瓶を描くなら、湯が沸《わ》いて湯気の立ってるところもお願いします。それと猫が欠伸《あくび》をしている絵も」

なんだか変な注文だ。

「いやあ、ずいぶんたくさん描いてもらったなあ。お礼をしたいけど、今は懐が秋の暮れなんですよ。よかったら先生、金庫のところに札束が見えるから、あれでお払いするってわけには行きませんか」「ははは、何を言っておるのだ。あれは私が描いた絵ではないか。いや、お前さんから金をとろうとは言わんよ。よいよい。礼など気にするな」

有難いもので、先生は引っ越し祝いとして絵を置いていってくれた。さて、その晩の真夜中頃。

長屋に一人の泥棒《どろぼう》が入った。この泥棒、ひどい近眼でしかも新米。よりによって八五郎の家に忍び込んでしまった。ところが、箪笥《たんす》の把手《とって》に手を掛けようとしても把手がつかめない。金庫から覗《のぞ》いている札束を取ろうとすると札束がつかめない。ここまできて、ようやく壁の絵に気がついた。

「なんだい、あきれたねえ。こりゃ全部絵だよ。酒落のきつい奴だね。よーし、そっちがそういうつもりなら、おれだって盗ったつもりになってやろう」

泥棒さん、何を思ったか、箪笥の引き出しに手を掛ける振りで、仕方ばなしを始めた。

「引き出しを開けたつもり。良い着物がどっさり入っていたつもり。すっかり頂いたつもり。風呂敷を広げて着物を包んだつもり。背負ったつもり……」

誰かぶつぶつ言う声で八五郎が目を覚ますと、見知らぬ男が今まさに泥棒を働いたつもりになって、逃げ出そうというつもりになっている。

「ははあ、面白い泥棒だ。よし、ここは俺もひとつ、つもりで泥棒を捕まえてやろうじゃねえか……。さあさあ、長押に掛かった槍《やり》を取ったつもり。鞘《さや》を払ってリュウとしごいたつもり。泥棒の腹をエイッと突き刺したつもり！」

これでは、つもり芝居の掛け合いだ。

「うーん、突かれたつもり」「グイッと腹をえぐったつもり」

「だくだくっと血が出たつもり……」

うどん屋《や》

寒い冬の夜にずずっと一杯

往来を流して歩くうどん屋。野太い声で「なーべやーきうどん」と売り歩いていると、酔っ払いに声を掛けられた。この酔っ払い、さんざん自分のことを喋《しゃべ》ったあげく、うどん屋にお冷《ひや》を用意させ、ガブガブ飲みながら、うどんを取らずに帰ってしまった。うどん屋は客の機嫌を取りながら、時間と水を損しただけだ。

気を取り直して再び「なーべやーきうどん」と歩き始めると、近所の窓から奥さんらしい人の声。喜んで返事をすると、「子供が寝たばかりだから、静かにして」と苦情を言われる。

「何を言ってやがんでえ、静かにしてて商売になるか。あーあ、今日はツイてねえ」

愚痴《ぐち》を言いながら歩いている。すると今度は、遠くからごく小さな声で「うどん屋さーん」と呼んでいる客がいる。

「あんな小さな声で呼んでるってのは、一体どういうことかな。あ、そうか。お店の奉公人が主人に内緒で食べようってんだな。こりゃいいや。あれくらいの店なら奉公人も二、三十人いるだろう。うまく行きゃ今日の分は、ここで総じまいになるかもしれねえや。ありがてえ、ありがてえ」

せっかく相手が小さな声で呼んでいるのだから、こちらが大声で応えたらぶち壊しだと思い、客

のそばまで近づいてから
「へえ、うどんでございますか」と小声で応じる。いったいどれだけの数を注文してくれるのかと期待するのだが、客は相変わらず小さな声で、「ひとつ」

奉公人が分け合って食べるにしても、一杯というのはいくらなんでも少ない。

「ははあ、この人は試しに食べてみるんだな。まずは一人食べてみて、美味《うま》かったら皆で食べようってやつだ。そうなりゃこの一杯はことさら大事に作らにゃいけねえ」

丁寧に作って客の前に出す。客は美味そうにそれを平らげた。この調子なら、あと二十とか三十とか注文してくれるかもしれない。胸躍らせるうどん屋だが、客は一杯分だけの銭を置いて帰ろうとする。

うどん屋は期待が外れてがっかりだ。ところが客は、そのあとで思い出したことでもあるかのように、やはり小声で話しかけてきた。

さあ、うどん屋は大喜びだ。とはいっても、ここで大声を出してはいけない。あくまでも小声で応じなければならないのだ。

「へえ?」

すると、客は相変わらず小さな声で、「お前さんも、風邪《かぜ》をひいたのかい」

《登場人物相関図》

片《かた》棒《ぼう》

お葬式は豪華に？
質素に？

さる商家の大旦那《だんな》。長年、爪の先に火を灯すように貯めた金を、息子の代になって食いつぶされちゃかなわないというので、三人の息子を試してみようと思い立った。いざというときの金の使い方で本性がわかる。この先自分が死んだらどんな弔《とむら》いを出してくれるかを、順に訊ねることにした。

最初に入ってきたのは長男。

「これだけの身代《しんだい》に対して恥ずかしい弔いは出せません。通夜は二晩。参列者にお出しする酒肴はもちろん最高級品。遠慮して食べ物に手を付けない方のためにお土産の折りも用意します。お車代をお付けして、当家の屋号を染め抜いた引き出物を……」

聞いているうちにお父っつぁん、だんだん気が遠くなってきてしまった。こんな散財をする息子にはとても身代は譲れない。次に入ってきたのは次男。

「こちとら江戸っ子だ。人が聞いて、開いた口が塞《ふさ》がらねえような歴史に残る弔いを出そう。山車《だし》神輿《みこし》に鳴り物と芸者衆の手古舞《てこまい》かなんかで……」

親父の葬式をお祭りと勘違いしている。最後に入ってきたのは三男だ。こちらは二人とうってかわって父親に負けず劣らずの倹約家《けんやくか》。当然、弔いの出し方も半端ではないしみったれぶり。まず、棺桶《かんおけ》はどうせ燃やしてしまうものだし、高価なものを買う必要はないから菜漬《なづ》けの樽《たる》で代用するという。お父っつぁんを入れたら、周りに詰めるのは新聞紙だ。隙間が埋まるし、燃やす際の火付きもいいから一挙両得。そうして参列者には十時から出棺と通知をしておき、実際はそれより早く八時には出棺してしまう。遅れてやってきた参列者には、急に模様替えになったと言い訳をすれば済むし、そうすれば酒や肴《さかな》を準備して無駄《むだ》な入費を使うことはない、とこういう計画。

これを聞いた父親、膝《ひざ》を打って感心した。

「えらい！　この身代は、お前に譲ろう」

自分の葬式が安上がりに済まされると聞いて喜ぶんだから、この父親もよっぽどケチが身体に染み付いているらしい。さて、激安葬式プランの最終段階。

「じつは、ひとつだけ金を使わなければいけないことがあります。棺桶を縄で結わえて、前と後ろから天秤棒《てんびんぼう》を差《さ》し担《にな》いでお父っつぁんを寺までお運びしますが、片棒《かたぼう》は私が担ぐとして、もう片棒は金を払って人足を雇うことにしなければなりますまい」

するとお父っつぁん、にっこり笑って「いやいや、心配することはない。片棒はお父っつぁんが担いでやる」

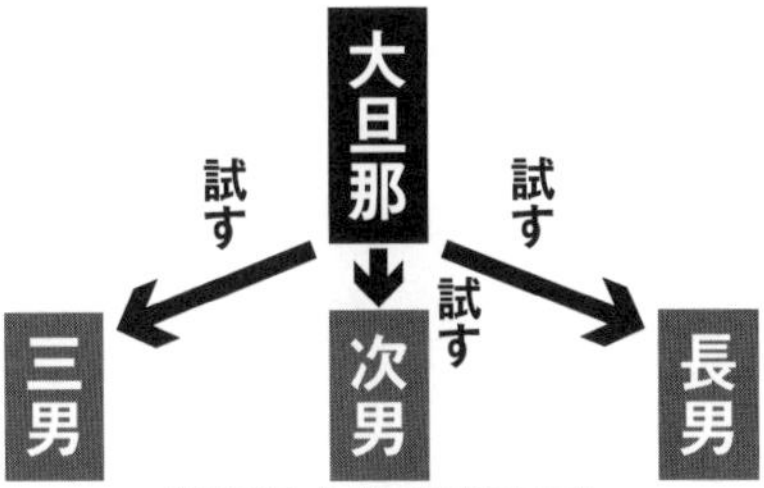

《登場人物相関図》

落語&寄席用語辞典

あ行

預かり弟子　あずかりでし
自分の師匠が面倒を見られないので、別の師匠の門下に入った弟子。

兄弟子　あにでし
同じ師匠に自分より早く入門した先輩。後輩は弟弟子。

色物　いろもの
寄席における落語や講談以外の出し物。名前が朱色の字で書かれたことに由来する。

一番太鼓　いちばんだいこ
寄席や落語会の開演前に打つ太鼓。終演後の太鼓は、「打ち出し」や「追い出し」という。

入り　いり
観客の入り具合。

後ろ幕　うしろまく
真打昇進披露目の時、高座の後に掛ける幕。後援者から贈られることが多い。

五代目円楽一門会　ごだいめえんらくいちもんかい
五代目円楽一門が所属する落語家の団体。

大看板　おおかんばん
寄席を満員にできるほどの大物落語家。「一枚看板」とも。

大喜利　おおぎり
落語家が何人か出てきて謎掛けなどを演じる余興。日本テレビ系のバラエティ番組「笑点」で有名になった。

大師匠　おおししょう
自分の師匠の師匠。その逆は孫弟子となる。また、江戸末期から明治にかけて活躍し、江戸落語中興の祖といわれている三遊亭圓朝《えんちょう》を指す場合もある。

お題話　あだいばなし
客からキーワードをもらって仕立てる噺。関連して三題噺《さんだいばなし》は客席から三つのお題を出してもらいひとつの噺に仕立てるもの。現在は即興芸とされているが、昔は持ち帰って、後日披露することもあった。

オチ　おち

噺の最後にいう締めのひと言。サゲとも。地口オチ、見立てオチ、仕草オチ、トントンオチなど、多形態あり。

お中入り　おなかいり

休憩時間。「仲入り」とも。休憩時間の直前に高座にあがる場合は、比較的大きなネタをかけることが多く、その出番を仲入りとも「中トリ」ともいう。

お囃子　おはやし

出囃子《でばやし》。または出囃子や落語の間に入れる音曲を奏でる三味線方。「下座」ともいう。

か行

開口一番　かいこういちばん

最初の出し物。寄席や落語会では前座の高座が多い。

怪談噺　かいだんばなし

夏場に演じられることが多い、幽霊が出てくる噺《はなし》。

楽屋落ち　がくやおち

内部事情に詳しい人に受けるネタ。効果的なこともあるが、一般的にはあまり歓迎されない。

楽屋帳　がくやちょう

ネタがかぶらないように、その日に高座にかかった噺の題名を書きとめておく帳面。ネタ帳とも。

かぜ　かぜ

扇子《せんす》のこと。

上方落語協会　かみがたらくごきょうかい

関西の落語家が所属している親睦団体。

木戸　きど

寄席や演芸館の入口、受付。

木戸銭　きどせん

入場料のこと。

くすぐり　くすぐり
笑わせどころ。ギャグ。

廓噺　くるわばなし
吉原《よしわら》や品川《しながわ》など、遊郭を舞台にした噺。

高座　こうざ
寄席の舞台。客席より高いところにあることから名付けられた。芸そのものを指すことも。

高座返し　こうざがえし
演者交代の時、高座の座布団を裏返すこと。

香盤　こうばん
落語家の序列。入門や真打昇進の順となっている。

滑稽噺　こっけいばなし
笑いどころが多い、バカバカしくナンセンスな噺。

さ行

三道楽　さんどうらく
口語ではさんどらとも。女・酒・博打の三つの道楽。

鹿芝居　しかしばい
噺家が歌舞伎の芝居などを演じるもの。

地口オチ　じぐちおち
落語に最も多いオチで、噺の最後をダジャレで落とすもの。

芝居噺　しばいばなし
歌舞伎が主な題材になる噺。道具を使用することもある。

地噺　じばなし
会話よりナレーション部分が多い噺。

襲名　しゅうめい
名前を継ぐこと。

定席　じょうせき
年間を通じて演芸の興行が観られる小屋。落語の場合は落語定席となる。

冗談オチ　じょうだんおち
「冗談言っちゃいけねえ」で落とす、噺をどこでも切ることのできるたいへん便利なオチ。

真打《しんうち》
前座~二つ目を経て昇進する落語家の身分のひとつ。~師匠と呼ばれる。寄席の主任を勤めることができ、弟子を取ることも許される。関東のみで、上方にはこの身分制度はない。

新作落語《しんさくらくご》
文字通り、古典ではなく新しく創作された噺のこと。どの時代の作品から新作とみなされるかは定かではないが、一般的には明治後期または大正以降に成立したものを指す。

助け《すけ》
落語会にゲスト出演すること。

席亭《せきてい》
寄席の経営者。興行の顔ぶれを決めるなど、芸人への影響力はとても大きい。

前座《ぜんざ》
入門して見習い期間を過ぎると、寄席に勤務できる前座となる。年間ほぼ無休で超のつく薄給というハードワーク。

た行

代演《だいえん》
出演者が出番を交代すること。

立川流《たてかわりゅう》
立川《たてかわ》談《だん》志《し》を家元とする落語家の団体。

つなぐ《つなぐ》
次の出演者が来ないときなど、何らかのトラブルで高座を時間延長させること。

出囃子《でばやし》
噺家が高座に上がるときにかかる曲。

天狗連《てんぐれん》
素人落語家、またはその団体。

トリ《とり》
寄席や落語会で、興行の最後に高座に上がる噺家。主任。

ドロ《どろ》

怪談噺の効果を上げるために打ち鳴らす太鼓。ドロドロドロドロという音色に由来する。幽霊が出る直前の小さな音の場合は「薄どろ」、クライマックスシーンに用いられる大きな音の場合は「大どろ」と呼ばれる。

な行

人情噺《にんじょうばなし》

笑わせるばかりでなく、しんみりと人情をも描いた噺。

ネタおろし《ねたおろし》

初めて高座にかける演目《えんもく》。またはその高座。

ネタ出し《ねただし》

高座にかける噺を事前に知らせること。

は行

初席《はつせき》

元旦から一月十日までの寄席《よせ》興行。年間で最も大事な興行とされ、大看板がズラリと並ぶ豪華な顔ぶれとなる。

ハネる《はねる》

寄席が終演すること。

膝がわり《ひざがわり》

トリの直前に高座にあがる芸人。シンプルに「膝《ひざ》」とも。

二つ目《ふたつめ》

前座修行が終わり、二つ目になると晴れて一人前。羽織《はおり》を着ることを許される。

ま行

まくら《まくら》

落語の本筋の前に話す小噺やフリートーク。

まねき《まねき》

寄席の入口付近に置いてある、当日の出演者などを書いた看板。

マンダラ《まんだら》

手ぬぐいのこと。

めくり《めくり》

寄席や落語会で高座の脇に置かれる、口演中の落語家の名前を書いた紙。

モギリ《もぎり》

寄席・落語会の入り口でチケットの半券を切る人。

や行

よいしょ《よいしょ》

お世辞のこと。幇間を指す場合も。落語界にはよいしょの達人が多い。

寄席文字《よせもじ》

寄席のめくり等に使用する独特の文字。江戸期に発祥したビラ文字を、昭和になって橘《たちばな》右近《うこん》が集大成し、現在の形になった。

与太郎《よたろう》

愚か者のこと。

よたろう噺《よたろうばなし》

与太郎が主人公の滑稽噺。

ら行

落語協会《らくごきょうかい》

関東では最も所属する人数が多い落語家の団体。会長は柳亭市馬《りゅうていいちば》。

落語芸術協会《らくごげいじゅつきょうかい》

桂歌丸を会長とする落語家の団体。伝統的に新作派が多いといわれている。通称は「芸協」。

わ行

割り《わり》

寄席で、客の入りに応じて分配、支給される歩合給。

落語ひとくち歴史案内

落語の起源については諸説ありますが、桃山時代に浄土宗誓願《せんがん》寺の払子《ほっす》だった安楽庵策伝《あんらくあんさくでん》が記した『醒睡笑《せいすいしょう》』が最も重要な出どころであることは間違いないでしょう。

これは策伝が布教活動の一環として行なってきた説教のなかから、笑いが多いものやサゲを使用した落とし噺《ばなし》の類をまとめたもので、千話以上からなる膨大な笑話集です。『子ほめ』など、現代に伝わる落語の原型になったと思われる話もあり、いわばネタ本のような存在として有名です。

策伝は大名などに面白おかしく物語を聞かせる語り部「御伽衆《おとぎしゅう》」のひとりだったともいわれており、当時を代表する超一流の文化人でした。

話芸としての落語が世に出てくるのは江戸時代。町人文化が花開いた元禄期に、京都、大阪、そして江戸に、「落とし噺」を生業とする者が出現します。

江戸時代に登場した三人のスター

京都の露《つゆ》の五郎兵衛《ごろうべえ》は、日蓮宗の僧だった頃の経験を生かし、説教をベースにした落とし噺を作り上げると、四条河原や北野天満宮など通行人の多い賑《にぎ》やかな場所で披露。これが「辻噺《つじばなし》」と呼ばれて人気を集めました。

ちなみに、この露の五郎兵衛という名跡《みょうせき》は、平成十七年に元上方落語協会会長の露の五郎が2代目露の五郎兵衛を襲名したことで、約三〇〇年ぶりに復活して大きな話題を呼びました。

軽口《かるくち》噺はもとより、役者の物まねも得意にしていたという米沢彦八《よねざわひこはち》は、笑いの都・大坂で人気が定着。生國魂《いくくにたま》神社の境内に小屋を造って噺を聞かせるという、寄席興行の原型を作り上げました。

また、現在この神社では数多くの上方落語家が参加する『彦八まつり』が年に一度開催され、先人の偉業を振り返りながら、古典落語を現代に浸透させる役割を果たしています。

江戸の鹿野武左衛門《しかのぶざえもん》は、中橋広小路に小屋を建てて興行を行なうほどの成功を収めるものの、著書「鹿の巻筆《ふでまき》」の一話が流言の原因になったとみなされて遠島処分に。後に赦《ゆる》されて江戸に戻りましたが、往年の勢いはすでになく、失意のうちに世を去りました。この事件以降、江戸落語は衰退の一途をたどることになります。

江戸落語の復活と円朝の登場

鹿野武左衛門が他界してから約百年後の寛政十年(一七九八)、立川焉馬《たてかわえんば》の弟子であった初代三笑亭可楽《さんしょうていからく》が下谷《したや》神社の境内で噺の会を開催。また、上方からやってきた岡本万作《おかもとまんさく》も、同時期に日本橋 橘《たちばな》町で興行を始めます。

そしてこれが寄席の発祥となり、長らく息を潜めていた江戸落語がにわかに活気を取り戻します。

そして、幕末には、落語中興の祖といわれる三遊亭圓朝《さんゆうていえんちょう》が登場。「牡丹燈籠《ぼたんどうろう》」「芝浜《しばはま》」「死神」といった現代に残る名作を次々に発表し、大好評を博します。

また、二葉亭四迷《ふたばていしめい》が言文一致体の小説『浮雲』を執筆する際に、圓朝の口演を記述したいわゆる速記本を参考にしたと明言するなど、明治期の文化人にも多大な影響を与えており、落語の人気を確立するとともに、この話芸を芸術の域にまで高めた大功労者といえるでしょう。
この偉大なる圓朝の活躍とともに、江戸落語が隆盛を極めるのは明治時代。もちろん寄席はいたるところに乱立し、その数は東京市内だけで百軒を超えていたといわれています。
そのため、人気の落語家は四軒・五軒とかけもちで出演せざるをえなくなり、なかには時間の都合で、踊りながら客席を通り抜けるという者まで出てくる始末。こうなると一席の噺をじっくり聞かせることが必ずしも良いことではなくなり、俗に「珍芸」と呼ばれるバカバカしい歌や踊りなど、落語以外の余芸がもてはやされるようになりました。そして、この珍芸ブームを頂点に、再び落語界は活気を失っていきます。

戦後の大ブームを経て……

珍芸ばかりがもてはやされた時代、危機感を抱いた有志により、本来の古典落語を見直すべく結成されたのが第一次落語研究会です。この門派を越えた集まりからは四

代目 橘家圓喬《たちばなやえんきょう》、三代目柳家小《やなぎやこ》さんなどの名人が出て、江戸落語の牙城を死守しました。そして大正・昭和と時は流れ……。

大戦後、かつて例を見なかった空前の落語ブームが巻き起こります。それまでは寄席のある地域でしか見ることのできなかった落語が、ラジオやテレビを通じて全国各地に波及したのです。戦争が長引いて民衆が笑いに飢えていたのも要因のひとつでしょう。

この時期には、三代目三遊亭金馬《きんば》、五代目古今亭志《ここんていし》ん生《しょう》、八代目桂文楽《かつらぶんらく》といったスーパースターが出現し、落語は国民的な娯楽として一般大衆に浸透したのです。以降、数度のブームを迎えながらすっかり定着した落語。現在では、定席の寄席こそ少なくなったものの、落語家の数は東京だけで五〇〇人以上を数えています。これは寄席が乱立していた江戸・明治期を凌《しの》ぐ数字で、その活躍の場もメディアの多様化に伴い多岐にわたっています。

監修者紹介

十一代目 金原亭馬生（きんげんてい　ばしょう）

昭和22（1947）年、東京・銀座生まれ。昭和44年3月、十代目金原亭馬生に入門し、金原亭小駒で初高座を勤める。その後、馬治で二ツ目となり、昭和62年に真打昇進。スポニチ若手演芸大賞、国立演芸場花形演芸大賞など数々の賞に輝き、平成11年には十一代目金原亭馬生を襲名した。粋で端正な高座姿と、艶っぽい滑らかな語り口に定評がある。平成26年、落語協会理事に就任。

著者紹介

青木伸広（あおき　のぶひろ）

早稲田大学卒業。演芸、映画、音楽など、エンターテインメント全般において執筆活動を行う。2008年より、東京の神田神保町に日本初となる演芸専門のライブカフェ「らくごカフェ」を主宰。

●らくごカフェ ブログ http://rakugocafe.exblog.jp/

カバーイラスト

西 炯子（にし けいこ）

漫画家。鹿児島県出身。主な作品は、代表作『甥《おとこ》の一生』『姉の結婚』（以上、小学館）をはじめ、落語を題材とした『兄《アニ》さんと僕』（白泉社）ほか多数。

※本書は2006年8月弊社発行『面白いほどよくわかる落語の名作100』を再編集したものです。

【スタッフ】
執筆協力／松寿悦二
カバーデザイン／藤塚尚子（ISSHIKI）
本文デザイン／玉造能之（ISSHIKI）

【主要参考文献】
『落語大百科1～5』川戸貞吉著　冬青社
『古典落語』興津要編　講談社
『増補　落語事典＆東大落語会編　青蛙房
『ガイド落語名作100選』京須偕充著　弘文出版
『ガイド落語名作プラス100選』京須偕充著　弘文出版
『金原亭馬生集成』藤井宗哲編　旺国社
『別冊落語界　愛蔵版・落語家総覧』深川書房

新版《しんぱん》 落語《らくご》の名作《めいさく》 あらすじ100

2017年11月30日　第1刷発行
2020年 9 月10日　第3刷発行

監修者　十一代目 金原亭《きんげんてい》馬生《ばしょう》
著　者　青木《あおき》伸広《のぶひろ》
発行者　吉田芳史
DTP　ISSHIKI
印刷所　図書印刷株式会社
製本所　図書印刷株式会社
発行所　株式会社日本文芸社
〒135-0001
東京都江東区毛利 2-10-18　OCMビル
TEL03-5638-1660（代表）

ISBN978-4-537-26175-2　112171113-112200826　Ⓝ03　(401024)
編集担当・水波 康
URL https://www.nihonbungeisha.co.jp/